UN AMORE A METÀ

ELLIE MONAGO

UN AMORE A METÀ

Traduzione di
ALFREDO COLITTO

PIEMME

Questo romanzo è un'opera di fantasia. Personaggi e situazioni sono invenzioni dell'autrice e hanno lo scopo di conferire veridicità alla narrazione e sono quindi utilizzati in modo fittizio. Qualsiasi analogia con fatti, eventi, luoghi e persone, vive o scomparse, è puramente casuale.

Pubblicato per

PIEMME

da Mondadori Libri S.p.A.

The Custody Battle

First published in Great Britain in 2024 by Storyfire Ltd trading as Bookouture

ISBN 978-88-566-9520-5

I Edizione giugno 2024

Anno 2024-2025-2026 - Edizione 1 2 3 4 5 6 7 8 9 10

Non avrei mai creduto che sarebbe andata a finire così. Non solo perché all'inizio – e anche dopo, e persino all'inizio della fine – era tutto bellissimo, ma anche perché credevo di conoscere bene entrambi: i nostri pregi e le nostre prerogative, e i limiti che non avremmo mai superato. O, quantomeno, credevo di conoscere me stessa.

Tutto ciò che posso dire è: mi dispiace. Più di quanto riesca a esprimere.

Sapete come si dice, a volte: sono stata costretta a farlo. È così che mi sentivo, come se non potessi cambiare direzione, impossibilitata a uscire da quel binario. Ma non vorrei mai che Lola si servisse, un giorno, di una scusa del genere. Una persona che dà sempre e solo la colpa agli altri… che razza di persona è?

Salomone aveva minacciato di tagliare il bambino conteso a metà, una minaccia sufficiente a risolvere la contesa. Se solo avessimo avuto anche noi qualcuno di così saggio a indicarci la strada…

Il divorzio può essere un inferno, si sa. Soprattutto se ci sono dei figli di mezzo.

Ma non pensavo si potesse arrivare all'omicidio.

DISSOLUZIONE

Sei mesi prima

1

Madeline

«Anche se ora avrai due case, saremo sempre una famiglia» spiego a Lola. «Papà e io ti vogliamo tanto bene. Questo non cambierà mai.»

«Mai» conferma Greg, con trasporto. Si sta sforzando di non piangere. È sempre stato un sentimentale, e il fatto che questa situazione non sia stata una sua scelta non aiuta. Apprezzo che non abbia cercato di ostacolarmi, ma dovrebbe cercare di contenersi. Saremmo noi a dover confortare Lola, non il contrario.

Gli occhi di Lola si spostano avanti e indietro tra me e lui come quelli di un pesce in una boccia di vetro. Legge le nostre emozioni. Anticipa i nostri commenti.

Ogni genitore blatera sempre di quanto sia intelligente suo figlio, ma la mia è veramente molto sveglia per i suoi dieci anni. Sono una pediatra e so quel che dico. Fisicamente, però, Lola è minuta, e sembra ancora più piccola sulla poltrona dalla fodera ricamata che Sidney, la mia migliore amica nonché designer d'interni, ci ha fatto acquistare durante l'ultima (e non necessaria) ristrutturazione della casa. A me personalmente i mobili del soggiorno piacevano di più prima, quando erano coordinati invece che pezzi unici a sé stanti come adesso. Ma di quando in quando, Greg e Sidney si alleano insistendo per rimodernare.

O meglio, si alleavano. Adesso questa casa è solo mia.

«Aspettate» dice Lola. Si alza ed esce dalla stanza.

Greg e io ci scambiamo occhiate confuse e preoccupate, seduti l'uno accanto all'altra sul divano di seta. Lola è scesa al pianterreno, presumibilmente per andare nella sua stanza. Tornerà? Dovremmo seguirla?

Malgrado il mio istinto forgiato dall'esperienza e i libri che ho letto su come separarsi con dignità e collaborare con l'ex partner per essere un buon genitore (libri che ho chiesto anche a Greg di leggere ma che probabilmente lui non ha nemmeno aperto), questo è un territorio nuovo per me. A meno di non contare quello che ho passato da ragazzina, a cui però cerco di non pensare mai. Di sicuro non mi fa piacere spaccare la mia famiglia.

No, non si tratta di una spaccatura. Sarà una nuova configurazione, un'altra ristrutturazione. Noi saremo sempre una famiglia.

Greg e io, nervosi e in silenzio, guardiamo fuori dalle vetrate a parete, ma in questo momento proprio non riusciamo ad apprezzare la vista della baia di San Francisco. Lola ritorna con in mano Blob, il suo procione di peluche. È un regalo di zia Sidney, che è la sua madrina, ed è uno dei pochi giocattoli a essere sopravvissuto al repulisti fatto da Lola due anni fa.

Si appollaia di nuovo in poltrona e chiede: «E a me cosa succederà?».

Ora è il mio turno di combattere le lacrime. Con la coda dell'occhio, vedo che Greg ha già perso quella battaglia.

«Noi ti amiamo più della vita stessa, lo sai, vero?» le dice.

«Lo so» risponde Lola, impaziente. Andate al punto, è quello che sembra dirci. I bambini sono naturalmente egocentrici. Vuol sapere cosa significherà il divorzio per lei, in termini pratici.

«Starai qui con me» le spiego. «Ma passerai tanto tempo anche con papà. So che ti piace stare con una persona alla volta, ed è quello che succederà, adesso, quasi sempre. Avrai la piena attenzione di ciascuno di noi due.»

«Dove sarà papà mentre io sono qui?»

Guardo Greg per vedere se ha voglia di rispondere lui, ma sembra incapace di parlare: il suo bel viso è devastato dal dolore. Preferirei che si facesse avanti, ma non posso biasimarlo: non è lui a volere questo cambiamento, ma io.

«Papà ha un appartamento di tre stanze sul mare, in Jack London Square» le dico. «Ti piacerà, Lo. È per questo che lo ha scelto.» In realtà, è per questo che *io* l'ho scelto. «Il mercato della domenica sarà proprio davanti alla tua finestra.»

Lola guarda il padre. «Passerò da te ogni fine settimana?»

«Un fine settimana ogni due» preciso.

«Papà?» Lola ha la voce tremula. Sembra più preoccupata per lui che per sé stessa.

Do a Greg una lieve gomitata. «Diglielo. Dille come sarà bello. Noi tre ci prenderemo sempre cura l'uno dell'altro, indipendentemente da tutto.»

«È vero» dice lui, ma non suona convincente.

«Avrai tutte le tue cose qui, e avrai anche una stanza tua a casa di papà. La zia Sidney l'ha già ammobiliata.»

«Ma naturalmente posso comprarti tutto quello che vuoi» aggiunge Greg.

Ha sempre avuto una tendenza a fare il padre disneyano, forse perché fa l'architetto per i super ricchi. Quando passa del tempo con Lola, vuole viziarla. Ma ora dovrà imparare a fare il genitore sul serio, senza che ci sia io a mediare.

Lola si rasserena un po', al pensiero di poter avere tutto quello che vuole.

«Le tue cose preferite possono andare avanti e indietro

con te» le dico. «Blob, per esempio, può dormire con te sia qui, sia da papà.»

Greg si è ricomposto. «Blob può anche avere un letto suo, se vuoi. Ti ho preso dei letti a castello.»

«Così posso invitare qualche amica a dormire a casa tua?» Lola comincia a rallegrarsi, immaginando le possibilità e tutte le cose che lei e le sue amiche potrebbero fare senza la mia supervisione. Greg le lascerà mangiare quello che vogliono, andare a letto tardi e chissà che altro...

«Sì, potrai chiamare chi vuoi quando vuoi» conferma Greg. «Sarà fantastico!» La sua voce è diventata stridula, ricorda quel vecchio spot pubblicitario con Tony the Tiger che parlava di cereali zuccherati per la colazione. Cereali con cui lui riempirà presto gli armadietti della cucina, probabilmente.

Faccio un respiro profondo. Imparare a cedere il controllo e a diventare più flessibile farà bene anche a me. «Sarà diverso, sotto alcuni aspetti, ma ci adatteremo» dico a Lola. Lei mi scruta con i suoi occhi di un azzurro intenso. Gli occhi di Greg. Sono bellissimi e potenti.

«Per giocare a *Uno* è meglio essere in due che in tre» sentenzia Lola.

Sorrido. Sapevo che avrebbe trovato il lato positivo.

Greg si alza in piedi di scatto e corre verso il bagno degli ospiti, sbattendo la porta, come se dovesse vomitare. Ma sta andando tutto benissimo, no? Dobbiamo solo dare il buon esempio. Però adesso siamo Lola e io a scambiarci occhiate preoccupate, come se noi fossimo i genitori e Greg il bambino.

Lola ha preso gli occhi da Greg e tutto il resto da me. I suoi capelli biondi all'inizio erano quasi bianchi, ma si sono scuriti negli anni e ora hanno lo stesso color miele dei miei. Le arrivano quasi alla vita e solo da poco ha iniziato a spazzolarli, dopo aver compreso che sono una risorsa, proprio come la sua bellezza. Non ricordo quando è successo a me, quando mi sono arresa a una vanità di tipo pratico. Investo denaro e sforzi nel mio aspetto perché è un valore, non perché è divertente. Lola, per il momento, non è ancora prigioniera di questo meccanismo.

«Papà starà bene» le dico «quando vedrà che tu stai bene. E io so che starai bene. Forse non da subito, ma dopo un po' di tempo sì.»

Le rivolgo il sorriso competente che spesso sul lavoro rivolgo ai figli degli altri. «Lo vedrai più di quanto non capiti adesso, perché verrà a prenderti a scuola ogni mercoledì. E ogni due fine settimana lo avrai tutto per te.»

Parlo in tono allegro, ma provo un certo nervosismo. Stiamo parlando della dissoluzione di un matrimonio, della cessazione di un tipo di famiglia che avevo sempre desiderato e che speravo di poter offrire a mia figlia. Greg e io vogliamo essere gentili e rispettosi, cooperare e collaborare, e soprattutto rendere le cose più facili possibili per Lola. Però, anche se ho detto a Greg chiaro e tondo che una riconciliazione tra noi è fuori discussione, ho scelto di non essere del tutto sincera. Se Greg sapesse che mi sono innamorata di un altro ne morirebbe, e Lola ha bisogno che suo padre sia vivo. Ma a volte mantenere questo segreto, e mantenermi a distanza dall'uomo che ha risvegliato il mio cuore, mi sembra davvero troppo difficile. Per questo non voglio che la faccenda si trascini a lungo.

In California puoi chiedere il divorzio immediatamente dopo la separazione, ma ci vogliono sei mesi per completare la procedura. Vorrei che fosse ancora più rapido per far capire a Greg che non c'è alcuno spazio per i ripensamenti. Lui ha sempre avuto una certa tendenza alla negazione. Greg è il sognatore, io sono quella pragmatica.

Non è che sia fredda o insensibile al suo dolore. Detesto vederlo così. È solo che non ne posso più di una relazione incapace di scalfire la superficie. Anch'io ho bisogno di provare sentimenti intensi. Per tutto questo tempo, i nostri amici ci hanno considerati la coppia ideale, dall'apparenza perfetta, dalla vita perfetta. Visti dall'esterno, lo siamo. Ma tra noi c'è stata fin dall'inizio una disparità emozionale.

Siamo troppo diversi. Prendiamo questa casa, per esempio. L'ha disegnata Greg, è un pezzo da esposizione sulle Oakland Hills, con panorami spettacolari della baia visibili da tutte le stanze. Un palazzo di vetro terrazzato sul fianco della collina. Si tratta di un capolavoro architettonico sotto tutti i punti di vista. Ci sono varie terrazze, una con vasca idromassaggio da otto persone, ma sotto c'è una scarpata a strapiombo e neanche un piccolo cortile. Una torre sospesa sulla fine del mondo.

Greg non potrebbe esserne più orgoglioso; io ho sempre avuto al riguardo emozioni contrastanti. È ironico il fatto che sono io quella che resta, ma ha senso perché Lola starà con me per il settanta per cento del tempo. Questa è l'unica casa che lei ha mai conosciuto, e non voglio cambiare troppe cose tutte insieme. Ma mentirei se dicessi di non aver mai desiderato di andarmene da questo posto.

Ricordate le mie parole: tra sei mesi il divorzio sarà definitivo, e io sarò libera.

2

Greg

Mi sto nascondendo nel bagno degli ospiti - visto che ora, cazzo, sono ufficialmente diventato un ospite in casa mia - perché non avrei sopportato un altro minuto di tortura. So quello che devo fare. Devo calmarla, seguire le sue indicazioni, lasciare che lei sia il generale e io il bravo soldato, perché è l'unico modo in cui posso vincere questa guerra. L'unico modo per riconquistarla.

So di non essere un marito facile, con la grande passione che ho per il mio lavoro. Probabilmente l'ho data un po' per scontata e ho lasciato la gestione domestica completamente nelle sue mani, ma è anche vero che pago tutto io. Non potremmo permetterci questo stile di vita con il suo stipendio da pediatra. Certo, lavoro fino a tardi, ma il mio ufficio è al piano di sotto, e per lei ci sono sempre.

Perché non mi ha detto quanto si sentiva infelice prima, invece di arrivare al punto in cui per lei era troppo tardi, in cui aveva capito che non era più innamorata di me e che non lo sarebbe stata mai più?

Io sono un tipo da «mai dire mai», soprattutto per quanto riguarda l'amore. So di poter rovesciare la situazione. Devo farlo, per me e per Lola.

Ho messo Madeline su un piedistallo fin dal giorno in cui l'ho conosciuta. È stato quindici anni fa? Non sono bravo con le date. Quello che so è che non mi sono lasciato andare, non ho lasciato andare il nostro rapporto. Ora ho quarantun anni, ma ho smesso d'invecchiare già da un po' di tempo. Mi sottopongo a iniezioni di botox mirate e ho assunto uno stylist che faccio venire in ufficio una volta al mese accompagnato da un sarto, in modo che i miei vestiti siano il complemento perfetto per un corpo che alleno cinque volte alla settimana con l'aiuto di un personal trainer. I miei capelli neri non hanno ancora bisogno di essere tinti e più di una volta dei completi estranei mi hanno detto che i miei occhi azzurri sono «devastanti». Ed eccomi qui, devastato, mentre Madeline è fresca come una rosa.

Noi due siamo sempre stati pieni di contrasti. Lei è la parte migliore di me, e io sono la sua. Opposti e indissolubili, yin e yang. Abbiamo bisogno l'uno dell'altra. Se ne accorgerà. Deve farlo.

Schiaccio il pedale sotto il rubinetto, mi faccio scorrere l'acqua fresca sulle mani e me la spruzzo in viso. Tutti i lavandini della casa sono comandati a pedali. Li ho presi da ditte specializzate in forniture ospedaliere e poi ci ho costruito intorno armadietti personalizzati. L'ho fatto per Madeline, perché l'igiene per lei è importantissima. Avrei potuto regalarle un intero giardino, ma le cose che lei trova davvero romantiche sono quelle che le rendono la vita più facile e più igienica. Anche per questo ho pensato che avrebbe amato la semplicità di vivere sul pendio di una collina.

Mi concentro sui fiori in leggero rilievo della carta da parati, tentando di riprendermi. Sidney aveva insistito sul colore: «Dorato, per la coppia d'oro». Madeline non era convinta, le sembrava pacchiano ed esagerato, ma Sidney aveva trovato degli impianti eccezionali di un oro rosé e ogni pezzo era andato al suo posto. Alla fine Madeline non era riuscita a resistere.

È questo che devo ricordare. Lei può sembrare risoluta, ma a volte manca d'immaginazione. È lei stessa ad ammetterlo. Il mio compito è aprirle nuovi panorami, mostrarle nuove possibilità.

Quando la conversazione con Lola sarà finita, io dovrò prendere le valigie già pronte che ho nascosto nella nostra cabina armadio, caricarle nel bagagliaio della mia Tesla e recarmi al mio nuovo appartamento. Sidney l'ha già ammobiliato e Madeline mi ha detto che entro la prossima settimana inscatolerà e mi invierà tutte le cose che per me hanno un «valore affettivo». Sulla carta sarà la prima sera della mia vita da single.

Mi tampono il viso con l'asciugamano e mi dico che questa guerra non è finita. Ne emergerò vittorioso, e così avremo vinto tutti. Io, Madeline e Lola. Lola più di tutti.

Quando sono dal dentista o mi occupo del mio aspetto fisico, ho una fantasia che alcuni definirebbero utopica e altri distopica: nel futuro, tutti avremo teste smontabili che potremo separare dal corpo. Mentre il corpo si occupa di noiose incombenze, la testa seguirà solo le questioni importanti, come assicurarsi che il proprio matrimonio non vada a rotoli. Se quel futuro fosse adesso, il mio corpo potrebbe essere accanto a Madeline a sorbirsi il resto della conversazione, mentre la mia mente non sarebbe costretta a sentirlo.

Mi sono fatto un'idea di quel che succederà adesso. Ho dato una scorsa a quei libri sul divorzio che mi ha prestato Madeline. Pensa davvero di insistere con Lola sul fatto che due case sono meglio di una? Lola non conosce altri figli di coppie divorziate, perciò non ha idea di come sarà. Ma si tratta di un tragico errore di calcolo. In questo contesto, due è infinitamente meno di uno. Tutti i genitori degli amichetti di Lola, tutti i nostri amici hanno matrimoni che durano nel tempo, perfetti o disfunzionali che siano. Com'è possibile che il nostro sia il primo a disintegrarsi?

Io amo questa donna, con tutto me stesso. Non sto cercando di far funzionare le cose per il bene di mia figlia, e nemmeno di stringere i denti per mantenere unita la famiglia. No, la amo: la passione che provo per lei non si è mai spenta, e potrei restare a parlarle per tutta la notte, se non si addormentasse alle nove e mezza dopo una mezz'oretta di Netflix.

So che nel profondo lei prova lo stesso per me. Lo stesso amore, la stessa attrazione. E non credo alla storia del «ti voglio bene ma non ti amo più». Innanzitutto non è il tipo da fare questi discorsi. Non sta lì a rimuginare sui sentimenti. E se quello che prova nei miei confronti fosse cambiato, io me ne sarei accorto. Madeline non è una da grandi gesti, quello sono io; il suo amore è costante. No, non ha avuto ripensamenti, in tutto questo tempo, altrimenti l'avrei notato.

Ma va bene, per amor di discussione presumiamo che i suoi sentimenti siano cambiati. Com'è quel detto? Il divorzio è una soluzione permanente a un problema temporaneo. O forse è il suicidio? Il punto è che i sentimenti possono cambiare di nuovo.

Adesso, Madeline ha bisogno che sia io quello costante.

Pensavo che il momento di dirlo a Lola sarebbe stato per lei come una sveglia. Il momento in cui tutto sarebbe diventato reale, perché cosa ci può essere di più reale del visino di Lola inondato di lacrime? Solo che nostra figlia ha preso la notizia con coraggio, proprio come sua madre aveva detto. Ancora prima che Madeline le illustrasse tutti i vantaggi, come la piscina condominiale con vista sulla baia, il fatto che avremmo potuto finalmente fare SUP, le decine di ristoranti raggiungibili con una breve passeggiata: una vera vacanza, un'esperienza totalmente diversa dal vivere sulla collina, dove puoi solo vedere e non toccare. Mi sembra quasi di sentire Madeline che descrive tutto questo a Lola con una precisione quasi pornografica. Dopotutto, è stata lei a scegliere l'appartamento, quindi è la persona più qualificata per farlo.

Accettare tutti i suoi termini (il divorzio come scelta efficiente, il modo di comunicarlo a Lola, il mio nuovo appartamento, il programma di visite di nostra figlia progettato da lei) fa parte del mio subdolo contrattacco. Sii collaborativo, gentile e amorevole, e lei finirà per vedere la luce. È vero, è una piccola ferita al mio orgoglio, anzi, non tanto piccola. Molti uomini non sarebbero in grado di mettere da parte l'ego per amore della famiglia, ma io sono migliore di loro.

Quando esco dal bagno, Lola e Madeline si guardano e sorridono. Tento di sentirmi rincuorato invece che irritato. Mia figlia non è affatto distrutta, e Madeline, come suo solito, ha finito la discussione senza di me. Il che non è un male. Mi sentivo un pupazzo in grembo a un ventriloquo, prima. Ma ora è finita.

Solo che non voglio. Non me ne voglio andare.

«Tutto bene?» mi chiede Madeline. Anche se c'è preoccupazione nella sua voce, è una domanda tendenziosa, alla quale c'è solo una risposta giusta.

«Starò bene» rispondo.

Lei guarda Lola. «Visto? È come ti dicevo. Con un po' di tempo, tutti staremo bene.»

Lola ha un'aria speranzosa ma preoccupata. Ha bisogno che io la rassicuri. Perciò faccio quello che devo: mentire. «Certo» confermo. «È solo questione di tempo.»

Madeline è compiaciuta. Guarda di nuovo nostra figlia. «Hai altre domande per noi?»

Lola scuote la testa. Non ne sono sorpreso, poiché Madeline è meticolosa. Mentre ero in bagno deve averle spiegato tutto nei particolari.

«Andando avanti» dice Madeline «papà e io cercheremo di dirti tutto quello che devi sapere, ma non siamo perfetti, perciò dimenticheremo delle cose, commetteremo errori. Sta a te fare domande e dirci come ti senti. Tu sei la priorità numero uno, sempre.»

«Ti amiamo più di ogni altra cosa» dico io, spingendo le parole oltre il nodo che sento in gola.

«L'hai già detto, papà.» Ma capisco che è contenta di sentirlo di nuovo. «Ora vai via?»

Annuisco, anche se vorrei che fosse almeno un po' dispiaciuta.

«E vedrò la casa nuova mercoledì?»

Annuisco di nuovo. Sento che la diga sta per cedere e preferisco non parlare.

Lola si alza e va verso le scale, poi si gira e mi abbraccia. Mi stringe forte e non ce la faccio più: comincio a piangere. Ma mi rifiuto di singhiozzare. Non voglio spezzarmi davanti a lei. «Ti voglio bene» dico. Se devo essere un disco rotto, quello è il solco in cui voglio bloccarmi.

«Lo so» risponde lei. «Anch'io.»

«Tra poco ordino la pizza» dice Madeline, e Lola sorride. Perdi un padre, guadagni una pizza, che affarone!

L'amarezza non mi servirà a nulla ma, Dio mio, davvero festeggiano il mio sfratto con una pizza?

Lola scende al piano di sotto. Madeline si alza e viene verso di me. «Non poteva andare meglio, secondo me» dice a bassa voce.

«Temo che non abbia ancora capito bene cosa sta succedendo. Per ora ha in testa solo piscine e SUP.»

Madeline ha un'espressione dolce. Mi rendo conto che le faccio pena. «Volevo solo dire che siamo partiti con il piede giusto. Naturalmente ci saranno altre conversazioni, e alcune saranno dolorose. Sarà una cosa lunga.»

«È quello che dicono i libri.»

Lei mi rivolge un'occhiata incredula, sapendo quanto è improbabile che io li abbia letti. «So che questo non è ciò che volevi, ma è la cosa giusta» dice. «Meriti di stare con una persona che ti ama come tu ami lei.»

Questa non l'avevo ancora sentita.

«Ti prometto che sarò sempre disponibile e leale. Trascinare la cosa troppo a lungo ci costerebbe molto, sia dal punto di vista emotivo che da quello finanziario.» Di nuovo, parole prese di peso dai libri.

Non resisto e la stringo in un abbraccio. Nei periodi difficili mi sono sempre appoggiato a lei, e lei a me. Ma stavolta il suo corpo sembra di legno. Non resiste all'abbraccio, ma nemmeno si abbandona. È una colonna, disponibile a offrire sostegno ma non a riceverlo.

La lascio andare e lei evita il mio sguardo, mentre mi ringrazia per aver fatto «fronte comune». Attraversa il soggiorno open space e va in cucina. «Prendo qualcosa da bere» dice, tirando fuori la vodka dal frigo. «Ne vuoi anche tu?»

Scuoto la testa. Poi mi concedo alcuni secondi di rabbia legittima e bruciante.

Pochi secondi, non di più. Devo ricordarmi che io amo questa donna.

«Meglio che vada.» Non posso sedermi con lei e fare un brindisi di commiato per i vecchi tempi e per la nostra fantastica figlia. Sì, ci sono stati bei tempi e Lola è fantastica, ma è proprio per questo che la separazione è così assurda.

«Credo che sia andata davvero bene» dice lei, ignara di tutto, in un tono persino congratulatorio. «Ho centrato tutti i bersagli. Lola era sorpresa, ovviamente. Ha detto che noi due non litighiamo mai, e le ho risposto che non si tratta di questo. Le persone cambiano. Si evolvono. Ma noi continueremo sempre a volerci bene, in un modo nuovo.»

Ecco qua, proprio quando credevo che mi fosse passata la nausea.

Madeline prende un bicchiere da Martini. «Le piace l'idea di passare più tempo con te di quanto non faccia ora. Le ho detto che noi due andremo ancora insieme a vedere le sue partite di calcio e che ogni tanto faremo delle cene di famiglia.»

Io ho già detto a Madeline che a casa mia sarà sempre la benvenuta, ma lei non ha ricambiato l'invito. Ma del resto, delimitare gli spazi personali è uno dei suoi talenti più spiccati.

«Mi sono concentrata su come sarà tutto questo per lei, e sul fatto che per noi lei viene sempre per prima» continua Madeline.

«Quello è il piano» riesco a dire. Ma non ce la faccio più a sopportare questa sofferenza, a sopportare lei, nemmeno per un altro minuto.

Scendo a prendere le valigie. Sono grandi e mi ci vogliono due viaggi. Mi muovo lentamente, lasciandole il tempo di pentirsi. Il tempo di fermarmi.

Ma non lo fa. Né quando le valigie sono fianco a fianco in quello che ora è il suo soggiorno, né mentre le porto in macchina, una per una, e nemmeno quando rientro per l'ultima volta e annuncio: «Bene, questo è tutto, per il momento».

Madeline resta appoggiata al piano di lavoro della cucina, beve il suo vodka e soda con bucce di limone e annuisce con aria grave. «Ti manderò dei messaggi per dirti come sta Lola. E ti chiameremo prima di andare a letto per augurarti la buonanotte.»

Esito per un attimo, dandole la possibilità di dirmi ancora qualcosa, ma... che cosa? Si è già scusata un sacco di volte, non è servito a niente. È ovvio che non mi chiederà di restare.

Esco sotto la tettoia e salgo sulla mia Tesla Model X. Non so bene cosa provo, ma tremo come se fossi in ipotermia. Perché ho giocato male le mie carte. Non mi sarei dovuto lasciare esiliare in Jack London Square. L'occupante è già mezzo padrone. Nessuno lo sa meglio di me.

Ho girato parecchio e ho visto ogni angolo della baia di San Francisco, probabilmente la più bella città del mondo, eppure per me non c'è posto più incantevole delle Oakland Hills. Sono a meno di un quarto d'ora di macchina dal centro di Oakland, ma qui è come vivere in un piccolo mondo a parte. Per arrivarci, devi salire lungo strade ripide, non asfaltate e piene di curve, con tornanti e senza lampioni. Il traffico è a doppio senso, ma in molti punti due auto nello stesso momento non passerebbero mai. In altre parole, devi correre dei rischi, soprattutto quando affronti una curva cieca. Devi essere pronto a sterzare di lato o a costringere l'altro a farlo. Questo ha un suo gusto particolare che è difficile descrivere. E poi da queste parti il GPS si confonde, devi sapere bene dove stai andando, altrimenti rischi di perderti chissà dove. In questo senso, è una specie di ultima frontiera.

La parte inferiore dell'altopiano è costellata di case piccole che non hanno una gran vista. I ricchi stanno tutti più in alto. L'area non è granché sicura, e i furti sono sorprendentemente frequenti. Ma il fascino di questa zona sta nel suo essere ancora selvaggia, primitiva. Un daino può spuntare da dietro una curva e provocare un incidente. Frane e smottamenti sono avvenimenti tutt'altro che rari. D'inverno, una volta, siamo rimasti senza elettricità per dieci giorni, dopo una serie impressionante di temporali che è stata chiamata, in modo eloquente, «il fiume atmosferico». E c'è stata quella volta in cui siamo usciti di casa insieme ai nostri vicini e abbiamo osservato affascinati e impauriti le ville da milioni di dollari che bruciavano sulla cresta di fronte, sapendo che la nostra sopravvivenza dipendeva letteralmente dalla direzione in cui avrebbe soffiato il vento.

Le colline di Oakland sono un'anomalia e una contraddizione: vicinissime ad aree urbane, allo stesso tempo sono il selvaggio West. Hanno qualcosa di pericoloso. Io ho addomesticato il terreno, soggiogandolo al mio volere. All'inizio alcuni residenti non erano felici del risultato. Dicevano che lo stile della villa non era conforme a quello delle altre, che sembrava appartenere alla California meridionale, più che a quella settentrionale. A me, d'altra parte, non interessava costruire una copia di mille altre insulse copie. Alla fine ero riuscito a portarli dalla mia parte.

Posso fare lo stesso con mia moglie, anche se mi sembra molto più difficile.

Ricordate le mie parole: me la riprenderò indietro, costi quel che costi.

3

Madeline

Solo una seduta. Fallo per Lola. Ti prego.

Sospiro. Ho ripetuto molte volte a Greg che non ha senso fare terapia di coppia. È uno spreco di denaro e soprattutto di energia. Ho già preso la mia decisione, perché si rifiuta di capirlo?

E crede davvero che abbia un senso mandarmi simili messaggi mentre lavoro?

E da quando Greg prega?

Non mi sembra che Lola ne abbia bisogno.

Non ho intenzione di fingere ancora. Sono sempre stata brava a mantenere le apparenze (sono stata l'arma segreta di Greg con i suoi clienti difficili, scatenando offensive a colpi di fascino in innumerevoli ristoranti stellati). Ma negli ultimi anni ha iniziato a pesarmi. La verità è che sono un'introversa mascherata da estroversa, e oltretutto le conversazioni oziose mi esauriscono. Ho cominciato pian piano a notare quanto fossero superficiali i rapporti con le coppie di nostri amici, come i nostri incontri non fossero altro che *performance*. E infatti i nostri *amici* si sono mostrati scioccati quando Greg e io abbiamo annunciato la separazione, ma in realtà si vedeva che un po' gli faceva piacere. Da allora, quasi nessuno di loro si è informato su come sto. Del resto, a cosa servo se non posso organizzare cene formali nella meraviglia architettonica costruita da Greg?

Metto il telefono in modalità silenziosa e lo infilo in una tasca del mio camice bianco.

La porta dell'ambulatorio si apre proprio mentre sto per girare la maniglia. Per poco non mi scontro con Pru e ridiamo entrambe.

«Scusi, dottoressa!» dice lei. Oggi indossa una divisa chirurgica che sembra uscita da *Minecraft*, con i capelli crespi raccolti in una crocchia esplosiva in cima alla testa. I bambini piccoli la amano tutti e io sono d'accordo con loro.

Tuttavia non le ho ancora detto della separazione. Non l'ho detto a nessuno in clinica. Forse dovrei confidarlo a una delle infermiere più pettegole e aspettare che sparga la voce, oppure dovrei togliermi la fede e lasciare spazio alle congetture. O magari fare un giro di confessioni. No, il giro di confessioni di certo non è il mio stile. Non ho nulla di cui vergognarmi. Greg e io abbiamo avuto un bellissimo matrimonio, che è arrivato a fine corsa, e una bellissima figlia che crescerà sana e felice.

Questa è la mia versione. Ma devo proprio raccontarla?

Non tutta, ovviamente. Nessuno mi guarderebbe più nello stesso modo.

Non metterò in pericolo la fortuna che ho avuto ad aver trovato un impiego in questo studio pediatrico. È gestito con serietà, il che significa che ho un numero di pazienti ragionevole e anche un tempo sufficiente a sviluppare un contatto autentico con loro. Il personale è costituito da ottime persone, che amano il proprio lavoro. Ho una reputazione senza macchia qui, che in parte si deve alla mia filosofia di trattare tutti con calore mantenendo allo stesso tempo le distanze. Preferisco sempre fare le domande, piuttosto che rispondere.

Tuttavia, sono anche consapevole di quanto le apparenze possano aiutare o danneggiare. Il mio aspetto fisico mi ha aperto molte porte, ma so benissimo che dietro quelle porte spesso gli altri sussurrano, forse sperando nella mia rovina. È una cosa di cui talvolta non sono nemmeno consapevoli. È la natura umana, per me non c'è nulla da biasimare.

Cerco di essere impeccabile: trucco leggero e perfetto, abiti costosi e di buon taglio (mai vistosi) sotto il camice. Do valore alla mia femminilità, non la nego, ma apprezzo il fatto che il mondo stia andando verso l'uguaglianza di genere. Sono contenta che mia figlia non si faccia problemi a battere i maschi nell'ora di ginnastica e che sia io a doverle ricordare di spazzolarsi i capelli. Non mi piace chiedere l'attenzione, ma attirarla; parlo sempre in tono pacato, ma nascondo una determinazione d'acciaio. E così a volte sorprendo le persone. Il che gioca a mio favore. Anche con i miei pazienti.

Come adesso, con il piccolo Clint. Ha solo sette anni ed è debilitato dall'asma. Sua madre, in lacrime, mi spiega tutte le sue interazioni con lo pneumologo e con la compagnia assicurativa. Mantengo un'espressione di blanda empatia, ma sono molto seccata. Lo pneumologo vuole che Clint prenda una medicina di marca, ma l'assicurazione paga solo per un farmaco generico. E il medico, invece di lottare per il bene del bambino, se ne lava le mani.

«Ci parlerò io» dico. «Gli insegnerò alcuni dei miei trucchi.»

La madre di Clint accenna un sorriso. «Conosce dei trucchi?»

«Quale medico, anzi, quale donna che si rispetti, non

ha dei trucchi?» Le do un colpetto sul braccio. Sul lettino, Clint respira faticosamente e mi si spezza il cuore a sentirlo. Dovrebbe spezzarsi anche al suo pneumologo, ma troppi professionisti sono diventati insensibili. Io mi rifiuto di lasciarlo succedere. Mi rivolgo al bambino: «Non preoccuparti, piccolo. Ho la situazione sotto controllo».

O almeno, la avrò. Scoprirò con chi parlare alla compagnia di assicurazioni, avvierò la classica combinazione di bastone e carota e poi lascerò la cosa nelle mani dello pneumologo, dopo aver fatto tutto il lavoro pesante al posto suo, completamente gratis. È irritante, ma è a fin di bene. Troppo spesso gli specialisti (soprattutto uomini) non si spingono a fare neanche un piccolo passo in più, se credono che non sia un loro obbligo. In sostanza: se non sono pagati per farlo. Che orrore! L'ego, unito all'avidità, può causare sofferenze, ma finché a soffrire sono gli altri, questi pseudo medici se ne disinteressano. Ma io lavoro a contatto con i bambini e non riesco proprio a voltarmi dall'altra parte.

«Non vorrei mai trovarmi in contrasto con lei» ride la madre di Clint.

Rido anch'io. «Non glielo consiglio.»

Non abbandono mai una sfida, quando sono dalla parte della ragione. So che nella vita non importa tanto essere tenaci, ma dimostrarlo: lasciar vedere agli altri contro chi si sono messi, fargli capire che non mollerai mai e che quindi è meglio se fanno marcia indietro subito. Chi vuole impegnarsi in una lotta, quando sa già di perdere?

Devo ammettere che non mi sento sicura di me stessa come cerco di apparire. Al mondo ci sono tanti stronzi. Persone che non sentono ragioni, che non provano compassione nemmeno per i bambini malati. Ma voglio che

Clint e sua madre credano al di là di ogni dubbio nella mia capacità di risolvere la situazione. Meritano un po' di tranquillità, anche se solo temporanea. Spero capiscano che non smetterò mai di lottare.

Ci salutiamo e prometto che mi terrò in contatto, dopo aver parlato con chi devo parlare. Esco dall'ambulatorio e guardo il telefono. È da un po' che non smette di vibrare. Altri messaggi di Greg sulla terapia di coppia. Anche lui, purtroppo, sa essere tenace.

Non so come potrei essere più chiara, e ho cercato in tutti i modi di dimostrarmi gentile. Dovrei forse cominciare a essere brutale?

4

Greg

«Digli che lo chiamo domani.»

«Forse sarebbe meglio...» insiste Lucas.

«Ho detto che chiamerò Peter domani.» Mi strappo l'auricolare e riattacco. Di solito non parlo così con Lucas, né con nessun altro, ma sono al limite della sopportazione. È il mio primo giorno di lavoro nello studio del mio nuovo appartamento, e sono fuori di me. Ho mandato a Madeline un imbarazzante numero di messaggi, fermandomi giusto in tempo prima di supplicarla di poter tornare a casa.

Mi manca la mia casa. Mi manca la mia famiglia.

Anzi, è il contrario. La famiglia viene sempre per prima.

Non mi trovo bene in questa scatola utilitaristica e senza personalità, un trionfo della funzione sulla forma. Sono abituato al silenzio e alla privacy, che qui mancano del tutto. Dal mio balcone vedo un mucchio di persone che fanno jogging o che camminano lungo la ferrovia. Mi sento assalito dalle voci dei vicini di casa, dai loro passi e dal fischio acuto del treno. Non sono mai venuto a vedere l'appartamento prima di acquistarlo. Volevo dimostrare lealtà e fiducia, fidandomi delle raccomandazioni di Madeline. «Non è un appartamento da scapolo» mi aveva detto. «È una rampa di lancio. Una tappa, finché ti sentirai ispirato e riuscirai a vedere con più chiarezza il tuo futuro. Dopodiché, so che ce la farai.» Il suo sorriso era sembrato autentico. Ma pieno di sufficienza.

Vuole davvero che io sia felice? Forse sì, basta che sia senza di lei. E, se sono felice, non ha bisogno di sentirsi in colpa.

Ma è colpevole. È stata lei a farmi questo. A me e a Lola.

Guardo il monitor del laptop. Lucas mi ha inviato dei documenti senza menzionare quello che ci siamo appena detti. È praticamente l'unico a cui abbia rivelato la situazione tra me e Madeline, perciò è disposto a lasciar correre. Naturalmente sono rimasto sul vago, visto che i particolari sono così umilianti.

È il miglior assistente che si possa immaginare, e presto mi scuserò con lui. Ma ora devo tenere duro. L'ultima cosa che voglio, nel mio stato emotivo, è dover sostenere una conversazione con Peter Tramboni, erede di un impero tecnologico e famoso rompicoglioni (anche se cerca di nasconderlo con atti di filantropia, ecco perché ci sono tanti edifici che portano il suo nome). Non smette mai di ricordarmi che gli devo molto, perché ha scommesso su di me quando non ero nessuno. Mi aveva commissionato il Tramboni Center, un palazzo iconico che aveva trasformato lo skyline di San Francisco e la mia carriera.

La gente spesso crede che fare l'architetto sia prestigioso e molto redditizio, ma non è quasi mai così. Tuttavia, all'improvviso, con il Tramboni Center, è diventato entrambe le cose, per me. Sono diventato un *archistar.* E a quel punto mi sono arrivate offerte incredibili. Credevo che mi sarei occupato solo di edifici commerciali e pubblici, ma Peter mi ha chiesto di sostituire l'architetto che stava lavorando alla sua nuova villa. Mi sono divertito moltissimo a tradurre in pratica la mia visione (Peter sosteneva che fosse la sua, e non mi sarei mai sognato di contraddirlo), e da quel momento tutti i suoi *amici* fanno la fila per avere i loro palazzi da sogno.

Lavorare per i giganti della Silicon Valley significa che non devo mettere limiti alla mia immaginazione. Anche se mi dicono di mantenermi all'interno di un budget, in realtà non c'è alcun budget. Cosa potrebbe essere meglio che passare la maggior parte del tempo a far diventare realtà le tue fantasie? È vero, i miei clienti di solito sono delle teste di cazzo, ma teste di cazzo molto occupate, e non hanno tempo da dedicare alla microgestione. Nel corso degli anni ho affinato i miei comportamenti in modo da adularli ma facendomi anche rispettare. I clienti vogliono essere certi di lavorare con un uomo appassionato, determinato e abile nella sua attività proprio come lo sono loro. Vogliono un uomo che sappia puntare i piedi. Fino a un certo punto.

È una danza delicata, e in questo momento non sono capace di eseguirla. Perciò ho deciso che chiamerò Peter domani. Lucas dovrà pensare alla giusta menzogna per spiegare la mia indisponibilità. Peter non pensa mai che esista qualcuno o qualcosa più importante di lui.

Cammino avanti e indietro nel mio studio. Sidney l'ha arredato benissimo, ma è sempre uno spazio chiuso, senza vista sul mare, senza nemmeno una finestra. Madeline non ha pensato a come sarebbe stato per me passare dal senso di immensità che avevo a casa a questo? Ma lei lavora tutto il giorno in ambulatori senza finestre. Probabilmente non le è nemmeno passato per la mente.

Le mando una foto dello studio, senza parole.

Non risponde. Forse è con un paziente. Allora aggiungo: Non credo che funzionerà.

Sorprendentemente, mi arriva una risposta istantanea e brusca: Te la caverai.

A volte non è facile interpretare il tono di un messaggio

di testo, ma questo mi sembra di non poterlo leggere in nessun altro modo. Significa: rassegnati. Mi sta dicendo che non le interessa neanche sapere come mi sento.

È già stufa? Sono andato via di casa solo ieri sera. Via dalla mia abitazione da sogno, che a lei forse non piace nemmeno. Ero io quello che lavorava lì dentro, mentre lei andava al suo studio. Eppure in qualche modo è riuscita a farsela lasciare. Non potevo sollevare obiezioni senza fare la figura del padre di merda che mette i propri bisogni prima di quelli di sua figlia.

Inoltre, Madeline sa quello che è meglio. È lei quella pratica, tra noi due. È anche quella compassionevole, che si occupa dei malati mentre io mi occupo dei super ricchi. E nel frattempo gestisce tutta l'economia domestica, così io posso concentrarmi solo sul mio lavoro. Madeline è un genio nel coordinare l'esercito di professionisti (dalle donne delle pulizie, ai cuochi a domicilio, alle imprese per il lavaggio delle vetrate...) che rendono facile la nostra vita.

Ci siamo sempre bilanciati a vicenda. Lei è molto brava nell'aiutarmi a mantenere un equilibrio sia personale sia professionale. Sa ascoltare, anche quando io sono agitato, frustrato o furioso. Sa come aiutarmi a concentrarmi, quando ne ho bisogno. Mi ha tirato fuori da varie impasse e convinto più di una volta a non fare stupidaggini. Poi c'è l'impatto che ha sugli altri, la sua capacità di comportarsi in modo impeccabile in eventi formali, banchetti per festeggiare premi, cene di lavoro. Mi fa fare bella figura, mi rende degno di invidia. Ai miei clienti piace che sia una pediatra, bella e premurosa allo stesso tempo. Lei è brava a legare con le loro mogli, se sono sposati. Se non lo sono, li lascia flirtare un po', con fascino ed eleganza, senza mai esagerare. È particolarmente utile quando ho a che fare con clienti molto conservatori, fissati sui valori della famiglia. Il fatto di avere lei come moglie e amica mi ha fornito appoggi che solo ora inizio a comprendere.

Quindi c'è la parte di me che la vuole in senso assoluto, e la parte di me che ne ha bisogno. Insomma, mi manca e sono anche preoccupato del fatto che, senza di lei a occuparsi dei dettagli pratici, a incoraggiarmi nei momenti difficili, a indicare strategie per trattare con i clienti più spocchiosi o a conquistarli di persona, la mia vita potrebbe crollare come un castello di carte, perché era lei quella che la teneva in piedi.

Noi siamo sempre stati una squadra, e abbiamo comunicato con rispetto e con vera considerazione dell'altro, o almeno così pensavo. Ma il modo in cui ha risposto ai miei messaggi oggi... Spero solo che non sia la nostra nuova normalità.

Rileggo i messaggi. Le sue parole mi fanno gelare il sangue: Te la caverai.

5

Madeline

«Mi spiace per il ritardo» dico. «Ho appena lasciato Lola da Greg e lui era...» Vorrei dire «appiccicoso», ma sarebbe offensivo e Sidney ci rimarrebbe male. «Ci è voluto più del previsto.»

Sidney annuisce, gli occhi limpidi. Ha già un cocktail davanti. «Mimosa special, con liquore di sambuco. Ne hai bisogno anche tu.» Si alza e mi abbraccia. Sono sudata e a disagio, e sono molto grata di avere un'amica come lei.

Il ristorante serve solo brunch, è dipinto in varie sfumature di giallo e il sole entra dalle grandi finestre. Nonostante il trucco accurato, non mi sento esattamente radiosa. È stata una settimana difficile. Se devo essere sincera, la difficoltà non è stare senza Greg, ma stare senza...

Devo essere forte e resistere ai miei bassi istinti. Devo giocare in modo intelligente, senza fretta. Vale la pena aspettare, per lui.

«So che hai mangiato poco» dice Sidney. «Per questo devi provare i pancake limone e ricotta. Sono irresistibili.»

Arriva la cameriera e seguo il suggerimento per l'ordinazione. Sidney prende una frittata agli asparagi con contorno di *latke* di patate dolci.

«La mia amica prende anche il mimosa special» dice Sidney. «Grazie.»

La cameriera si allontana. Sidney spinge via dal viso una ciocca di capelli ramati, assicurandosi che gli orecchini a cerchietto non s'impiglino nel suo elegante foulard. Come sempre, indossa abiti firmati semplici e carissimi, con accessori audaci. Nel suo lavoro di decoratrice d'interni per clienti benestanti (ma non super ricchi, come quelli di Greg), l'apparenza è importante e il buon gusto fondamentale. Lei e suo marito sono due stacanovisti con una vena di edonismo. Vanno almeno una volta al mese in un centro benessere o in qualche posto a cinque stelle dove possono rilassarsi, mangiare bene e fare sesso fino a stancarsi. Sidney è la mia migliore amica fin dai tempi dell'università ed è l'unica senza figli. Forse è la mia unica amica, punto. Da quando ho annunciato il divorzio, gli altri mi trattano non proprio come un'appestata, ma come se fossi affetta da una brutta influenza: mi parlano, ma tenendosi a distanza di sicurezza.

Sidney mi mette davanti la *flûte* con il cocktail. «Bevi. Ne hai più bisogno di me.»

«Grazie.» Bevo un sorso, poi un altro più lungo. «È stressante avere a che fare con Greg. Vorrei tanto che accettasse la situazione. Mi obbliga a respingerlo continuamente.»

Arriva il secondo mimosa che ha ordinato. Beviamo insieme.

«Tu ti sei preparata mentalmente a questo passo da tempo» dice lei. «Lui probabilmente è ancora sotto shock.»

«Nega la situazione, vuoi dire.»

«Mi sembra che Lola invece l'abbia presa bene, eh?»

«Grazie a Dio. È una ragazzina incredibile.» La sua capacità di adattamento è notevole. Io sono flessibile, ma ho problemi d'ansia fin da quando ero piccola. Il rimedio più ovvio? L'iper organizzazione. Controllo tutto quello che posso.

Questo significa che non sono divertente come Greg, ma che rendo la vita più facile a lui e a Lola. O almeno, lo facevo. Greg ora dovrà trovare altri sistemi.

All'inizio desideravo che si occupasse anche di un po' di faccende noiose e pratiche, nel nostro matrimonio, perché così il mio livello di stress sarebbe diminuito e Lola avrebbe potuto vedere che anch'io so essere divertente. Ma Greg lavora tanto e porta a casa molti più soldi di me. Inoltre, malgrado l'atteggiamento progressista della Bay Area, sono ancora le mogli a occuparsi delle incombenze domestiche nel nostro gruppo di amici. O in quello che era il nostro gruppo di amici.

«Lola è davvero incredibile» sorride Sidney. «Devo portarla presto a uno dei nostri tè.» È una sua tradizione portare Lola al Palace Hotel di San Francisco per un tè. Passano ore chiacchierando e mangiando minuscoli sandwich e pasticcini. Detesto ammetterlo, ma Lola si apre con Sidney più che con me. Non capisco perché, e ci ho provato anch'io a portarla in ambienti eleganti, tentando di replicare la magia.

«Sì, ne sarà felice» dico. «So che di solito non mi racconti i dettagli delle vostre conversazioni,» (è uno dei motivi per cui Lola si sente libera di aprirsi) «ma in questo periodo, se dovessi sentire qualcosa di preoccupante, me lo dirai?»

Sidney annuisce con forza. «Sei sua madre. Se Lola è in difficoltà, devi saperlo, per capire come darle l'aiuto di cui ha bisogno.»

«Intendi dire uno psicoterapeuta?»

«Forse.» Ride. «Cos'è quella faccia? Da quando disapprovi la terapia?»

«Non la disapprovo affatto. A volte la raccomando ai miei pazienti.»

«Ma per quanto riguarda te, pensi di esserne al di sopra?»

Mi prende in giro con gentilezza. In un'amicizia che dura da più di vent'anni, si sviluppano dei ruoli. Io sono quella seria, lei quella spiritosa. Quella divertente, come Greg. Ma spero, quando non sarò più sposata, di poter uscire da questi confini, mostrando tutta me stessa.

«Esatto» rispondo, alzando gli occhi al cielo. «Io sono al di sopra.»

«Sto pensando a quei messaggi che ti ha inviato Greg. Sembra...» Esita. «Non arrabbiarti, ma mi sembra che per tutto questo tempo tu abbia scartato la terapia di coppia senza nemmeno considerarla.»

«Infatti. E sai il perché.» Qualunque psicologo di coppia sensato chiederebbe subito se c'è qualcun altro nel quadro. Greg non mi ha mai fatto questa domanda, il che mi fa pensare che non voglia sapere la risposta. E, se me la facesse, mentirei. La verità non cambierebbe nulla e l'ultima cosa che voglio è causargli altro dolore.

Be', se devo essere sincera, è a me che non voglio causare dolore. Se Greg scoprisse che c'è un altro uomo, non so cosa potrebbe fare. Non è esattamente geloso, ma è territoriale. Negli anni ha chiarito ad altri uomini (e anche a qualche donna) che io ero sua. Tutta sua.

Fino a ora.

«Ti sei sentita con...» Sidney non finisce la frase. Apprezzo la sua discrezione in pubblico, ma ho notato che nemmeno in privato pronuncia il suo nome. È come se pensasse che pronunciandolo lo evocherebbe, come il cattivo di una favola.

«No» rispondo. Ho bisogno di tempo. Qualunque cosa succeda non voglio sbagliare le tempistiche. Quel che accadrà tra noi non deve essere complicato o contaminato dal mio divorzio.

«Io per te ci sono sempre, non importa chi o cosa scegli.» Sidney si china in avanti per guardarmi negli occhi. «Ciò detto, il tempo per fare marcia indietro ce l'hai ancora.»

«So quello che voglio.» Chi voglio.

«Ovviamente, io non sono sempre stata fan di Greg. A volte è troppo egocentrico e tende a darti per scontata. Tu fai tutto il lavoro sporco con Lola e poi arriva lui e si prende soltanto la gloria. Però è un marito fedele. E ti ama. Immagino che sia disposto a tutto, pur di salvare la famiglia.»

È disposto a fare fin troppo. «È stato un buon marito. Non ha importanza quello che potrebbe fare ancora, adesso. Voglio solo la possibilità di amare qualcuno con tutta me stessa. È sbagliato?»

Sidney indietreggia. Sembra quasi che si sia sgonfiata, d'un tratto.

«Cosa c'è?»

«Sto solo pensando a Lola, nient'altro.»

«Lola sta bene.» Mi viene fuori troppo brusco, perciò ammorbidisco il tono. «Non ti sembra che stia bene? Sai qualcosa che io non so?»

«Da quello che posso vedere, la sta prendendo benissimo. Ma penso che, quando hai dei figli, se c'è anche una sola possibilità di aggiustare le cose, forse vale la pena tentare.» Nota la mia espressione e fa marcia indietro. «Scusa, lo so, hai detto che non c'è nessuna possibilità e devo imparare a rispettarlo.»

«Tu e anche Greg.» Poi sorrido. «Scuse accettate.»

«Ho un'immagine impressa a fuoco negli occhi, dopo averlo visto, ieri. Avevo trovato la lampada perfetta per il suo ufficio e gliel'ho portata. Quando ha aperto la porta era ridotto a un guscio vuoto. È molto addolorato, Maddie.»

«Credi che io non lo sappia? E ci sto malissimo.» Ma non abbastanza male da arrendermi e fare quello che vuole. E quanto sarà costata quella lampada perfetta? Conoscendo Greg, so che non avrà dato a Sidney un budget da rispettare, e lei ama avere carta bianca. È una cosa che loro due hanno in comune. «La terapia di coppia sarebbe una farsa, e non voglio fingere fino a questo punto. Trascinare le cose a lungo sarebbe ancora più crudele verso di lui.»

«Ti capisco.» Giocherella di nuovo con l'orecchino. Lo so cosa pensa: io sto commettendo un errore, dovrei provarci con più impegno.

«Il divorzio non è una tragedia, se fai le cose con intelligenza. La tragedia è restare in una relazione che non ti soddisfa, finché uno dei due muore.»

Vedo che questo l'ha colpita. «Parte del motivo per cui non ho avuto figli è perché voglio conservare la possibilità di andarmene. Voglio poter essere egoista. E Jared la pensa come me.»

Aspetta un attimo, mi ha appena detto che io sono un'egoista e che non posso permettermelo?

No, non può essere. Inoltre, Sidney e Jared non sono esattamente dei modelli, per me; un rapporto libero come il loro non mi soddisferebbe. Mi piace che l'altro abbia bisogno di me. Ma riconosco che abbiano trovato un equilibrio perfetto, per loro, ed è ciò che gli permette di mantenere l'intensità della relazione. Nelle rare occasioni in cui li vedo insieme, la chimica è evidente, ancora dopo tanti anni.

Quel tipo di complicità è quel che vorrei, e con Greg non ci siamo mai arrivati. Forse la gente ci considerava la coppia d'oro, ma dal mio punto di vista l'oro era soltanto in superficie. Greg non sarebbe d'accordo, ma io non torno indietro: non possiamo recuperare qualcosa che non abbiamo mai avuto.

Non dubito che Sidney mi sosterrà in ogni modo, ma so che molti considererebbero crudele la mia decisione. Io dico a me stessa che sarò un esempio migliore e una persona più felice se sarò appagata da un punto di vista sentimentale e questo sarà un bene per Lola, ma se mi sbagliassi?

E Greg riuscirebbe a essere contento per me, se mi vedesse felice e appagata con qualcun altro?

Non credo, non subito: per questo dobbiamo concludere il divorzio in fretta, senza che lui sappia nulla. Bisogna chiudere quella porta, così, quando per me se ne aprirà un'altra, Greg sarà in una situazione del tutto diversa. Io sarei felice se trovasse un nuovo amore.

Finisco il mio cocktail combattendo il disagio che provo. Sidney se ne accorge, perché dice: «Non c'è nulla di cui preoccuparsi. Tu e Greg siete persone ragionevoli».

È vero, lo siamo sempre stati. Ma la posta in gioco è alta, le cose non possono andare storte. Si tratta di molto denaro e anche di molti debiti, quasi tutti di Greg. È lui che si fa fare tutto su misura e assume schiere di professionisti, tra cui anche un personal trainer, vari consulenti e un sarto. Poi c'è la Tesla da duecentomila dollari. Io non ho mai approvato quelle spese, anche se sappiamo entrambi che deve impressionare i suoi clienti e quindi l'apparenza è essenziale. Ma la palestra in casa da centocinquantamila dollari, che ora non userà più? E la stanza da centomila dollari per ascoltare musica, mai usata? Spese che, oltretutto, chiedeva ingiustificatamente al nostro commercialista di detrarre dalle tasse. Dalle tasse di tutti e due. Se arrivasse un controllo fiscale, io di cosa sarei responsabile? Sono domande come queste, a tenermi sveglia di notte.

La legge sul divorzio in California è chiara e lineare, ma se qualcuno volesse giocare sporco… be', come sempre c'è spazio per farlo.

Io voglio che sia tutto trasparente, e sono certa che lo voglia anche Greg.

«A cosa stai pensando?» mi chiede Sidney.

«A quanto costa vivere nella Bay Area, se vuoi mantenere le apparenze. Non mi dispiacerebbe abbassare un po' il tenore di vita. Se non sono più sposata con Greg, non ho più bisogno di spendere tanto in vestiti. A lui piaceva esibirmi, ma ora non c'è più bisogno di ostentare. Negli anni ho preso troppo le distanze dall'ambiente in cui sono cresciuta, è ora di fare un passo indietro.»

«Anche Greg è cresciuto senza soldi, dico bene?»

«Sì. È una delle cose che ci univa, all'inizio: i nostri umili esordi.» Veniamo entrambi da famiglie con problemi finanziari; i suoi sono rimasti sposati, i miei hanno divorziato. Anche per questo siamo allineati nel non sprecare denaro in una lunga causa legale. Dobbiamo divorziare nel modo più amichevole possibile, per risparmiare a Lola quello che ho passato io.

Il volto di Sidney esprime piena comprensione. Per il mio passato o per il presente? Oppure sta immaginando il mio futuro?

Lei non conosce Greg come lo conosco io. Non sa quasi nulla di lui. Io ho delle munizioni che spero di non dover usare mai. Perché se si arrivasse a quel punto, ci serviremmo entrambi dei missili che da tempo abbiamo pronti, puntati sull'altro, e finiremmo per distruggerci a vicenda.

Ma non lasceremo che succeda.

«Greg e io proteggeremo Lola da ogni conseguenza negativa» dico. «Su questo la pensiamo esattamente allo stesso modo.»

«Certo, naturalmente.» Sidney ha un tono sereno, ma allora perché nessuna delle due sembra convinta?

6
Greg

È una bella giornata di marzo: sole, cielo sereno, quindici gradi all'ombra. Ma è come se non riuscissi a godermela, a sentirla. Sento solo una tristezza infinita, e cerco di allontanarla bevendo, quando invece dovrei lavorare. Ma almeno bevo solo birra, niente superalcolici.

Anche alle due del pomeriggio di un giorno feriale, il mare è punteggiato di persone in piedi sulle loro tavole da SUP. Scivolano placidamente sull'acqua, spensierati. Accanto a me, una coppia si sbaciucchia; dal lato opposto, un gruppo di sei persone ride forte. Io sono l'unico seduto da solo a un tavolino all'aperto, perché pensavo che sarei stato meglio qui che solo nel mio appartamento. Forse pensavo a questo come un periodo di vacanza, al termine del quale sarei tornato a casa. Ma visto che il piano A non ha funzionato, mi serve un piano B. Faccio un gesto per attirare l'attenzione del cameriere e ordino un'altra birra.

Il mio telefono squilla. È Madeline. «Ciao» dico, con il cuore che batte forte.

«Ciao. Come va la giornata?»

«Non c'è male.» Mentire è diventato un riflesso. Ho dovuto alterare la mia strategia iniziale, quando è diventato evidente che lei non s'impietosiva per me. Non sarà la compassione a riportarmi a casa. Nemmeno gli appelli al benessere di Lola sono serviti, visto che nostra figlia sembra averla presa bene. Almeno in superficie. Nel profondo, sono certo che soffre. «Tu come stai?»

«Anch'io non c'è male. Mi scoccia dovertelo chiedere, ma hai già preso un avvocato?»

«No.» Se le scoccia chiederlo, perché lo fa? Chi la costringe? Da quando mi ha detto che voleva il divorzio, si comporta come se fosse tutto inevitabile. «Tu ne hai uno?»

«Sì. Hai almeno cominciato a cercarlo?»

Ovviamente no. Riesco appena a lavorare, a livelli minimi. La telefonata a Peter Tramboni è stata un tale disastro che ho dovuto rivelargli i miei problemi matrimoniali. Peter è stato empatico al massimo delle sue possibilità, cioè pochissimo. Ma ha affrontato già tre divorzi ed è stato felice di parlarmene. «So come possono essere le donne» ha detto, come se Madeline fosse una delle cacciatrici di soldi che ha sposato lui. Ma almeno ha smesso di crearmi problemi. Per il momento.

Non mi sorprende che Madeline abbia trovato un avvocato a tempo di record. Non le piace lasciare a lungo delle voci inevase sulla sua lista di cose da fare. Non ha senso amareggiarsi per questo aspetto della donna che amo, o per la sua fretta. Dev'essere che non vuol darsi il tempo di rallentare e considerare quello che sta perdendo. Non vuole lasciare spazio ai suoi sentimenti. Mi ama tanto che ha bisogno di fare tutto in fretta, altrimenti non ci riuscirà. E proprio per questo io invece ho bisogno di rallentare il più possibile ogni cosa, dando allo stesso tempo l'impressione di collaborare.

«Ho contattato alcuni avvocati» mento di nuovo. «Ho preso degli appuntamenti per la prossima settimana.»

«Hai preso i nomi dalla lista che ti ho mandato?»

«Sì.» Cosa conta una frottola in più?

«Quindi avrai un avvocato entro la prossima settimana?»

«No. La prossima settimana ne vedo alcuni, poi devo decidere.» Cerco di non lasciar trasparire l'irritazione, ma la sua urgenza è fastidiosa.

«Va bene, appena decidi dammi il suo nome. E comincia a pensare se è meglio che tu citi me o io citi te. Non importa molto, in realtà, nel nostro caso è una formalità.»

«Certo.» Alla mia sinistra, c'è un'altra esplosione di risate.

«Dove sei?»

«Sono fuori con un cliente. Mi sono alzato dal tavolo per rispondere.» Con la coda dell'occhio vedo che il cameriere mi ha colto a mentire, il che è imbarazzante. Ma è un'umiliazione che impallidisce di fronte a quelle che ho accumulato nell'ultimo mese.

«Grazie per avermi risposto. Ricordati di pensare alla questione se devo essere io a citare te o il contrario.»

«Fallo tu.» Visto che non vedi l'ora, cazzo.

«Va bene.» Ha un tono compiaciuto? «Vuoi che chiediamo a qualcuno che conosciamo?»

«Sidney» dico, con la bocca secca come un deserto. «Chiedilo a Sidney.»

Ho l'impressione che Sidney sia dalla mia parte, cioè dalla parte del nostro matrimonio. Non lo ha detto in modo diretto ma, quando è passata a consegnarmi quella lampada da millecinquecento dollari (come se me ne fregasse qualcosa di una lampada, in un momento del genere), non sono riuscito a nascondere il mio stato pietoso. Ho sempre pensato che mi considerasse una persona piena di sé, ma ora che mi sono ridotto così ho l'impressione di piacerle di più. E credo che abbia capito quanto amo Madeline e quanto sono devoto alla mia famiglia.

Sarebbe utile blandirla un po' per vedere se può lavorarsi Madeline a mio vantaggio. Inoltre, avere della compagnia non mi dispiacerebbe. Sidney è una presenza luminosa, e la mia vita ora è alquanto buia.

Durante la prima visita di Lola nel fine settimana, mi sono sentito meglio e peggio allo stesso tempo. Madeline aveva ragione, a nostra figlia piace Jack London Square e ama la sua nuova cameretta. Le piace tutto quello che Sidney ha scelto per lei. Siamo usciti a fare shopping e finché è durato mi sono sentito quasi normale. Quando passo del tempo da solo con Lola spendo sempre molto. Così tengo a bada il senso di colpa perché lavoro troppo, e comunque lei è l'opposto di una bambina viziata. È effervescente e grata di tutto.

Quando ieri sera l'ho messa a letto, ha detto: «Tu e la mamma sarete molto più felici, separati».

«Cosa vuoi dire?» È questo che le mette in testa Madeline? La mia mano si è bloccata mentre le accarezzavo i capelli.

«Soltanto che è una bella cosa.»

«Non credo proprio.» Mi è sfuggito, ma Madeline non lo saprà.

«So che ora non riesci a capirlo.» Lola mi ha fatto un sorriso dolce. «Ma sarà così. Te lo farò vedere.»

Deve essersi convinta che ci deve dare l'esempio e mostrare un atteggiamento positivo. Ma è il contrario di quello che voglio. Dovrebbe mostrare a Madeline che disastro è questa idea del divorzio. «Non devi fingere, con me» le ho detto.

Lei sorrideva ancora. «Ti voglio bene, papà.» Mi ha dato un bacio e si è girata su un fianco, lasciandomi più solo di quanto fossi mai stato in tutta la vita.

Madeline è troppo persuasiva. Ha convinto Lola di una falsità, e cioè che una famiglia divisa può essere meglio di una famiglia unita.

Quando Madeline e io ci siamo sposati, ero sicuro che

fosse quella giusta. Parte di quella certezza derivava dalle cose che avevamo in comune. Tutti e due siamo cresciuti senza una stabilità economica. I miei genitori portavano avanti un matrimonio senz'amore, i suoi erano passati attraverso un odioso divorzio che si era trascinato per anni. Sapevamo cosa volesse dire non avere mai abbastanza, sia dal punto di vista materiale, sia da quello emotivo. Dopo esserci trovati, ci siamo giurati di continuare a lottare insieme e di non arrenderci mai. Avremmo dato a Lola la stabilità che noi non avevamo avuto.

Lei ora ha deviato da quell'obiettivo, ma io no. Le chiederò di mantenere le promesse che ci siamo fatti all'inizio. E, quando tornerò a casa e riprenderò il mio posto, lei mi ringrazierà.

7

Madeline

Esther Kahn ha i capelli più neri, lisci e lucenti che abbia mai visto. Le arrivano fino alle spalle e sembrano splendere di luce propria. Ha anche una pelle senza età. Io sono brava ad accorgermi di quando qualcuno si è fatto qualche intervento estetico, ma in Esther non ho notato nulla, nemmeno il più piccolo segno rivelatore. So che fa l'avvocato da venticinque anni, eppure non ha rughe di espressione.

Non la definirei priva di senso dell'umorismo, ma è una solida professionista. È quello che mi serve: qualcuno che prenda sul serio il proprio lavoro e la propria reputazione, e che non si tiri indietro. Non ho bisogno di un avvocato comprensivo che mi tenga la mano, quello che voglio sono efficienza spietata e precisione. Per concludere in fretta. Perché se non esco rapidamente dal mio matrimonio, rischio di dare di matto. E vuol dire molto, perché non sono mai stata il tipo che perde le staffe.

Ogni giorno diventa più difficile non chiamarlo o non mandargli un messaggio. Non mi sono concessa nemmeno un'email. Ma nemmeno io sono così disciplinata da poter controllare tutti i miei pensieri. I miei desideri. Dio, che bello desiderare ancora. È passato così tanto tempo.

A dire la verità, non ho mai provato per Greg un

desiderio bruciante. È una verità che lui non dovrà mai sapere.

Questo è l'altro motivo per cui bisogna fare in fretta. Se Greg sapesse che c'è di mezzo un altro uomo, non so proprio come reagirebbe. Da un lato, forse capirebbe che il nostro matrimonio è davvero finito; dall'altro, al suo dolore si aggiungerebbe il senso di tradimento. Non gli ho mai dato motivo di sentirsi insicuro o geloso, perciò non posso immaginare cosa farebbe. Nei nostri litigi è sempre stato molto controllato, ma l'ho sentito ingaggiare violente discussioni con dei clienti solo perché si erano permessi di non apprezzare in modo adeguato i suoi brillanti progetti.

Devo prendere in considerazione tutte le variabili possibili. Dobbiamo raggiungere il traguardo. Ho già affrontato un brutto divorzio che sembrava infinito, quello dei miei genitori, e non vorrei viverne un altro. E non deve viverlo nemmeno Lola.

«È bello rivederti» mi dice Esther, sorridendo dietro la sua immacolata scrivania in vetro. «Sono passati più di sei mesi. Credevo avessi optato per una riconciliazione.»

Scuoto la testa. «Mi ci è voluto un po' di tempo per trovare il coraggio. Ma una volta deciso, niente marce indietro. Sono totalmente convinta.»

Esther annuisce con approvazione. «È anche la mia filosofia: impegnarsi nel divorzio proprio come ci si è impegnati nel matrimonio.» Guarda il suo computer. «Quando sei venuta a consultarmi, hai detto chiaramente che la strategia che vorresti adottare è quella di mettere in primo piano gentilezza, decenza e lealtà, preservando la tua integrità e quella di tuo marito, e soprattutto proteggendo il più possibile tua figlia.» Mi rivolge un'occhiata penetrante. «È successo qualcosa che ti ha spinto a cambiare idea?»

«No, nulla. Greg è distrutto, ma è molto collaborativo. Siamo sulla stessa lunghezza d'onda.» Le consegno le copie del documento che ho preparato, condiviso anche da Greg: custodia congiunta, che significa anche il pieno controllo, da parte di ciascuno di noi, di tutte le decisioni relative alla salute e all'istruzione di Lola; nostra figlia passerà il settanta per cento del tempo con me e il trenta con Greg; e infine, c'è anche una proposta di divisione di beni e debiti.

«Impressionante» dichiara Esther, dopo aver dato una lettura rapida al documento. «E lui è d'accordo su tutto, compresa la parte finanziaria?»

«Non vedo perché non dovrebbe esserlo. Mi sono basata sulle leggi dello stato della California, parola per parola.»

Non alza gli occhi dal testo. «Mi sembra che tu sia una persona pragmatica. Anche tuo marito lo è?»

«Assolutamente no. Ma è un uomo con dei princìpi.» Quantomeno, abbastanza.

«Spero che tu abbia ragione. Troppo spesso le persone si lasciano spingere dalle loro emozioni, e tu hai dato il via a un divorzio che lui non vuole.»

Non mi guarda e non ha un tono accusatorio, ma provo il bisogno di difendere Greg. «Forse non lo vuole, ma lo accetta.» O almeno, lo accetterà presto. Finalmente ha smesso di suggerire la terapia di coppia. «Voglio un divorzio rapido e pulito.» Chirurgico, come una ferita che viene cauterizzata istantaneamente.

«Farò del mio meglio.»

«Greg e io non abbiamo motivi per litigare. Oltretutto in California non è necessario esibire prove di colpa per divorziare, perciò...» Non finisco la frase, mentre lei mi fissa con i suoi occhi penetranti.

«Hai ragione. Possiamo parlare semplicemente di

differenze inconciliabili, dovrebbe essere semplice. Ma se la situazione dovesse farsi scivolosa, verranno fuori i precedenti. Episodi brutti o belli. Ognuno cercherà di dimostrare il proprio valore e la propria integrità. E il fatto che voi due ora siate sulla stessa lunghezza d'onda non significa che lo sarete anche in futuro. Per questo devi cercare di fare una buona impressione fin dall'inizio. Non vogliamo passi falsi che più avanti potranno essere usati contro di noi. Se ci sono dei problemi, è meglio sviscerarli adesso.»

Si lancia in un discorso preconfezionato sull'importanza di essere affidabile e inattaccabile da ogni punto di vista (niente multe, niente eccessi, niente critiche pubbliche al partner…).

«Scusa se t'interrompo» dico. «Ma davvero il nostro non è quel tipo di divorzio.» Posso solo immaginare i clienti con cui è abituata a trattare.

«Pochissime persone iniziano pensando che si tratti di quel tipo di divorzio.» Deve aver notato che sono rimasta turbata, perché aggiunge, con gentilezza: «Il mio lavoro consiste nel prepararti e proteggerti. Questo significa che io non ti mentirò mai e tu non mentirai a me. Non per una questione di principio, ma perché abbiamo bisogno entrambe che sia così: se la controparte mi coglie di sorpresa è un problema per te».

«Capisco.»

Perciò rispondo il più sinceramente possibile a tutte le domande, finché arriva quella difficile: «C'è qualcun altro coinvolto in questa separazione?» mi chiede, con le dita sulla tastiera.

Esito solo una frazione di secondo. «No.»

Ho deciso fin dall'inizio di lasciarlo fuori, anche perché non c'è nulla che Esther possa scoprire. Al momento non ci vediamo, e continueremo a non vederci fino alla conclusione del divorzio. Inoltre, non abbiamo mai dato sfogo ai nostri sentimenti. Nessuno ha assistito ad azioni sconvenienti. Divorzio per la mia crescita personale, non perché ho un altro. Non si tratta dei miei sentimenti per un uomo, ma di quelli che non provo più per Greg. Che non ho mai provato per lui.

Esther intanto va avanti a descrivere tutti i documenti che dovrò procurarmi.

«Mi sembra un sacco di roba, visto che Greg e io abbiamo già stilato un accordo» commento. Sono una persona organizzata, perciò non ci metterò molto ad averli, ma mi pare una perdita di tempo, e odio sprecare il tempo.

«Quello che avete è una proposta, ma non è firmata né autenticata da un notaio. Hai detto che lui non ha nemmeno un avvocato.»

«Lo avrà entro la fine della settimana.» Greg non ha detto esattamente così, ma posso spronarlo. «Il primo del mese mi pagherà gli alimenti e il denaro per le spese di Lola.»

Esther sembra poco convinta. Mi spiace che il suo lavoro l'abbia resa così stanca e cinica. La medicina e l'avvocatura spesso sono considerate campi simili, ma in realtà sono molto diversi. Il mio lavoro afferma la mia fiducia nell'umanità, in genere. Il suo sembra avere l'effetto opposto.

«Qui dice» Esther guarda il mio documento «che tu starai con Lola lunedì e martedì, mercoledì la terrà lui e poi tornerà da te giovedì e venerdì, mentre i weekend sono alternati.»

«Esatto.»

«Lola come la sta prendendo?»

«Benissimo.» Non riesco a nascondere l'orgoglio nella mia voce, e non voglio farlo. «È una bambina stupenda.»

«Ne sono sicura.» Lo dice distrattamente, e torna subito al punto. «Riguardo alle decisioni genitoriali, le leggi della

California sono state scritte pensando all'interesse dei figli. Il tribunale della famiglia ha ampia discrezionalità per determinare quale sia questo interesse. Ma spero che tu e Greg possiate prendere le decisioni insieme. Perché una volta che la cosa finisce nelle mani di un giudice, può diventare imprevedibile.»

«Non preoccuparti, terremo tutto sotto controllo. Prevedibile è il mio secondo nome.»

Sorride. «E qual è il secondo nome di Greg?»

Non so cosa rispondere.

Ma lei è già passata al punto successivo: la raccolta delle prove. «Lo scopo è dimostrare la tua credibilità e indebolire la sua. Se hai fortuna, la stessa prova può assolvere a entrambe le funzioni.»

Devo fermarla, perché pago ogni minuto del suo tempo e non voglio informazioni inutili. «Questo non è rilevante. Non arriveremo ad aver bisogno di "prove".»

«Sei una dottoressa. Sai che è meglio documentarsi troppo che troppo poco.»

«È vero» ammetto. Ho sempre creduto che nessun dettaglio vada trascurato. Anche se sono (quasi) del tutto sicura che Greg e io non siamo affatto come i tipici clienti di Esther, provo una stretta al petto. Proprio perché sono cresciuta con poco, so bene che Greg e io abbiamo molto, e quindi anche molto da perdere se le cose dovessero andare storte.

Non posso lasciare che succeda. Né a me, né (soprattutto) a Lola.

«Nella migliore delle ipotesi non avrai bisogno di nulla di quello che sto per dirti. Ma ti consiglio di prendere appunti. Ci sono molti passaggi non necessariamente intuitivi.»

«Sto registrando la nostra conversazione.»

«Perfetto, questo è lo spirito giusto.»

8

Greg

Hugh Warshaw non era in cima alla mia lista e non figurava affatto in quella di Madeline. Ma dopo tre incontri improduttivi in cui tre avvocati mi hanno detto che non avrebbero fatto quello che volevo - uno di loro ha perfino definito la mia strategia «immorale» - più una decina di telefonate a studi che, dopo la mia esposizione del problema, hanno seccamente rifiutato di seguirmi, ho capito che era arrivato il momento di abbandonare la strada maestra e servirsi di qualcuno con più immaginazione.

Appena entro nello studio di Hugh mi viene da gridare «Alleluia!». Madeline odierebbe il suo ufficio, giudicandolo non professionale e disorganizzato, con tutte quelle pile di carte (lei ha idee ristrette su questo, è convinta che uno spazio caotico rifletta una mente caotica) e non apprezzerebbe i dipinti modernisti, soprattutto quello con un nudo femminile astratto, in colori sgargianti, dietro la scrivania di Hugh. Quello che io capisco dall'osservazione del suo studio è che Warshaw non si lascia limitare dalle convenzioni. Non gli importa ciò che è giusto o sbagliato per gli altri. E spero che gli piacerà la sfida che sono venuto a proporgli.

«Sarò sincero da subito» esordisco. «Altri avvocati hanno rifiutato il mio caso. Vogliono solo mettere i puntini sulle i, per cinquecento dollari l'ora. E non è quello di cui ho bisogno.»

Lui fa subito una faccia interessata. Ha una carnagione rossastra e i capelli scomposti alla Einstein, mentre il suo completo è perfettamente stirato. Deve essere sulla quarantina, come me, ma ha i modi di un uomo più vecchio. Madeline lo troverebbe contraddittorio e quindi sconcertante, mentre a me piacciono i contrasti e le persone che seguono i propri gusti senza vergogna.

«Ho bisogno di una persona creativa e con una visione ampia. Per darle un contesto, sono un architetto che ha costruito palazzi da sogno per alcuni degli uomini più ricchi del mondo.»

Hugh ride. Ha i denti macchiati da fumatore. Apprezzo la sua mancanza di vanità e vorrei anch'io essere meno vanesio, ma la mia clientela non me lo permette. O forse non ho abbastanza coraggio. «E le donne?» chiede.

«In che senso?»

«Ha costruito palazzi anche per alcune delle donne più ricche del mondo?»

«Ora che mi ci fa pensare, no.» Non ho mai avuto una cliente donna; qualche moglie, che di solito però non ha l'ultima parola.

«Crede che questo possa essere parte di ciò che è andato storto nel suo matrimonio?»

Sono sorpreso, ma in senso positivo. Il mio giudizio iniziale era corretto: lui non ha paura di essere diretto fino alla sconvenienza. È proprio questo che mi ci vuole. Hugh può fare il poliziotto cattivo e io quello buono. «Io adoro mia moglie. Non è questo il problema.»

«E qual è, allora?»

«Che lei vuole il divorzio e io no. Continua a ripetermi la vecchia storia: a un certo punto ha smesso di amarmi. Io voglio che torni ad amarmi.»

«Ah.» Annuisce. «Questo è un grosso problema.»

«Ho cercato di convincerla a fare terapia di coppia, ma dice che non ha senso, perché lei sa quello che vuole. Io penso che se davvero lo sapesse non avrebbe paura di provarci e avere una discussione con uno specialista.»

«È evidente che lei non è mai stato in terapia.»

Forse è troppo diretto. Ma, se voglio lavorare con lui, devo lasciar correre. È vero, non sono mai stato in terapia, ma so che il mio matrimonio può essere salvato. «Crede sia possibile che il tribunale ordini una terapia di coppia?»

«È molto improbabile. A volte un giudice ordina degli incontri sulla genitorialità. Questo succede quando la coppia litiga spesso sui figli, soprattutto se lo fa davanti a loro. Voi avete figli?»

«Una bambina di dieci anni. Si chiama Lola.»

«Lola. Bel nome.» Sorride, e sembra quasi che fatichi a togliersi la sua espressione cinica dal volto. «Com'è il livello di comunicazione con sua moglie? A proposito, come si chiama?»

«Madeline. In genere comunichiamo bene, ma sul punto più importante lei non sembra nemmeno sentirmi.»

«È decisa a divorziare, eh?» Annuisco. «Quindi lei vuole punirla? Vuol fare il gioco duro?»

«No, niente affatto. Non si tratta di punire nessuno, ma voglio che lei ritardi la procedura il più possibile. Deve negoziare ogni punto fino all'assurdo. Faccia irritare il suo avvocato, ma allunghi tutto fino all'inverosimile. Voglio che mi faccia guadagnare tempo, per riuscire a comunicare con mia moglie. Lei ora vive in una specie di bolla, e io devo farla scoppiare.»

«Vuole discussioni inutili che faranno solo aumentare il mio compenso?» Ora sorride con maggiore facilità. «Affare fatto.»

9

Madeline

È tutto il giorno che sono tesa e non so perché. Voglio dire, sta andando tutto secondo i piani. Greg ha trovato un avvocato e mi manda molti meno messaggi; Lola sta andando benissimo. Adesso è sul sedile di dietro e canticchia. È una delle cose che più mi piace di lei: a volte può perdersi nelle sue fantasticherie, ma quando serve - se deve fare i compiti o giocare a calcio - è molto concentrata. È il mix perfetto tra me e Greg.

Davvero, non potrebbe andare meglio. Eppure…

Sono agitata. Forse è solo il fatto che non mi piacciono le cose a metà. Forse riuscirò a rilassarmi solo quando tutti i documenti saranno stati presentati in tribunale e tutti gli accordi informali saranno stati formalizzati. Il divorzio sarà ufficializzato solo sei mesi dopo la data della separazione, ma intanto possiamo lavorare su ogni dettaglio. Così andrà tutto liscio come l'olio.

In parte, il mio nervosismo dipende anche dal dovermi tenere a distanza dall'uomo che credo sia l'amore della mia vita. È strano avere sentimenti così forti senza poterli mettere alla prova. Di solito non mi lascio guidare dalle intuizioni, non come Greg. Io mi baso sui fatti, su cose pratiche. E adesso mi trovo in un momento di forte incertezza.

Ho già parlato del desiderio? Dovrebbe essere qualcosa di piacevole, invece in queste circostanze è doloroso.

Siamo quasi a casa, e nella mia voglia di arrivare così da poter chiudere questa giornata, affronto l'ultima curva a una velocità troppo alta. Non è da me, e correggo subito la sterzata, ma devo frenare di colpo perché sulla strada, proprio di fronte all'auto, si è materializzata una femmina di daino. Pensavo che la frenata l'avrebbe allarmata, ma si vede che vivere in questa zona l'ha immunizzata contro i rumori improvvisi.

Mi fissa attraverso il parabrezza, maestosa e senza paura. Com'è possibile che un animale così bello sia anche così stupido? Come può sopravvivere, con un senso del pericolo tanto sottosviluppato?

«Merda» dice Lola, sbalordita.

Dovrei redarguirla per aver detto una parolaccia, ma chi se ne frega. Il cuore mi batte all'impazzata. Non riesco a credere a quanto sono andata vicino a uccidere questa creatura incredibile.

Anzi, a uccidere un'intera famiglia, mi correggo, notando i due piccoli sopra una sporgenza di roccia. Devono aver attraversato la strada prima della madre.

Li vede anche Lola. «Cavolo» dice. «Sapevo che qui ci sono tanti daini, ma non ne avevo mai visto uno.»

Non è mai stata molto attratta dalla natura, proprio come suo padre. Mi rendo conto di aver represso la parte di me che ama sudare su un sentiero. È una cosa che adesso cambierà. «Questo fine settimana ti porto a fare un'escursione.»

«È proprio necessario?»

«Ti compro un paio di scarponcini da trekking.» È il classico sistema di Greg.

I daini si allontanano a balzi e salgono tra le rocce senza sforzo. Lola e io restiamo immobili a guardarli, e a un tratto qualcuno alle mie spalle dà un colpo di clacson. Mi scuso agitando una mano fuori dal finestrino e riparto.

«Quella mamma daino non era molto intelligente» osserva Lola.

Anche se ho pensato la stessa cosa, rispondo: «Ha solo fatto la valutazione che riteneva migliore. A volte le tue ipotesi si rivelano sbagliate. Sono certa che avesse buone intenzioni».

«Secondo te sperava che ai suoi piccoli succedesse qualcosa? Così avrebbe potuto andarsene in giro libera per tutto il giorno.»

«Lola!» la rimprovero. Che brutta cosa da dire.

«Scommetto che non tutti gli animali vogliono fare i genitori. Alcune femmine di daino devono essere delle cattive madri.»

Fino al punto di uccidere i propri piccoli? Decido che è meglio restare in silenzio.

Quando parcheggio sotto la tettoia sono ancora scossa, non so se dal modo casuale in cui Lola ha parlato dell'infanticidio o dal fatto che per poco non ho ucciso quel daino. Rivedo il modo tranquillo in cui l'animale mi fissava. Sembrava non avesse paura. E forse ero io che avrei dovuto preoccuparmi di più. La mia vicina Sylvia, qualche anno fa, ha investito un daino: la macchina era da rottamare, mentre il daino si è allontanato senza scomporsi, illeso.

Ho imparato ad apprezzare Sylvia. Ha quasi settant'anni ed è la classica donna tosta. Riesce a fare del giardinaggio sul pendio sotto casa, che a me dà le vertigini soltanto a guardarlo. All'inizio era fredda verso me e Greg, come molti residenti che avevano preso male la costruzione della nostra casa, scolpita nella collina in un modo che secondo Sylvia era «esibizionista» e «sconveniente» e secondo suo marito «da asini». Credevo che dopo un primo incontro come quello non ci sarebbe stato spazio per un miglioramento, invece poi abbiamo sviluppato un bel rapporto. Soprattutto da quella volta in cui ci siamo ritrovate insieme per strada, spaventate dagli incendi nell'area che minacciavano anche le nostre case: a quel punto abbiamo capito quanto fossero insignificanti le nostre divergenze.

In ogni modo, per tornare al daino, Sylvia aveva una vecchia Toyota, perché non le piace spendere troppo in automobili. Era tornata a casa in realtà con poco più che un paraurti ammaccato, ma la compagnia di assicurazioni aveva dichiarato che era da demolire. «Nessuno vuole più aggiustare nulla» aveva borbottato Sylvia. «Vogliono solo eliminare il vecchio in favore del nuovo.» Mi chiedo cosa penserà, venendo a sapere che Greg è andato via di casa.

Nel vicinato non lo sa ancora nessuno. Se n'è andato senza caricare troppo il suo SUV. Ancora deve venire a prendere il resto della sua roba. Fa storie, ha chiesto se può usare il seminterrato come magazzino. Non mi sembra una buona idea. Devo tagliare ogni legame, estinguere le sue speranze. E per questo, a volte è necessario essere crudeli.

Ma forse non dovrei essere così dura con lui, visti i progressi che ha fatto nell'accettare la situazione. Ha smesso di chiedermi se può usare lo studio e la palestra che aveva in casa. Ho dovuto ricordargli che nel suo condominio c'è una grande piscina.

È un po' una cattiveria che sia io a restare in una casa per la quale ho sentimenti contrastanti, mentre lui che la ama con passione è dovuto andarsene. Aveva intrapreso il progetto per un cliente, il quale poi si era tirato indietro. Greg, a quel punto, era così innamorato dei suoi disegni che mi aveva convinta a comprare il terreno e a costruire la casa per noi. Eravamo sposati da poco, avevamo appena smesso di usare precauzioni nei rapporti sessuali e in quel posto mi sembrava davvero di essere in cima al mondo. Avevo delle riserve, ma le avevo tacitate per non deluderlo e lo avevo lasciato fare. Greg è creativo, io sono pratica; questi sono sempre stati i nostri ruoli. Il mio compito è coordinare la logistica in modo che la sua visione diventi realtà. Inoltre Sidney ne era davvero entusiasta, sosteneva che sarebbe stata una follia rinunciare, soprattutto dopo l'affare che Greg era riuscito a concludere per l'acquisto del terreno. Quando la tua migliore amica e tuo marito fanno squadra, devi cedere per forza. O almeno, era quello che avevo fatto io.

Quale donna può negare a suo marito la casa dei suoi sogni? Io non avevo mai voluto nemmeno una casa per le mie Barbie, ma forse in quel momento ero stufa di essere sempre ragionevole e pragmatica, soprattutto in confronto a Greg, che è fantasioso e capriccioso, da vero visionario. Forse l'avevo sposato proprio per vedere il mondo attraverso i suoi occhi, ma adesso è il momento di vederlo attraverso i miei.

Durante i lavori avevo sperato che, una volta finita, la casa mi avrebbe conquistato. Al momento del trasloco ero agli ultimi mesi di gravidanza. Mi ero sporta a guardare giù dalla terrazza e avevo avuto una vertigine così violenta e improvvisa che avevo vomitato dal parapetto. Allora avevo capito il mio terribile errore, o meglio l'errore che avevo permesso a Greg di compiere a nome di entrambi. Quasi cinque milioni di dollari e un mutuo astronomico per un ripido pendio senza nemmeno un cortile? Un posto poco adatto alla bambina che stava per arrivare, forse persino pericoloso.

Ma ormai non c'era più nulla da fare. Eravamo oltre il punto di non ritorno. Greg era innamorato del progetto, come Narciso del suo riflesso, e quella ormai sarebbe stata casa nostra.

Gli avevo detto che il vomito era dovuto alla nausea mattutina (anche se in realtà non l'avevo più da mesi) e all'emozione incontenibile. Gli avevo detto che ero orgogliosa di lui e che lì saremmo stati felici. Lui mi aveva creduto al cento per cento.

Negli anni, quello che provo davvero per questo posto è venuto fuori. Greg ha capito che per me l'estetica non è tutto. E che penso che decidere di vivere sopra un burrone sia un'idiozia. Cosa ti spinge a una cosa del genere, l'amore per il rischio?

La questione ha generato qualche tensione tra noi, anche se ne abbiamo parlato poco. Abbiamo parlato poco di tante cose, pur di non incrinare le apparenze e mantenere intatta la vernice dorata di cui ci eravamo rivestiti.

Quando riuscirò finalmente ad andarmene, la casa non mi mancherà, malgrado la sua opulenza. E il vicinato mi mancherà ancora meno. Delle strade non parliamo neanche: dei viottoli a doppio senso, in cui qualcuno deve sempre cedere il passo. Non c'è un diritto di precedenza definito, perciò alcune persone (alcuni tipi di persone) tentano di intimidire gli altri, guidando in modo aggressivo come se volessero stabilire un dominio sulla strada, dimostrando la loro riluttanza a spostarsi. A volte non incontro nessuno, ma quando succede mi infastidisce sempre il gioco a chi cede per primo.

In teoria, cedere non mi crea problemi. È solo un punto d'orgoglio e non mi interessa giocare a chi ce l'ha più lungo, se non c'è un vero motivo per farlo.

Ma di recente non riesco a non pensare a come sono finita quassù. Voglio dire, è vero che non avevo detto a Greg che la mia casa da sogno non era su una collina in forte pendenza, ma non ho mai pensato che ci fosse bisogno di dirglielo: in fondo, mi conosceva. Avevamo cominciato a parlare di formare una famiglia già dopo pochi mesi, e lui avrebbe dovuto capire che non ero il tipo da spingere un passeggino su strade di questo genere. Guidare in questa zona con un bebè a bordo mi terrorizzava.

Allora ho ceduto a Greg, ma ora non lo farò più. Non sono il suo daino abbagliato dai fari.

10

Greg

«Consegna speciale.» Il sorriso di Sidney è in parte timido e in parte rammaricato, mentre mi consegna la busta marrone.

La invito a entrare. «Non puoi solo consegnarmela e scappare via.» Getto la busta sul piano di lavoro della cucina, senza aprirla. La trasmetterò direttamente a Hugh Warshaw, che sa già cosa fare. «Vuoi qualcosa da bere?»

Sono passate da poco le cinque, e per me non è il primo drink della giornata. Ma non ho ancora bevuto un bicchiere intero in una volta sola. Faccio un sorso ogni tanto, giusto per calmare i nervi. Il problema è che il nervosismo torna poco dopo.

«Prendo qualcosa con del bourbon o un bourbon liscio.» Si vede che Sidney lo fa solo perché gliel'ho chiesto. Non vorrebbe essere qui e la capisco. Sono triste e patetico. Ma ho bisogno di lei, sotto vari aspetti. Perciò mi va bene se le faccio pena.

Lei è davanti alla portafinestra e guarda il panorama. Le porto il suo bourbon con un goccio di vermouth dolce, in pratica un Manhattan abbozzato. «Fuori?» chiedo. Lei annuisce.

Usciamo in terrazza e restiamo in silenzio, seguendo con gli occhi una barca a vela che si sposta nella baia; a parte questo, in mare non c'è nessun altro. «È bello, qui» dice Sidney.

«Ma non così bello come la vista dalla mia vecchia casa.»

«Questa però è più accessibile. La casa di Madeline è troppo in alto.» Nota la mia smorfia quando dice «casa di Madeline» e aggiunge: «Scusa».

«Non ti preoccupare. E grazie per quello che stai facendo. Non deve essere facile, per te.»

Sidney solleva il bicchiere. «Grazie a te di questo.» Si siede su una delle sedie di *teak* fatte a mano che ha scelto lei e posa il bicchiere sul tavolino in marmo di Carrara. Si comporta con una strana diffidenza. Non sa più quali sono i limiti, cosa è giusto e cosa no. È una sensazione che conosco.

Mi siedo accanto a lei. «Dimmi la verità, per favore. Tu conosci Madeline da tanti anni. La sua vita è migliore, adesso, senza di me?»

Lei distoglie lo sguardo. «Solo Maddie può rispondere a questa domanda. Ti sei ambientato, qui?»

«Più o meno.» Sidney ha fatto del suo meglio per rendere confortevole l'appartamento, ma io non ho fatto la mia parte. La cabina armadio in camera da letto è piena di scatoloni che non intendo aprire. Se lo facessi sarebbe come ammettere la sconfitta. Non posso permettermi di sentirmi a mio agio, qui. «Cambierò tutta la mia vita, se devo. È questo che devo fare?»

«Non lo so.» Non voglio che si senta a suo agio. Si agita sulla sedia, ma forse dipende solo dai cuscini ecologici, ecosostenibili e biodegradabili.

«Lo sai che sta commettendo un errore.»

«Non sta a me dirlo.» Però lo pensa, me ne sono accorto. Sono lusingato vedendo com'è combattuta. Vuole restare leale verso Madeline e vuole aiutare me. O più probabilmente, vuole aiutare Lola. Due piccioni con una fava, o forse tre.

«Madeline ha bisogno che tu le dica di fermarsi» dichiaro con decisione. «Dovresti farlo, senza tanti giri di parole, per il suo bene.»

«Oppure tu dovresti provare a superare la cosa e andare avanti con la tua vita.»

«Credi che non ci sia nessuna possibilità di un mio ritorno a casa?»

Si alza in piedi. «Prenditi cura di te, capito?»

Perché Madeline non lo farà, intende dire?

«Resta, per favore. Mi farà bene un po' di compagnia.»

«Mi dispiace, ma riguardo al divorzio io devo stare dalla parte di Madeline.»

«Non riesco a lavorare, faccio una fatica tremenda anche solo a esistere.» La guardo con occhi imploranti. «Penso solo a lei. Devo tornare a casa, Sidney.»

Lei fissa il mare, e le salgono le lacrime agli occhi. Alla fine dice, a bassa voce: «Non sperarci troppo».

«Lei non sente la mia mancanza?»

«Sono mesi che le dico la mia opinione. Le ho detto che dovrebbe dare una possibilità alla terapia di coppia. Le ho ricordato quello che ha passato da bambina. Ma niente, non mi ha ascoltato.»

Quindi lei ha combattuto per me e per il mio matrimonio... per un po'? «Quanti mesi?»

«Non saprei, esattamente.» Distoglie lo sguardo, come pentita di quello che si è lasciata sfuggire. Quindi Madeline pensava di lasciarmi da molto più tempo di quanto mi abbia fatto credere.

La sua più cara amica ha passato mesi, al plurale, dicendole che stava commettendo un errore, sottolineando cosa un divorzio può fare a una bambina, cosa aveva fatto a lei, eppure Madeline non ha cambiato idea. Non ha senso.

«C'è qualcosa che lei non mi ha detto?» chiedo. «Cosa ho fatto di così imperdonabile?»

Sidney sembra sul punto di buttarsi dalla terrazza.

«Quindi c'è qualcosa?»

«No, non credo. Niente di più di quello che ti ha detto.» È evidente che sta mentendo.

Lo sapevo! Conosco Madeline, e quando ha parlato la prima volta di separarci sapevo che c'era qualcosa che non mi stava dicendo. Era come se *dovesse* lasciarmi, come se fosse costretta da una forza invisibile. L'avevo pregata di darmi delle risposte, e mi aveva detto e ridetto che non c'era altro, ma chiaramente non è così. C'è un pezzo mancante nel puzzle, e quando l'avrò trovato potrò rimettere insieme la mia famiglia.

Devo aver fatto qualcosa, o lei ha scoperto qualcosa. Non so di che si tratta, ma devo scoprirlo. Si tratta di un problema che può essere risolto. Anche nel mio lavoro, quando vado a sbattere contro un muro, quello che serve è più creatività. Un nuovo modo di guardare le cose.

Sidney sta ancora parlando, a ruota libera. «Madeline non parla mai male di te. Ti rispetta e ti vuole bene. Ma sai già la storia: dice che ora siete solo amici. Tra voi non c'è più la scintilla e lei sa che non si riaccenderà.»

«Sì, conosco questa storia.» È solo che non ci credo.

Sidney sembra confusa dal mio improvviso cambio di atteggiamento. Ora sono più allegro, mi sento rinvigorito. Lei non intendeva darmi speranze, ma è quello che ha fatto.

Madeline è fortunata che io sia una persona sempre disposta al perdono. Ma è meglio che non tiri troppo la corda. Tutti gli uomini hanno i loro limiti.

11

Madeline

«Detesto dovertelo dire, ma non credo che tu e tuo marito abbiate la stessa strategia legale» mi dice Esther Kahn. La fisso senza comprendere, al di sopra della scrivania spoglia. «Hugh Warshaw non sa cosa siano la correttezza e la decenza.»

«Hugh Warshaw?» È la prima volta che sento questo nome.

«L'avvocato di tuo marito.»

«Deve esserci un errore. Greg ha detto che stava chiamando gli avvocati della lista che gli avevo dato.»

Esther inclina la testa. «Forse li ha chiamati, ma alla fine ha assunto Hugh Warshaw. Ora tu e io dobbiamo cambiare strategia.»

«Deve esserci un errore» ripeto, scioccata. Greg non può avermi fatto lo sgambetto.

«Nessun errore. Ho parlato con il signor Warshaw proprio oggi, in riferimento al piano genitoriale e finanziario che tu mi hai sottoposto. Ha contestato quasi ogni punto. A sentire lui, il tuo piano era solo preliminare e informale, ma non c'è alcun accordo.» Il suo tono è neutro, ma mi sento ferita. «Il suo cliente non sembra approvare neppure l'accordo di cogenitorialità, e forse vorrebbe negoziare un sessantacinque e trentacinque per cento.»

«È questo che ha detto? Che il suo cliente non approva?» Mi sento sprofondare.

«So che volevi un piano genitoriale ampio, che lasciasse una certa discrezionalità, ma questo non sembra essere l'obiettivo di tuo marito.»

«E qual è il suo obiettivo?»

«Non l'ho ancora capito. Purtroppo, dovremo procedere un passo alla volta.»

Il che significa discutere ogni singolo punto, e questo farà lievitare le parcelle dei nostri avvocati. Uno spreco di tempo, denaro ed energia.

«Forse hai capito male» provo a dire. «O forse l'avvocato di Greg ha capito male le sue istruzioni. Deve essere andata così. Ora chiamo Greg e...»

«Assolutamente no» dichiara Esther, in tono conclusivo. «Faccio questo lavoro da molto tempo e non capisco male proprio nulla.»

Mi rifiuto di credere a quello che lei invece sembra trovare ovvio.

«Dovete smettere di scambiarvi messaggi» dice Esther.

«Ma lui è il padre di Lola!» esclamo, sconvolta.

«No, volevo dire che invece di messaggiarvi normalmente, dovrete installare un'app per la cogenitorialità e comunicare solo attraverso quella. L'app registrerà ogni cosa in un modo che sia ammissibile in tribunale.» Vedendo la mia faccia, aggiunge: «Per sicurezza».

«Devo anche registrare le telefonate e ogni interazione con lui quando ci vediamo per andare a prendere o riaccompagnare nostra figlia?»

Esther ignora il mio tono ironico. «Molti lo fanno.»

Vorrei dirle che noi non siamo «molti», ma è quello che avevo detto la volta scorsa.

«Quello che sto per raccomandarti può sembrarti eccessivo, ma penso che sia la giusta misura preventiva prima che la situazione si deteriori ulteriormente. Delle sedute con uno specialista in cogenitorialità possono aiutarvi a restare sulla stessa lunghezza d'onda. Un beneficio aggiuntivo è che una delle prime cose che un giudice vuole capire è quanto è collaborativo ciascun genitore. Se sarai tu a fare la richiesta di queste sedute, agli occhi della corte sembrerai subito una persona affidabile.»

«Ma non è questo il piano» protesto. «Greg e io faremo degli accordi, e il giudice dovrà solo firmarli.» È quello che ci siamo detti. O meglio, è quello che ho detto io e lui non ha mai detto di no.

«So che questo è il tuo piano, ma non sembra essere quello di Greg.»

«Penso che il suo avvocato lo stia consigliando male.» Greg non è così. Ma se è disposto a buttare via tutto quello di cui avevamo parlato solo perché il suo avvocato è di un altro parere, potrei trovarmi nei guai. Sento di stare perdendo il controllo, e questo mi terrorizza.

«L'altro fattore che il giudice terrà in conto, quando si parlerà della custodia della bambina, è il livello di vicinanza emotiva con ciascun genitore. Non si tratta solo di quanto tempo passi con tua figlia, ma della qualità di questo tempo. Si tratta di attenzione, cura, ricettività. Le sedute di cogenitorialità ti daranno la possibilità di provare quanto ami Lola, davanti a un terzo imparziale.»

«Greg e io amiamo entrambi Lola più di ogni altra cosa. Su questo non c'è dubbio.» O no?

«Devo avvertirti che le cose possono peggiorare molto più rapidamente di quanto immagini. Le persone mostrano lati inaspettati di sé stesse, durante una causa di divorzio: quando rischiano di perdere tutto, si comportano come se non avessero più nulla da perdere.»

«Ma noi abbiamo Lola. Greg si comporterà com'è meglio per lei.» O almeno, finora ho pensato che lo avrebbe fatto.

«Allora perché ha stretto un accordo con te e poi ha detto al suo avvocato di rifiutarlo?»

«Non lo so.» Devo ammettere che sto facendo fatica a respirare.

«Esatto. Non lo sappiamo, ma dobbiamo essere pronti a tutto.»

«Credi che in quelle sedute di cogenitorialità avrò delle risposte?»

«È possibile.» Esther inclina di nuovo la testa in quel modo strano. Non capisco se esprime incredulità o l'inutilità di fare congetture. Ma temo che avrò parecchio tempo a disposizione per scoprirlo. Se Greg continua la strada tracciata dal suo avvocato. Forse posso convincerlo a lasciare Hugh Warshaw e tornare al piano di partenza.

Per il resto dell'incontro con Esther devo sforzarmi per concentrarmi. All'esterno sono calma e collaborativa, perché non voglio sprecare nemmeno un secondo, visto che pago cinquecentocinquanta dollari l'ora, ma dentro ho voglia di urlare.

Questo non doveva succedere. Doveva essere una cosa rapida, pulita e gentile. Perché Greg ha cambiato idea? Perché non possiamo semplicemente seguire il nostro piano?

Forse non era realistico pensare di risolvere tutto in poche settimane e portare al giudice il pacchetto già pronto da firmare, così che alla scadenza precisa dei sei mesi il divorzio sarebbe stato operativo. Volevo uscire dal mio matrimonio come una ladra nella notte, con tutti i miei gioielli intatti, ed Esther non fa altro che cercare di dirmi, con molto tatto, che non è così che vanno queste cose. C'è un prezzo da pagare. E lei non sa che c'è una persona che mi aspetta, e che forse non mi aspetterà per sempre.

Forse Greg è venuto a saperlo? È di questo che si tratta?

No, è impossibile. Greg non è strategico, ma emotivo. Se lo avesse scoperto, mi avrebbe chiamato subito.

«Mi segui?» chiede Esther. «So che si tratta di molta roba da memorizzare.»

«Ti seguo» rispondo.

Non appena salgo in macchina, mando un messaggio a Sidney.

Appena visto Esther. L'avvocato di Greg lo sta manipolando. Vuole fregarci tutti e due. Secondo te Greg sa cosa sta facendo il suo avvocato? Un avvocato deve lavorare per il suo cliente, non il contrario.

Di solito è così, ma Greg è messo molto male. L'hai visto anche tu.

È vero, non riesce a pensare in modo coerente.

Una persona senza scrupoli potrebbe approfittarsene e trasformare il nostro divorzio amichevole in una guerra, per riempirsi le tasche. Non possiamo lasciare che questo Hugh Warshaw faccia quello che vuole. Ma Esther mi ha detto di non parlarne con Greg, me lo ha chiarito bene.

Cosa pensi di fare?

Esther suggerisce sedute di cogenitorialità, durante le quali potrei parlare con lui.

Ma sarebbe tutto registrato e utilizzato in tribunale, se un giorno il terapista dovesse essere chiamato a testimoniare. Sapendo questo, dovrò stare molto attenta a come mi comporto. Per fortuna Greg non lo farà o non riuscirà comunque a essere efficace. Si farà travolgere dalle emozioni. Mi dispiace pensare queste cose, ma devo aggrapparmi a qualche lato positivo. Ne ho bisogno.

Sì, buona idea. Andate in terapia.

Greg ha insistito per fare terapia di coppia, e dovrò spiegargli bene che non si tratta di questo. Ma di cosa si tratta, in realtà? Lola sta reagendo benissimo. Non dovremmo avere nulla di cui parlare.

Scrivo a Sidney che ho una brutta sensazione al riguardo, ma lei mi rassicura che alcuni suoi amici l'hanno fatta ed è stata molto utile. Mi dice anche che si farà dare il nome del terapista.

Ma perché, esattamente, Greg e io avremmo bisogno di questo genere di aiuto? Non capisco cosa è cambiato.

Comincio a scriverle delle altre mie preoccupazioni ma ci ripenso. Non c'è bisogno di parlarne. Convincerò Greg a prendere un altro avvocato e in men che non si dica saremo di nuovo in carreggiata.

Maddie, guarda che è normale. I divorzi sono sempre più difficili di quanto uno si aspetti.

Apprezzo il suo tentativo di rassicurarmi, ma finora non aveva mai detto nulla del genere. Mi domando se Sidney, come Esther, creda che mi sia illusa, pensando che Greg e io avremmo concluso il primo divorzio totalmente amichevole del mondo.

E mi chiedo per la prima volta quanto difficile possa diventare la situazione.

12

Greg

Hugh Warshaw mi ha chiesto della documentazione: informazioni fondamentali su me e Madeline (dove abbiamo vissuto, le università che abbiamo frequentato, la nostra storia lavorativa, eventuali problemi penali); la cronologia del nostro rapporto con la descrizione dettagliata di ogni evento importante; i momenti significativi della vita di Lola e gli avvenimenti della nostra che abbiano potuto impattare quella di Lola. In altre parole, devo raccontargli tutto, in positivo e in negativo. Ho l'impressione che gli interessino soprattutto gli aspetti negativi, in particolare relativi ad azioni ed esperienze passate di Madeline.

Questa però non è una guerra di quel tipo. Non si tratta di ferirla, ma solo di guadagnare tempo. Devo capire cosa sta succedendo davvero, se qualcuno le ha raccontato delle menzogne su di me, se ha un cancro al cervello e l'ha tenuto segreto, insomma, se c'è qualcosa. Perché per fare una cosa così inspiegabile deve per forza avere un motivo nascosto.

O forse sarò fortunato, lei si stancherà e capirà quanto io sia importante nella sua vita.

In ogni modo, è troppo presto perché Hugh venga a sapere il segreto oscuro di Madeline. Io lo mantengo da quando, quindici anni? (È lei quella brava con le date, non io.) Spero di mantenerlo per sempre, ma dipende da lei.

È evidente che a livello logistico non ha bisogno di me. Riesce benissimo da sola, mentre io avverto in modo acuto la sua assenza. Sono sbalordito di come in casa non siano mai mancati sapone, tovagliette di carta, cibo o qualsiasi altra cosa, durante tutti questi anni. Com'è possibile che lei non sia mai stata in ritardo per il pagamento di una bolletta o per un impegno? Come ha fatto a tenermi sempre in carreggiata senza rimproveri o ripicche? È una specie di magia, cazzo.

Ma questa non è la ragione principale per cui mi manca. Mi manca il profumo dei suoi capelli, la vista del suo bel viso. Il modo in cui si muove, la musicalità della sua voce, la maniera sollecita in cui si prende cura di Lola e me…

Ho fatto di tutto per non pensarci, e ora Hugh vuole che faccia un inventario? Sarebbe come fissare direttamente il sole.

Non posso farlo. Sbatto la porta alle mie spalle ed esco per andare a bere un (altro) bicchiere.

13

Madeline

6/2/2009: andai a un party con Sidney, la mia migliore amica. Conoscemmo Greg e il suo amico Steve (che poi avrei scoperto essere «un amico di lavoro», perché Greg non ha veri amici).

Sidney sembrava attratta da Greg ma lui si mostrò attratto da me in un modo che trovai imbarazzante. In ogni caso era bello e insistente, e alla fine gli diedi il mio numero, anche se con riluttanza.

14/2/2009: andai fuori a cena con Greg. Lui si dimostrò un po' soffocante, soprattutto quando dichiarò di essersi innamorato di me a prima vista.

21/2/2009: acconsentii a un secondo appuntamento, soprattutto perché mi piaceva il modo appassionato in cui parlava di architettura. Mi disse che voleva lasciare la ditta in cui lavorava, perché i suoi capi non facevano altro che limitare la sua visione, e lui voleva lavorare senza limiti.

Lo trovai pomposo, ma anche trascinante. Era così diverso da me. Io avevo sempre voluto lavorare in una clinica, mai in autonomia. Sapevo che la mia ansia quando le cose sfuggivano al mio controllo non mi avrebbe permesso di essere un buon capo. E avevo sempre preferito l'idea di far parte di una struttura ben definita, che mi desse regole da seguire.

Eravamo opposti, lo yin e lo yang, e questo mi attraeva.

Fino a un certo punto. Quando tentò di baciarmi mi tirai indietro, dicendo che non ero sicura di poterlo vedere come più di un amico. Lui, con una risata triste, rispose: «Io non potrei mai vederti solo in quel modo».

25/2/2009: terzo appuntamento. Cominciavo a essere più attratta da lui e decisi di mettere alla prova quell'attrazione con un bacio.

Quella notte facemmo sesso.

27/2/2009: Greg mi chiese di andare a vivere con lui. Gli risposi di no. Ma il suo entusiasmo mi sembrò accattivante, non fastidioso.

Resto del 2009: passavamo molto tempo insieme. Le nostre diversità ci sembravano complementari. Potevamo essere in disaccordo, ma senza conflitti. C'erano una quantità di particolari che non gli interessavano, e in quei casi cedeva alle mie idee. Su alcuni punti di grande importanza invece s'intestardiva quasi con ferocia, e allora io cedevo a lui. (Posso fare esempi, se serve, anche se il più significativo è la costruzione della casa, di cui parlo più avanti.)

Sidney aveva delle riserve. Mi diceva che Greg era un manipolatore, ma io non lo vedevo così. Diceva che lei sentiva di aver schivato un proiettile, data l'attrazione che aveva provato per lui all'inizio; in effetti tra loro non avrebbe mai funzionato, perché lei è troppo forte e indipendente (forse dovresti parlare con Sidney, per vedere se ha degli aneddoti o delle storie che possono rivelarsi utili).

Lui continuava a dichiararmi il suo amore, con regali e gesti romantici stravaganti. Facevamo dei viaggetti costosi, che mi portarono a credere che il suo stipendio fosse molto più alto di quello che era in realtà. Come tanti, anch'io avevo l'idea errata che gli architetti fossero mediamente ben pagati. Poi venne fuori che stava facendo debiti e, quando la relazione si fece davvero seria e mi rivelò la somma, creai subito un budget e un piano di pagamenti, che lui seguì alla lettera.

I miei sentimenti non erano intensi come i suoi, ma entro la fine dell'anno ormai sapevo di amarlo. Glielo dissi il giorno del Ringraziamento. A Natale, durante un viaggetto a New York, mi chiese di sposarlo. Eravamo andati a pattinare sul ghiaccio ed eravamo seduti al bordo della pista. Risposi: «Non ancora». Lui non sembrò sorpreso, ma neanche abbattuto.

12/3/2010: andammo a vivere insieme in un appartamento, ammobiliato da Sidney. Litigavamo, a volte, per i soldi. Greg tendeva a non considerare il denaro un problema, mentre io dicevo che il denaro è sempre un problema, soprattutto perché dovevamo ancora finire di saldare i debiti dovuti alle sue spese pazze oltre a quelli contratti per pagarmi gli studi.

(Sidney fu testimone di alcuni di questi conflitti. Di nuovo, ti suggerisco di parlare con lei.) Non ci furono mai violenze fisiche di nessun tipo. Greg alzava spesso la voce, ma non diceva mai nulla di cattivo. Io ero più silenziosa, ma più propensa al gioco al massacro. Pensavo fosse stupido spendere tanto quando proprio quell'anno lui avrebbe iniziato a lavorare per conto suo (per i particolari su questo, per favore leggi il documento *Storia lavorativa ed eventi*).

Feci un compromesso che ora rimpiango: gli dissi

che quando il suo lavoro sarebbe decollato, avremmo potuto lasciar perdere i budget. Purtroppo, lui mi prese in parola.

Resto del 2010: Greg e io ci vedevamo poco. Lui era impegnatissimo a costruire la sua rete di contatti e a far decollare la sua ditta. Io lo sostenevo da un punto di vista emotivo e anche finanziario. Per un periodo, fui io la principale fonte di sostentamento della famiglia. Ma credevo in Greg e ammiravo la sua passione.

12/1/2011: la rete di contatti costruita da Greg si rivelò vincente. Dopo essergli stato presentato per coincidenza, stabilì uno stretto rapporto con il miliardario Peter Tramboni. Contro ogni previsione, gli fu affidata la progettazione del Tramboni Center. E così ebbe inizio la sua ascesa meteorica.

Continuavamo a trascorrere poco tempo insieme, ma lui faceva fruttare al massimo il poco che avevamo. Mi inondava di regali costosi e di serate principesche.

18/11/2011: Greg e io ci sposammo di nascosto. Fu una specie di fuga, la nostra, destinazione Aspen. Abbiamo pochi rapporti con le nostre famiglie (e io avrei paura di mettere i miei genitori nella stessa stanza). Non mi è mai piaciuta l'idea di spendere un mucchio di soldi in un giorno solo. Non sono molto romantica, forse perché ho assistito al lento disastro matrimoniale dei miei genitori e al loro divorzio.

Inoltre, non riuscivo nemmeno a immaginare di progettare il matrimonio con Greg; lui avrebbe voluto una slitta volante, o almeno trainata da renne. E io non volevo passare un anno intero tentando di mantenerlo nei limiti di un budget.

Comunque, facemmo quel viaggetto insieme e fu perfetto. Eravamo entrambi soddisfatti.

Appena tornammo a casa, Greg mi sorprese con un «regalo di matrimonio».

Mi portò sul terreno nelle Oakland Hills e disse di averlo già acquistato; inizialmente su quel terreno avrebbe dovuto erigere il palazzo di un cliente, per cui aveva già preparato il progetto. Ma non se ne era fatto nulla e aveva deciso che poteva fare al caso nostro. Era tutto già organizzato. Certo, se la casa non mi fosse piaciuta, avremmo potuto rivenderla, ma era chiaro che si aspettava che mi piacesse. Mi assicurò che la casa sarebbe stata pronta in meno di un anno, perché conosceva le persone giuste, e avrebbe potuto approfittare di tutte le possibili scorciatoie.

Non sono mai stata fan di quel posto. È vero, la vista è incantevole, ma salire lassù dalla pianura è faticoso e non puoi andare da nessuna parte a piedi. Solo che Greg, quando si mette in mente una cosa, è una forza della natura.

Anche Sidney era contro di me. Diceva che la casa sarebbe stata spettacolare e un grande investimento. Loro due in genere non facevano squadra, ma in seguito, quando lei divenne la nostra decoratrice d'interni, cominciò a capitare sempre più spesso.

Sidney si era convinta che, anche se Greg non era affatto la persona che avrebbe scelto per me, il suo amore nei miei confronti era autentico e forte. Se aveva delle riserve, le teneva per sé.

2012: cominciò la costruzione della casa, con molti ritardi e molta frustrazione da parte di Greg. Io gli stavo accanto ma ogni tanto gli suggerivo di venderla a un'impresa edile. Così non avrei dovuto esprimere i miei veri sentimenti al riguardo, mascherandoli da preoccupazione per le troppe spese e i troppi contrattempi durante i lavori. Ma lui era determinato.

Nel frattempo, la sua carriera era alle stelle: adesso era un *archistar*.

Cominciammo a provare ad avere un figlio.

Aprile 2012: ero incinta! I mesi successivi furono felici, con tante fantasie (sue) e tanti progetti (miei), ma la mia ansia verso la casa aumentava. Lui continuava a definirla «la casa in cui avremmo sempre vissuto».

Dicembre 2012: la casa era finita e traslocammo poche settimane prima del parto. Cercai di concentrarmi sui lati positivi (e ce n'erano tanti, ero l'invidia di tutte le mie amiche) e sulla gravidanza.

7/1/2013: Nacque Lola. Ero innamorata di lei.

(Ma forse non lo ero più di Greg. Adesso non sono sicura neanche di averlo mai amato, forse mi sono soltanto lasciata trascinare dalla sua convinzione. Come ormai avrai capito, lui è in grado di essere molto convincente.)

Dal 2013 a ora: pensavo che, diventando padre, Greg avrebbe lavorato meno, ma lui non è mai stato capace di rinunciare a un'opportunità di mettere alla prova la sua immaginazione con un assegno in bianco da parte di qualche miliardario. Nel frattempo, io mi occupavo del quotidiano.

Costruii una rete sociale a partire dai genitori degli amichetti di Lola. Avevo la sensazione che i mariti ammirassero Greg e le mogli invidiassero me. L'ho sempre trovato piuttosto sgradevole. Ma essere oggetto di invidia è importante per Greg.

Devo aggiungere che quando lui c'è, dimostra il suo amore per Lola in modo esagerato, proprio come un tempo faceva con me. (Per i momenti importanti nella vita di Lola e un resoconto dettagliato delle nostre decisioni genitoriali, vedi il documento *Lola/genitori.*)

Per molto tempo mi sono detta che il problema del nostro matrimonio era l'assenza di Greg, ma poi ho iniziato a notare che quando era presente mi annoiavo. E se devo essere sincera, penso che anche lui si annoiasse con me.

A volte mi chiedo se mi abbia mai vista per quel che sono, se mi abbia mai capita davvero. Sono sempre stata la donna dei suoi sogni, come la nostra villa è la casa dei suoi sogni. Tutta superficie e niente profondità. Una casa di vetro costruita sulla sabbia.

14

Greg

«Sono contenta che abbiate deciso di venire» esordisce la dottoressa Vaughn. «Molte coppie aspettano finché la situazione è così deteriorata che ci vuole un ordine del tribunale per convincerle. Il fatto che voi siate qui volontariamente, mi fa capire quanto amiate vostra figlia e vi rispettiate a vicenda.»

Sorride, prima a Madeline, poi a me. Ha una faccia acqua e sapone, i capelli neri che si arricciano sul fondo. Deve avere meno di trent'anni. Dal suo sito web ho visto che lavora solo da qualche anno, e che la sua «specialità è la terapia di coppia!» (il punto esclamativo è suo). Quello che le manca in esperienza è compensato dall'entusiasmo. È perfetta. Sembra quasi che l'abbia disegnata io: una donna che evidentemente crede ancora nell'amore e dovrebbe avere l'energia per abbattere i muri di Madeline. Credevo che Madeline avrebbe scelto una persona più stagionata, perciò questo è un buon segno. Mia moglie e io siamo più allineati di quanto pensassi.

Questo ufficio è una sfida a livello psicologico. È piccolo e senza finestre, con mobili economici in uno stile che richiama la metà del secolo scorso, in finto legno marrone chiaro. La moquette è grigio talpa e ai muri sono appese foto di natura così amatoriali che forse le ha scattate lei.

«Sono entusiasta per questa terapia» dico, e sono sincero, anche se un po' confuso dal ragionamento di Madeline. Dopotutto, Lola sta benissimo, no? Si gode il tempo che passa da sola con me e il mio nuovo quartiere la fa sentire in vacanza. Da quello che dice Madeline, anche con lei Lola sta andando benissimo. Ha detto che la terapia di coppia è un suggerimento del suo avvocato, e non ho capito perché a me abbia detto di no e adesso invece ne senta il bisogno. Comunque, a caval donato non si guarda in bocca. Questa è la mia opportunità di cercare risposte e di chiederle una riconciliazione, a tu per tu.

«Madeline» dice la dottoressa. «Lei ha parlato poco. Ha qualche domanda su queste sedute?»

«Non la prenda sul personale, per favore» risponde Madeline. «Sono ancora un po' traumatizzata di trovarmi qui.»

Traumatizzata? Ma se l'ha proposto lei.

«So che può essere difficile mettersi nelle mani di un esperto, e lo capisco. Sembro più giovane ma in realtà ho ventinove anni e sono una psicologa laureata, specializzata in dinamiche interpersonali.»

«Traumatizzata da cosa?» chiedo a Madeline, rendendomi conto che non solo non ha detto quasi nulla, ma non mi ha nemmeno guardato da quando siamo entrati.

La dottoressa continua come se non avessi parlato. «Le dinamiche sono il lato intricato dei rapporti. Il modo in cui ci influenziamo e ci provochiamo a vicenda. Io aiuto le persone ad aprirsi l'una con l'altra e a credere nelle buone intenzioni dell'altro.»

«È un'ottima cosa» dico. Poi, a Madeline: «Perché saresti traumatizzata?».

«Questo è uno spazio sicuro e ho un buon rifornimento di fazzoletti» dice la dottoressa Vaughn. «Un divorzio fa emergere molte emozioni.»

«Non si tratta di un divorzio» puntualizzo. «Ci siamo solo separati.»

Madeline guarda la dottoressa in modo significativo. «Si tratta di un divorzio. Ho bisogno che Greg lo capisca. E le nostre conversazioni qui dovrebbero riguardare solo Lola. Questo è il motivo per cui siamo qui: la cogenitorialità. Non si tratta di una terapia di coppia. Dobbiamo mantenere dei limiti precisi.»

La dottoressa annuisce. «I limiti sono importantissimi.»

«Niente terapia di coppia ma di fatto siamo in terapia, qui, insieme, no?» dico alla dottoressa. Non voglio che la discussione vada in questo modo, perciò chiedo a Madeline: «Credi davvero che il divorzio sia la cosa migliore per Lola?».

«Vede?» dice lei alla dottoressa. «È questo che mi trovo a dover gestire.»

«Ti ho dato tutto!» protesto, cercando di mantenere un tono calmo. «Non solo nella separazione, ma anche durante il matrimonio.»

«Anch'io ti ho dato tutto» dice lei, senza guardarmi. «Il vero problema, dottoressa, è che Greg dà l'impressione di essere collaborativo e si mostra d'accordo con quello che propongo, ma poi il suo avvocato si rimangia tutto.»

Secondo me il vero problema è che ancora non so quale sia la vera motivazione di questo «divorzio». La cosa che Sidney l'altro giorno non mi ha voluto dire. «Hugh cerca solo di fare chiarezza.»

«A questo punto, è meglio che io parli direttamente con Greg, ma voglio farlo in presenza di un testimone» dice Madeline. «Abbiamo davvero bisogno di regolamentare il tempo che ciascuno passerà con nostra figlia, in modo ufficiale. Greg aveva acconsentito a una divisione 70/30, ma ora il suo avvocato spinge per ottenere un 65/35. O forse un 60/40; dà al mio avvocato un messaggio diverso ogni volta che si sentono. Le loro conversazioni sono un totale spreco di denaro.»

Quindi non è venuta qui per parlare del nostro rapporto, ma per enunciare le sue richieste alla presenza di un testimone.

«Mi manca Lola» dico, con le lacrime agli occhi. «Per questo le percentuali continuano a cambiare. È difficile rinunciare al tempo che posso passare con mia figlia.» Vedo che il mio *pathos* ha fatto breccia nella dottoressa Vaughn, mentre Madeline resta impassibile.

«Sono soltanto confusa» spiega. «Quando eravamo insieme non passavi quasi mai del tempo con Lola durante la settimana. Il trenta per cento del tempo ora è un'offerta generosa. Mercoledì sei andato a prenderla a scuola in ritardo.» Ma come diavolo fa a saperlo? Vedendo che ho rizzato il pelo, ammorbidisce il tono. «Possiamo scrivere 70/30, e poi, se vorrai più tempo, dovrai solo chiederlo. Non c'è bisogno di scrivere ogni dettaglio in un accordo legale. Possiamo semplicemente parlarne tra noi.»

Tradotto, vuole avere il potere di dirmi cosa posso o non posso fare senza che io abbia una vera garanzia legale. All'improvviso la vedo con gli occhi della dottoressa Vaughn e mi rendo conto di quanto possa essere manipolatrice.

«Lola la sta prendendo bene» aggiunge Madeline «e voglio che continui così.»

«È quello che sembra, ma non può essere vero» dico, ruotando su me stesso per fissare la dottoressa. «Non trova strano che Lola abbia l'aria di chi si sta godendo questa situazione? Non è il segno che sta fingendo o reprimendo qualcosa?»

«Questo problema lo affronteremo nel quadro di una conversazione e di una valutazione più ampie» dice la dottoressa, cauta. Ho l'impressione che non si aspettasse che la nostra prima seduta sarebbe andata in questo modo.

«Lei ha figli?» le chiede Madeline.

«Farebbe una differenza, se li avessi? Parliamone pure.» La dottoressa è arrossita.

«Quindi la risposta è no?»

«È no» ammette lei. «Ma ho studiato molto la relazione tra divorzi e problemi della crescita.»

«Questo non è un divorzio» insisto. «Siamo in uno spazio sicuro, giusto? Quindi possiamo parlare apertamente di quello che significherebbe per Lola portare fino in fondo un divorzio, di come influenzerà il resto della sua vita?» Ho letto anch'io delle cose sullo sviluppo dei bambini che si trovano ad affrontare un divorzio, e sono pronto a tirare fuori autentiche storie dell'orrore. E penso che dovremmo anche tirare fuori il fatto che Madeline sia una di questi bambini segnati dalla rottura dei genitori: com'è possibile che adesso non si faccia problemi a mandare all'aria un matrimonio felice? Che si tratti di una crisi di mezza età? Una crisi di mezza età spiegherebbe molte cose.

«A Greg farebbe molto bene una seduta individuale» dice Madeline. «Per ricevere sostegno emotivo.»

Adesso vuole anche decidere che sono io ad aver bisogno di una cura?

«E lei?» le chiede la dottoressa. «Lei ha bisogno di sostegno emotivo?»

«Per noi donne è più facile, credo» risponde Madeline. «Noi sappiamo aprirci. Io posso contare su Sidney, la mia migliore amica. Greg prima aveva solo me, e ora si ritrova da solo. Non posso aiutarlo a superare il nostro rapporto.»

«Io non voglio superarlo, io ti amo» dico, con la voce

rotta. Perché si rifiuta di guardarmi? È come se non riuscisse più a vedermi. «Se ho fatto qualcosa di sbagliato, dimmelo e farò di tutto per farmi perdonare. Cambierò.»

«Tu sei meraviglioso» dice lei, in tono triste. «Non hai bisogno di cambiare.»

«Se sono meraviglioso, perché vuoi lasciarmi? Deve esserci un motivo. Dimmelo, per favore. Mi sembra di morire, Maddie.»

Finalmente lei prende un fazzoletto dalla scatola offerta dalla dottoressa e si tampona gli occhi. Sono felice di vedere che riesco ancora ad avere un qualche effetto su di lei.

Ma poi dice alla dottoressa: «La verità è che Greg è in questo stato dal momento in cui gli ho comunicato come mi sento nei suoi confronti. Lei può aiutarlo a lasciarmi andare, per favore?».

La dottoressa resta senza parole per un lungo momento. «Be',» dice alla fine «questo può essere uno degli obiettivi delle nostre sedute. Ma in realtà saremmo qui per parlare del rapporto con vostra figlia. Potete ripetermi per favore quanti anni ha Lola?» Solleva la penna.

Per i successivi trenta minuti, ci fa domande che vanno appena un po' più in profondità di quelle sul modulo che abbiamo riempito all'inizio (e alcune sono esattamente le stesse del modulo). Madeline ora sembra più a suo agio, su un terreno più solido, soprattutto perché può fare affidamento sulle sue conoscenze da pediatra e applicarle a Lola. Io vorrei urlare che stiamo parlando di nostra figlia, non del paziente X, ma un attacco di collera non mi porterebbe da nessuna parte. Inoltre, io e Madeline siamo persone educate e civili. Durante tutto il nostro matrimonio non abbiamo mai litigato. Pensavo che fosse una buona cosa.

«Grazie di essere venuti.» La dottoressa sorride e si

alza in piedi, imitata da noi. «Non vedo l'ora di scoprire cosa riusciremo a fare insieme.»

Noi due usciamo in silenzio. Una volta fuori, lei fa un gesto vago verso la strada. «Ho parcheggiato da quella parte.»

«Ti accompagno.»

«No, grazie.»

«Sei arrabbiata con me?» Incredibile. «Sei stata tu a chiedermi di partecipare a queste sedute e lo sto facendo. Io per te ci sarò sempre.»

«Vorrei poterlo credere.» Poi, a bassa voce, ripete: «Vorrei poterti credere». Con un'espressione di grande tristezza.

Vorrei afferrarla, toccarla, ma il suo linguaggio corporeo non lo consente.

«È solo che tutto questo non è necessario» dice. «Tutto questo denaro sprecato con avvocati e terapisti, quando potremmo usarlo per assicurare il futuro di Lola. Credevo che avremmo potuto parlare senza bisogno di intermediari.»

«Allora parlami. Siamo soli. Dimmi tutto.»

Lei fa un passo indietro e scuote la testa. «Non adesso.»

«E quando?»

«Quando il tuo avvocato smetterà di combattere contro il mio. Quando firmerai gli accordi che abbiamo preso insieme.»

La fisso. Si tratta di un *ultimatum*?

«Non posso fidarmi di te se in faccia mi dici una cosa e poi ne dici un'altra a Hugh Warshaw.» Pronuncia il suo nome con evidente disgusto.

«Tutti gli avvocati sono ambigui» dico. «Ma forse lo sono anche alcuni pediatri.» Lei stringe gli occhi. «Scusa, non era quello che volevo dire.» O almeno, non volevo dirlo ad alta voce.

«Devo andare.» Gira sui tacchi.

«Parlerò con Hugh, va bene?» le grido dietro. Non si volta e mi odio per l'istantanea desolazione (e disperazione) che provo. «Mi dispiace! Ci penserò su!»

Fissando la sua schiena che si allontana, ho l'impressione che mi stia lasciando per sempre. Ma no, non può succedere.

Salverò la mia famiglia, che a lei piaccia o no.

15

Madeline

«Ci vediamo domani!» dico alle segretarie in tono allegro, uscendo. Ma non appena sono sul marciapiede, il sorriso mi scompare dalla faccia. Il giovedì finisco alle tre del pomeriggio. Nonostante l'orario breve, la giornata mi è sembrata interminabile e ho dovuto costringermi a concentrarmi sui pazienti che avevo davanti. Continuavo a ripensare alla seduta di cogenitorialità, cercando di individuare le discrepanze. La questione assillante, per me, è capire se Hugh Warshaw è il cattivo della storia o solo l'intermediario che fa il lavoro sporco al posto di Greg.

È terribile pensare queste cose e sentirmi così riguardo a Greg. Durante tutto il nostro matrimonio, non ero sicura che mi capisse davvero, eppure non ho mai dubitato che fosse dalla mia parte e volesse il meglio per me. Non è mai stato il massimo dell'affidabilità, ma ho sempre pensato che fosse perché si fa prendere dalla cosa che più lo attrae in un determinato momento. Non ho mai pensato che potesse essere malevolo, meno che mai subdolo. Non riesce a pianificare neppure quello che farà la prossima settimana. Ma ora mi chiedo cosa mi possa essere sfuggito in questi anni, cosa potrebbe aver camuffato e razionalizzato. I miei punti deboli potrebbero essere evidenti per lui, come lo sono i suoi per me? Forse è per questo che i divorzi degenerano tanto spesso. Le persone finalmente si tolgono gli occhiali dell'amore, che tingono tutto di rosa, e restano scioccate da quello che hanno avuto davanti agli occhi per tutto il tempo.

O magari sono soltanto paranoica. Greg ha detto che ci avrebbe pensato meglio, che avrebbe parlato con Hugh Warshaw, e devo credergli. Voglio fidarmi, ma anche verificare. Considerarlo innocente fino a prova contraria.

Inoltre, sono io quella che sta mentendo. Mi fa male ricordare come sembrava addolorato in mezzo alla strada, mentre mi implorava di dirgli tutto. Anche se non ha mai avuto motivo di dubitare della mia fedeltà o della mia forza di carattere, magari ha un sesto senso riguardo a Tarek. Ma non posso dirgli di lui. Tutto andrebbe ancora di più fuori controllo.

Non sono mai stata brava in situazioni di incertezza, né ad aspettare che qualcuno si occupi di qualcosa per me. Se voglio che una cosa sia fatta bene (o almeno con rapidità), la faccio io. Se potessi fare a modo mio, discuterei di persona con Hugh Warshaw.

Questa mia tendenza è parte del motivo per cui a volte mi sentivo stressata e risentita. So che è per questo che Lola non mi considera divertente come suo padre. Non posso giocare con lei, ho troppo da fare a controllare un milione di particolari, mentre lui può entrare a passo di danza e godersi i risultati del mio lavoro.

Ma adesso tutto è diverso. Come ha detto la dottoressa Vaughn, le dinamiche stanno cambiando.

Salgo sulla collina a bassa velocità. Da quando per poco non ho investito quel daino, sono diventata prudente in modo eccessivo. È stato un campanello d'allarme: non posso lasciare che lo stress del divorzio influenzi i miei nervi e i miei processi decisionali. Spero ancora di concludere tutto entro sei mesi, ma non voglio che l'urgenza mi privi del buonsenso. Non posso permettermi di commettere errori.

Parlando di urgenza, lui mi manca moltissimo.

(Non Greg, mai Greg.)

Entro in casa e lancio via le scarpe. Non le sistemo con cura nella scarpiera ingegnosamente nascosta, perché tra un'ora devo uscire di nuovo per andare a prendere Lola a calcio. Decido di farle una sorpresa e portarla a cena fuori. Non si tratta di una competizione con Greg, non voglio certo comprare il suo affetto. Penso semplicemente che mi faccia bene coltivare il mio lato spontaneo.

Approfitto sempre di questa ora libera per fare delle cose, ma oggi i miei compiti mi sembrano più onerosi. Devo lavorare per dimostrare quel che valgo, come se ce ne fosse bisogno. Ma, come dice Esther, meglio prepararsi troppo che troppo poco.

Uno dei trucchi architettonici preferiti di Greg è quello di fornire alle persone vari modi di muoversi per casa. Nella nostra ci sono scale esterne, scale interne, un ascensore in vetro che impressiona anche gli ospiti più impassibili. Mentre scendo i tre piani fino al seminterrato, noto appena quello che c'è fuori.

Un altro trucco di Greg? Il seminterrato è costruito in modo da sembrare una cantina da vino, come quelle che si trovano nella Napa Valley: pavimenti in pietra, archi, luci incassate che danno la sensazione di trovarsi in una grotta. La roba è immagazzinata in grandi botti da vino, con etichette discrete (fatte da me), ed è per questo che trovo rapidamente quello che mi serve.

Prendo alcuni raccoglitori a fisarmonica e li porto su nel mio studio. Secondo Greg è un controsenso che abbia girato la scrivania in modo da dare le spalle al panorama, ma così riesco a lavorare meglio. Senza distrazioni.

Concentrarmi è difficile. Vorrei sentirmi più sicura

riguardo ai prossimi passi e alla dottoressa Vaughn. La sua giovane età e la mancanza di esperienza si notavano come un reggiseno nascosto male, soprattutto durante la prima parte della seduta, quando Greg si è comportato in modo così sconveniente. Io sono stata chiarissima sulla distinzione tra sedute di cogenitorialità e terapia di coppia, ma lui ha tentato lo stesso di trasformare l'una nell'altra. Avrei voluto che la dottoressa fosse stata più ferma.

È anche vero che si trattava della prima volta e lei probabilmente non voleva compromettere da subito il suo rapporto con Greg, e inoltre il resto della seduta è andato come previsto. Devo mantenere la mente aperta. La dottoressa Vaughn ha aiutato moltissimo degli amici di Sidney che erano molto più litigiosi di quanto Greg e io potremo mai essere.

Guardo il contenuto della prima cartellina. Lettere e biglietti che Greg e io ci siamo scambiati nel corso degli anni, bigliettini fatti a mano e disegni realizzati da Lola per i miei compleanni e le feste della mamma. Cerco di valutarli in modo obiettivo, scegliendo quelli che mettono meglio in luce il mio ruolo di moglie e madre amorevole. In clinica ho imparato a compartimentalizzare le emozioni, per evitare che creino ostacoli. Il sentimentalismo è nemico dell'efficienza. E ora metto all'opera questa abilità.

So che un giorno dovrò trovare il tempo di far emergere il dolore per questo matrimonio finito. Ma quel momento non è adesso.

Organizzo le pagelle di Lola e documento la mia partecipazione agli incontri tra genitori e insegnanti. Mi rendo conto che non ho abbastanza foto di me e Lola insieme. Molte sono sul telefono di Greg. Decido che può essere un ramoscello d'ulivo, dopo che ieri ci siamo lasciati in un modo un po' brusco, e gli mando un messaggio amichevole chiedendogli di mandarmi quelle foto. Mi fermo prima di offrirmi di fare la stessa cosa per lui, perché ho la sensazione che Esther non approverebbe. Se lui me le chiede, gliele mando senza problemi. Ma visto che tutto indica che Greg e il suo avvocato vogliano fare i duri, non posso rendergli le cose troppo facili.

Esther mi ha detto di mandarle copia di tutte le email, schermate di sms, messaggi in segreteria telefonica e registrazioni audio che mostrino Greg in atteggiamento ostile o non collaborativo, ma per fortuna non ce ne sono. Devo ricordare sempre che Greg è un ottimo padre e marito; riusciremo a sistemare tutto.

È vero, tende a non dare peso alla disciplina, è sempre stato un papà accomodante a tutti i costi, ma questo non è un motivo di allarme. Cosa importa se durante il suo trenta per cento di tempo con Lola la vizia un po', se io la vizio ancora di più durante il mio settanta per cento? Vogliamo solo attutire il colpo.

Inoltre, Greg non è mai stato un bevitore o un donnaiolo e non gioca d'azzardo. Non è bugiardo né ipocrita. Non nasconde il denaro, non guarda pornografia (almeno, non che io sappia, e comunque non mi darebbe fastidio). La nostra vita sessuale negli ultimi anni è diminuita in modo significativo, per mio volere, e lui avrebbe avuto il diritto di trovare delle alternative.

Ma nemmeno io ho fatto sesso con qualcun altro. Mentre del mio comportamento si occupa (letteralmente) Esther, i miei pensieri e sentimenti sono affari miei. In quel campo faccio come mi pare.

Di recente, coltivo spesso fantasie su come sarà la mia vita dopo il divorzio, quando sarò libera di agire secondo i miei desideri. A volte ho degli sconvenienti impulsi sessuali, quasi incontrollabili, mentre immagino come sarà, un giorno. Ora, per esempio, non riesco a smettere di pensare a lui e sento un calore dentro, fiamme che lambiscono...

Ci sono cascata di nuovo. Esco in corridoio e vado in camera da letto, mi spoglio con movimenti convulsi, apro il comodino e prendo il nuovo vibratore che ho comprato l'altro giorno. Immagino lui, in modo così vivido che mi sembra davvero di sentirlo sopra di me, dentro di me.

Non ci vuole molto. Si può dire che sono un modello di efficienza in ogni cosa.

Resto ad ansimare sul letto. So che dovrei tornare nello studio, ma voglio restare in questo stato post-coitale ancora per un po'. Mi sento lasciva e liberata, mentre mi dedico ad avere orgasmi pomeridiani con i vestiti sparsi sul pavimento.

Sì, orgasmi, al plurale. Decido di fare un altro giro. E poi un altro.

Greg pensa di essere l'unico con un'immaginazione potente, ma non è vero.

Non che abbia voglia di pensare a lui, in un momento come questo.

Mi stuzzico lentamente, muovendo il vibratore intorno al clitoride, immaginando l'uomo che sono quasi certa di amare. Mi agito, gemo, ho un brivido e poi mi fermo. Poi ricomincio. È una cosa quasi compulsiva, ma abbandonare il controllo in questo modo mi fa sentire stranamente potente.

Finalmente sono sazia. Solo allora guardo l'orologio e... «Oh, merda.» Corro al piano di sopra e vedo il messaggio dell'allenatrice di Lola. Dice che Lola insiste che è il mio turno di andarla a prendere, ma lei pensa che si sbagli, perché io non sono mai in ritardo di un solo minuto, mentre l'allenamento è terminato già da mezz'ora.

Chiamo subito l'allenatrice, mortificata, e mi scuso profusamente. Lei è comprensiva: «Cose del genere succedono, quando ci sono cambiamenti nella struttura familiare» dice, e aggiunge che sa che io sono perfettamente affidabile. Il sottotesto è che Greg non lo è. Devo chiederglielo: «Per caso lo ha chiamato?». Lei risponde che gli ha lasciato un messaggio. Merda. «Mi scusi tanto» ripeto. «Arrivo subito.»

Non dovrei guidare veloce, scendendo dalla collina. Dovrei affrontare le curve con prudenza, ma 'fanculo i daini. Sono nel pieno di una battaglia per la custodia di mia figlia.

No, non devo pensare queste cose. Non è così che si fa. Inoltre, l'allenatrice sa che si tratta di un episodio isolato, che io non sono mai irresponsabile. Greg è quello che non va mai a prendere nostra figlia, tuttavia non userò questo fatto contro di lui.

A meno che non sia costretta.

16

Greg

Lola dorme in camera sua, cioè, non quella che io considero la sua stanza, ma quella che ha nel mio appartamento. Anche se tecnicamente questo non è il mio fine settimana, è stata lei a chiedere alla madre se poteva passare il sabato sera con me, e Madeline le ha dato il permesso. Lola sembra stare benissimo, con i nuovi accordi, mentre io sto crollando. Ma evidentemente riesco a nasconderlo bene, perché mia figlia è entusiasta di passare più tempo con me.

So che Madeline è andata a prenderla in ritardo, giovedì. Me l'ha detto Lola, ma lo sapevo già dal messaggio della sua allenatrice. Con nostra figlia ho difeso Madeline, dicendo che sta affrontando un periodo molto stressante. Lola non ha alzato gli occhi al cielo, ma mi ha fatto capire che non aveva voglia di parlarne.

Mi piace pensare che il ritardo indichi ciò che sta passando davvero Madeline, a livello profondo. Dall'esterno sembra composta e distaccata, ma credo che fatichi a stare senza di me.

Devo solo riuscire a farglielo ammettere, durante la prossima seduta. Sospetto che la dottoressa Vaughn sarà mia complice. All'inizio sembrava seccata dal fatto che io mi mostrassi così vulnerabile, ma poi mi è sembrato che l'apprezzasse, il che sarà un vantaggio, visto che Madeline fa di tutto per non mostrare mai nessuna vulnerabilità. Madeline è stata molto formale, parlava di pietre miliari, come se lei e la dottoressa fossero due esperte di sviluppo infantile che avevano un confronto sul tema. Forse crede che debbano fare squadra, visto che si occupano grosso modo della stessa cosa, ma secondo me la dottoressa non la pensa così. Madeline è a suo agio solo quando è spassionata e analitica, mentre la Vaughn è affamata di emozioni. Nella prossima seduta, gliene darò in abbondanza.

Stasera, però, devo resistere all'impulso di bere. Non me lo permetto, quando c'è Lola, ma l'idea mi tenta. Bere è l'unica cosa che mi consente di dormire e di affrontare le mie giornate.

Poiché sono sobrio, forse dovrei mettermi al lavoro sulla cronologia che mi ha chiesto Hugh. So di essere in ritardo.

Conobbi Madeline a un party. Era con la sua amica Sidney. Io ero con Steve, il mio braccio destro al lavoro. Vedendo Madeline, per poco non mi cadde di mano il bicchiere.

Non solo perché era bellissima. Era il suo atteggiamento: riservato, ma non puritano. Non ti dà tutto subito, devi guadagnartelo. Quella prima impressione fu confermata quando cominciammo a uscire insieme. Io mi ero innamorato a prima vista. Feci l'errore di confessarglielo e lei per poco non mi cancellò dal suo telefono e dalla sua vita. Madeline è molto pratica, ma non è insensibile. Al contrario. Dovrebbe sentire come parla di alcuni bambini con cui lavora, specialmente quelli che vengono da famiglie a basso reddito. Combatterebbe fino alla morte per quei bambini.

Non sono bravo con le date, perciò non so che giorno era.

La convinsi a continuare a uscire con me e lei divenne meno riservata. MOLTO meno riservata.

Non sono uno che racconta le cose intime. Diciamo solo che fu una rivelazione. In tutti i sensi. Diede una scossa al mio mondo e organizzò la mia vita. Lei è il motivo per cui sono stato in grado di lanciare la mia carriera professionale. Non solo perché credeva in me, ma anche per il suo sostegno pratico, la sua disponibilità a incaricarsi di tutto, in modo che, al lavoro, potessi pensare solo a lavorare. Per questo voglio essere giusto riguardo ai soldi. Lei ha investito su di me. Mi ha costruito lei, in un certo senso. Tuttavia, sono io quello che deve avere a che fare con alcuni degli uomini più esigenti del pianeta. Lei fa sì che non manchi mai la carta igienica e il cibo in tavola. Sono cose importanti e gliene sono grato, ma non è esattamente la stessa cosa.

Io ho costruito un vero palazzo per noi. Ho supervisionato ogni dettaglio, per poter tagliare i costi senza rinunciare alla qualità. Restavo alzato ogni notte fino alle tre, per occuparmene. Madeline non ha mai apprezzato davvero quanto mi sia costato, che sacrificio sia stato. Mi sacrificavo per la famiglia, e lei si lamentava che non avevamo un cortile. Non lo diceva spesso, ma vedevo che ci pensava molto. Troppe persone si preoccupano più di quello che non hanno che di quello che hanno. Forse è di questo che si tratta, ora: Madeline ha cominciato a concentrarsi sulle cose sbagliate e ha bisogno di ritrovare le sue vere priorità.

Quello che bisogna ricordare è che io lavoravo molto, ma l'adoravo. E adoravo anche Lola. Io portavo il divertimento in casa, possono testimoniarlo entrambe. Facevo in modo di organizzare piccole avventure, le facevo vivere nel lusso. Dissi a Madeline di non risparmiare mai su qualcosa d'importante, per lei o per Lola. Ho mantenuto sempre ogni promessa. E ora mi ritrovo solo.

Secondo lei è giusto?

17

Madeline

Bevo un altro sorso di Chardonnay e mi domando: cos'è il peggio che può succedere? Domani sarà difficile convincere Lola ad alzarsi. Sarà stanca a scuola, ma sopravviverà. Noi sopravviveremo. Nel frattempo, è fuori a socializzare con suo padre. Lo vede molto di più ora che quando stavamo insieme. Pensavo che riequilibrare tempi e doveri con nostra figlia sarebbe stata una cosa buona. Non credevo che mi sarebbe sembrato un furto.

Gli ho lasciato Lola durante un mio sabato sera perché lei me l'ha chiesto, il che mi ha ferito, devo ammetterlo; poi mi ha chiamato domenica mattina, chiedendo di passare con il padre anche parte della domenica. Ho detto di sì perché non voglio costringerla a stare con me se vuole stare con lui. Ma adesso Greg è in ritardo di cinque ore sul tempo che avevamo concordato. Lei ha saltato la cena che le avevo preparato. Non riesco a credere che lui ripaghi in questo modo la mia flessibilità.

Le ultime ventiquattr'ore sono state difficili. Non avevo nulla da fare e dovevo combattere l'impulso di contattare il mio uomo speciale, almeno per avere conferma che lo fosse. È possibile che non sia più interessato a una relazione con me, che non pensi che valga la pena di aspettare tanto.

Poco fa ho ceduto e gli ho mandato un messaggio: Il divorzio va avanti. Spero non sia cambiato nulla da parte tua, perché da parte mia è tutto uguale. Come dire: Mi manchi, e molto probabilmente ti amo.

Lui mi ha risposto con l'emoticon del pollice alzato.

MA CHE CAZZO SIGNIFICA?

Vuol dire che è contento che penso ancora a lui e che anche lui pensa a me? So che gli ho detto di essere circospetto, vista la situazione. Se le cose andassero a rotoli, non voglio ricevere un mandato che mi obblighi a produrre i miei scambi di messaggi. Ma un pollice alzato?

Per tutto il giorno mi sono chiesta se fosse il caso di mandare un altro messaggio per chiarire, o se fosse meglio far finta di nulla. Siamo tutti d'accordo che mantenere la calma in genere è meglio. Quando dimostri di aver bisogno dell'altro, non sei attraente. Guarda Greg.

«Ciao, mamma!» Lola apre la porta ed entra di corsa, facendomi sobbalzare. È su di giri e non si ricorda neanche di togliersi le scarpe. Glielo faccio notare e ubbidisce subito.

Greg è dietro di lei. Entra con aria incerta, e fa bene. «Ciao. Scusa il ritardo.»

Non voglio assolverlo, ma non voglio nemmeno piantare una grana davanti a Lola e rattristarla. Perciò lo ignoro e mi volto verso di lei. «Cos'avete fatto?»

Comincia a recitare un elenco di attività: SUP, shopping, brunch e cena in due ristoranti diversi, e io mi sforzo di continuare a sorridere, ma sono arrabbiatissima. Non con Lola, lei è solo una bambina. Ma Greg sapeva quello che faceva, quando le ha chiesto di telefonare per chiedere un allungamento dei tempi. Mi ha messa nella posizione di dover essere quella che dice di no, rinforzando i nostri rispettivi ruoli: papà è il portatore di gioia, mamma la guastafeste.

Dovremo parlare con la dottoressa Vaughn per cambiare queste dinamiche e comprendere l'importanza di rispettare i programmi. Nessuno dei due deve essere costretto a rinunciare al proprio tempo, e un ritardo si giustifica solo per un'emergenza. Il fatto che Lola abbia visto un ristorante dove desiderava tanto andare, non è un motivo sufficiente.

«Davvero un bel fine settimana» dico. «Sono felice che tu ti sia divertita.» Poi, a Greg: «Sono le otto, e Lola deve ancora fare il bagno e finire i compiti. La prossima volta, per favore, dille di portarsi i compiti e di farli a casa tua».

«Non ci avevo pensato.»

«Nemmeno io, perché pensavo che sarebbe tornata molto prima.» Perché quello era l'accordo, cazzo. Ma Greg non sembra sentire il bisogno di rispettare gli accordi. «La prossima volta si porterà il suo zainetto, per sicurezza.» Per sicurezza è il mio nuovo motto.

«Certo.» Esita accanto alla porta. Crede che lo inviterò a restare per bere qualcosa? O forse non sa se sono davvero arrabbiata o no. Sono sempre stata brava a nascondere i miei sentimenti per mantenere tutto tranquillo. La stabilità al di sopra di tutto.

Mi piace che non sappia più cosa pensare di me. L'incertezza può essere quello che ci vuole per tenere in riga lui e il suo avvocato.

«Dormi bene» dico, in tono conclusivo. Lola si getta tra le sue braccia per salutarlo, poi Greg se ne va.

Adesso mi tocca l'ingrato compito di farle fare quello che le resta da fare. Non si oppone, ma noto che al momento di andare a letto (più di un'ora dopo il suo solito orario) non mi abbraccia. Da quando è tornata a casa non mi ha mai toccata e non mi è sembrata affatto felice di vedermi.

Mentre sto per augurarle la buonanotte e spegnere la luce, non riesco a contenermi. «Sono felice che tu ti sia divertita, ma le cose non possono continuare così. Tuo padre deve fare il genitore.»

«Cosa vuoi dire?»

«Deve assicurarsi che tu faccia i compiti, per esempio. Non può toccare soltanto a me.» Rimpiango immediatamente di aver parlato. Questa è una conversazione da adulti, e lei è una bambina. Spengo la luce in fretta. «Forse sono un po' di malumore perché ho sentito la tua mancanza, Lo. Ti voglio bene, a domani.»

So che ho ragione e che Greg deve cominciare a fare il genitore sul serio, ma devo dirlo a lui, durante la prossima seduta di cogenitorialità.

Diversi giorni dopo, quando mi trovo seduta accanto a Greg, mi accorgo che mi ha battuta sul tempo. La dottoressa Vaughn annuncia subito: «Greg mi ha lasciato un messaggio in segreteria riguardante alcuni comportamenti inappropriati di cui dobbiamo parlare». Mi lancia un'occhiata studiatamente compassionevole, e mi rendo conto che si aspetta spiegazioni da me.

Provo una scarica di adrenalina. Greg mi ha davvero denunciata alla nostra consulente? E per cosa?

«C'è stato un comportamento inappropriato» dico, mantenendo un tono calmo e neutro. «Greg ha riportato a casa Lola con cinque ore di ritardo, durante il mio fine settimana.»

«Possiamo parlarne. Ma prima, ha parlato male di Greg a Lola?»

«No, certo che no. Lei forse ha colto il fastidio che ho provato quando Greg l'ha riportata a casa in ritardo, ma non lo farei mai.» Mi assicuro di sembrare il più affidabile possibile. Non voglio ritrovarmi con una professionista che testimonia contro di me, se le cose dovessero precipitare.

Ma non posso credere che Lola abbia fatto la spia con Greg e che Greg lo abbia detto alla dottoressa.

«Forse Lola ha capito male» ammette Greg. Generoso, da parte sua.

«Volevo solo essere una buona madre e un genitore flessibile» dico. «Quando Lola ha chiesto di poter passare del tempo in più con Greg, non ho voluto negarglielo. E non volevo negarlo nemmeno a lui. Ma possiamo essere tutti d'accordo sul fatto che non è una cosa da ripetere in futuro? Greg e io dovremmo dire insieme a Lola che il piano genitoriale è fisso.»

«Solo che non lo è» dice lui. «Gli avvocati ci stanno ancora lavorando. Se Lola vuole stare con me ogni fine settimana...»

«Allora a me toccherebbe solo il lavoro difficile e a te tutto il divertimento?» Guardo la dottoressa. «Le sembra ragionevole?»

«È importante tenere conto dei desideri della bambina,» dice lei, e Greg sembra soddisfatto mentre io devo fare uno sforzo per non fissarla a bocca aperta «ma i desideri e il suo interesse non sono la stessa cosa.»

Un commento diplomatico. E inutile. «Cosa mi consiglia?» le chiedo.

«Cambiare le date prestabilite può essere un terreno scivoloso. Suggerirei di dire a Lola che qualsiasi cosa sia in calendario è fissa.»

Provo una sensazione di trionfo.

«Ma se Lola vuole stare di più con me e noi le diciamo di no, cosa ne penserà il giudice?» dice Greg.

Lo fisso. «Vuoi portare la questione in tribunale? Pensavo che fossimo decisi a risolvere tutto tra noi.»

«Ho solo chiesto cosa potrebbe pensare un giudice.»

Fa una faccia innocente. «Che cos'è il miglior interesse di un bambino, in realtà? Come si determina?»

«Si tratta di uno standard piuttosto vago» afferma la Vaughn. «Varia da caso a caso e da giudice a giudice.» Sembra nervosa. «Perciò vi consiglio di tenervi il più possibile lontano dai tribunali.»

«È quello che ha detto anche il mio avvocato» dico. «Una volta che ti trovi davanti a un giudice, saltano tutti gli accordi.» Non mi piace questo tipo di imprevedibilità, ma mi viene in mente che a Greg potrebbe piacere. Dal momento che non può sconfiggermi nel merito, dal momento che non può superarmi nell'organizzazione o nell'argomentazione, potrebbe voler fare una sorta di appello emotivo a un giudice, come ha fatto con la dottoressa Vaughn.

«Dev'essere per questo che ognuno di noi ha il proprio avvocato» dice Greg. «Il mio vede la situazione in modo diverso.»

«Ma tu come la vedi?» Cerco di reprimere la mia contrarietà. «Pensavo che stessimo facendo questo insieme, ma ora...»

«Sei tu che vuoi divorziare da me, Madeline. Sembra che tu voglia lavorare insieme solo quando ti fa comodo.»

«Siamo sempre i genitori di Lola! Vogliamo entrambi il meglio per lei. E questo significa stare lontano dal tribunale.» Guardo la dottoressa. «Non è d'accordo?» Deve esserlo. Le sto solo chiedendo di ribadire una posizione che ha già preso.

Eppure sembra combattuta. Poi inizia a parlare di cicli negativi, fattori scatenanti e dinamiche (sempre queste dinamiche) quando tutto ciò che voglio è che vada al sodo e prenda posizione a favore di ciò che è giusto. Greg deve lavorare con me, non contro di me.

«La capisco per quanto riguarda le dinamiche» dice

Greg. «A volte mi sono sentito schiacciato nel matrimonio, e ora mi sento schiacciato nel divorzio.»

«Cosa? Non me l'avevi mai detto!» Sono sbalordita.

«Non me l'hai mai chiesto. Avevo sempre paura di dire qualcosa di negativo e di mettermi contro di te. Tu non hai mai accettato molto bene le critiche costruttive.» Sembra sincero, ma può essere vero? O sta solo cercando di portare la dottoressa Vaughn dalla sua parte, come è riuscito a fare con Lola? Non è passato nemmeno un mese e sembra già aver comprato l'affetto di nostra figlia.

«Le critiche costruttive vanno benissimo» dico a denti stretti. «Forse stai parlando di te.»

«Io ti amo, Madeline» dice, e di nuovo sembra sincero, ma chi lo sa più? «Tutto ciò che voglio sei tu.»

«E se non puoi avermi, cosa farai?» Cos'ha detto a Lola e a Hugh Warshaw alle mie spalle?

Sembra confuso. «Dovrò imparare a vivere senza di te. Ma l'idea mi uccide.»

«Non è un'idea. È la realtà.» Guardo la dottoressa. «Non l'ho illuso. Non gli ho dato false rassicurazioni. Ma lui sente solo quello che vuole.»

«Non è vero. Ti ho sempre ascoltata. Facciamo le cose a modo tuo, quanto, il novanta per cento delle volte?»

«Il dieci per cento, al massimo» rispondo. «E la casa? Dovevi aver percepito quello che provavo, sapevi cosa ritenevo importante in una casa per la nostra famiglia, ma sei stato tu a schiacciare me.»

«Ora le mostro una cosa.» Si rivolge alla dottoressa, non a me, mentre scorre il telefono con un dito. Si alza e si avvicina a lei, come un padre orgoglioso che mostra le foto del suo bambino. «Mi dica, chi non vorrebbe vivere così?»

«Caspita» mormora lei, con apprezzamento. «È fantastica.»

La situazione sta diventando surreale. «Non avrei dovuto parlare della casa» dico. «Non si tratta di questo; si tratta di Lola. Il suo interesse è quello di avere un legame forte con entrambi i genitori, e quando la porti via nei miei giorni, indebolisci il suo rapporto con me.»

«E tu pensi che lo faccia apposta? È stata lei a proporlo!»

«Ma sei un genitore» ribatto. «Puoi dire di no.»

La dottoressa si rivolge a me. «Suo marito ha commesso un errore e ora che lo abbiamo chiarito, non lo commetterà più. Gli dica che si fida di lui.»

Sono sorpresa. Non avrei mai pensato che una psicoterapeuta mi avrebbe messa in difficoltà in questo modo. «Mi sono sempre fidata di lui» riesco a dire.

Greg sente che sto tergiversando. «Non ho mai fatto altro che amarti.»

«Oh, andiamo, Greg.» Non riesco più a nascondere l'esasperazione. «Hai visto quello che sta facendo il tuo avvocato? Gli hai almeno parlato, come hai detto che avresti fatto? Il mio avvocato non ha visto alcun cambiamento. Di questo passo il divorzio durerà un anno!»

«E se anche fosse?» Greg stringe appena gli occhi. «Perché hai così tanta fretta? Devi andare da qualche parte?»

Questo commento è un po' troppo vicino al bersaglio.

Sento il respiro accorciarsi. Non ho più attacchi di panico da quando ero bambina, quando tutto sfuggiva al mio controllo. Non posso avere un attacco di panico davanti alla dottoressa Vaughn. Manderebbe completamente all'aria la mia immagine.

Ma forse è già saltata. Vedo il modo in cui mi guarda. Come se non si fidasse di me. Come se Greg stesse vincendo.

Significa che potrei davvero perdere Lola?

No, certo che no. Greg chiede solo il 65/35 di tempo da passare con lei. O forse il 60/40.

È diventato una mina vagante. Ma devo ricordare che anch'io ho delle armi. Ci sono cose che potrei condividere con la dottoressa che cambierebbero sicuramente le dinamiche in questa stanza.

È un pensiero tranquillizzante.

18

Greg

«Sì, lo so» rispondo brusco al telefono. «Devo ancora inviarle dei documenti.»

Provo un piacere particolare in queste telefonate di Hugh Warshaw. Con lui non devo fingere, il che è un sollievo. Al lavoro, cerco di sembrare competente; con Lola, miro alla normalità; con Madeline, sono… Cazzo, non lo so nemmeno più. Sidney mi ha mandato qualche messaggio, chiedendomi se sto bene, ma cosa dovrei dire? Come mi ha ricordato il giorno in cui mi ha notificato la richiesta di divorzio, lei è soprattutto leale verso Madeline. Ma la lealtà di Hugh Warshaw è stata pagata a caro prezzo, e io mi godo la semplicità del nostro rapporto.

«Le ho già dato la cronologia» gli ricordo.

«Una cronologia contiene date. Ma soprattutto dati. Lei mi ha dato una voce di diario. La riscriva.»

«Lo farò al più presto.»

«Sono abbastanza sicuro che sua moglie non stia perdendo tempo.» Su questo ha ragione. «Se vuole che continui a temporeggiare e a rimandare, deve darmi qualcosa su cui lavorare. Sto iniziando a fare la figura dell'idiota.»

Bevo un altro sorso, anzi due, di bourbon. Non so se sia uno dei vantaggi di lavorare da casa, o se sia la maledizione del non dover rendere conto a nessuno. Sono appena passate le tre del pomeriggio e ho già chiuso la giornata, cosa che stresserebbe Lucas se lo sapesse, quindi non glielo dirò. È stato lui a chiamare i clienti, spiegando che ci sono stati ritardi inevitabili. Nel frattempo, io sono sdraiato sul divano Jonathan Adler che Sidney ha dovuto procurarsi a tempo di record, così come ha dovuto fare con la maggior parte dei mobili, vista la rapidità con cui Madeline mi ha sbattuto fuori di casa.

Questo divorzio veloce è dovuto al suo temperamento orientato all'efficienza, o al fatto che non vuole fare come i suoi genitori, la cui battaglia per la custodia si è protratta per quasi cinque anni? O magari è un indizio sulla sua vera motivazione? Mi sono scervellato per capire perché vuole essere single entro settembre.

Avvicino la bocca al telefono, in modo che Hugh possa sentirmi bene. «Continui a temporeggiare; la pago per fare la figura dello stupido. Ho bisogno di più tempo. Io e Madeline non stiamo arrivando da nessuna parte con la terapia.»

Ieri non riuscivo a credere alle stronzate che sentivo. Il fatto che Madeline non si fidi di me, come se stessi cercando di usare Lola o di metterla contro di lei, è una follia. Mi chiedo se non ci sia *già* qualche motivo per cui non si fida di me, se è per questo che è così decisa a divorziare. Cosa sa? O cosa pensa di sapere? Vorrei che me lo dicesse e basta, ma il fatto che non lo faccia sembra essere un altro indicatore che la nostra fiducia reciproca è compromessa.

Sinceramente, se non la conoscessi bene, penserei che è lei quella con qualcosa da nascondere. Ma è sempre stata etica fino al midollo. Si è persino opposta a certe deduzioni fiscali creative (ma legittime) proposte dal mio commercialista, dicendo che andavano contro la sua morale.

«Mi dia solo i documenti» risponde Hugh. «Non è il mio unico cliente. Ho una reputazione da proteggere.»

«Purtroppo per lei, è il mio avvocato, non quello di Madeline.» Mi verso un altro po' di bourbon nel bicchiere. «L'unico ambito in cui sono in vantaggio su Madeline è quello delle foto. Lei ne scatta a malapena qualcuna. Odia i selfie. Per questo ho dovuto mandarle tutte quelle foto di lei e Lola.»

«Come sarebbe a dire che ha dovuto?»

«Me le ha chieste lei.»

Lunga pausa. «Gesù Cristo, Greg. Non capisce? Sta costruendo un caso per presentarsi come madre dell'anno. Qualche giudice ci crederà di sicuro. E per farlo userà le sue foto!»

«No, Madeline non vuole assolutamente andare davanti a un giudice.» L'ha detto chiaramente. «Vuole solo guardare le foto di Lola quando Lola non c'è. Quando è con me. Il che avverrà sempre più spesso.» Provo un'ondata di soddisfazione. Non perché stia cercando di distruggere il loro legame o altro, ma perché voglio consolidare il mio. Se c'è una cosa positiva che può emergere da tutto questo, è quanto io e Lola siamo vicini in questo periodo. Non mi ero mai reso conto di quanto fosse legata a me.

«Avrò bisogno anch'io di foto» dice Hugh. «Di lei e della bambina. E si faccia furbo. Se vuole prendere tempo con l'avvocato di Madeline, va bene, ma non prenda tempo con me.»

Prometto di occuparmene subito, come faccio sempre, ma questa volta dico sul serio. Ha ragione, devo darmi una regolata e smettere di concedere a Madeline ogni vantaggio. È arrivato il momento di prendere la palla al balzo e controllare la pila di fatture che mi ha fornito settimane fa. È la prova che non sta nascondendo nulla. Siamo ancora insieme, siamo ancora una specie di squadra, a prescindere da quello che ha detto in terapia.

In realtà non è una pila di fatture, ma una scatola. Quando inizio a distribuire il contenuto sul tavolino, mi accorgo che risalgono a più di tre anni fa e che sono organizzate per data e non per tipo, il che rende il lavoro molto più impegnativo per me. Mi viene in mente un film che ho visto una volta, in cui si parlava di un trucco da usare nelle controversie aziendali: seppellire di carte l'avvocato della controparte, costringendolo a smistare un intero camion di documenti. Madeline mi conosce e sa che ho poca pazienza per le minuzie. Sono un tipo da grandi immagini, non da grandi scatole.

Ma Madeline vuole che il divorzio sia equo e veloce. Veloce è la parola chiave, quando si tratta di lei.

Delle finanze se n'è sempre occupata lei. Si rifiuta di autorizzare il pagamento automatico delle bollette, perché vuole accorgersi di qualsiasi errore. Controlla tutto e mi chiede informazioni su qualsiasi discrepanza. Ma io non ho mai fatto lo stesso con lei.

Le fatture raccontano una storia che vorrei aver letto prima.

Madeline ha pagato consulenze presso vari avvocati, più di sei mesi prima di darmi anche solo il sospetto di sentirsi infelice nel matrimonio. Riconosco il nome di uno di quegli avvocati: Esther Kahn. Era scritto sui documenti che mi sono stati notificati.

Quindi è ufficiale. Madeline stava pensando di lasciarmi molto prima di dirmelo. Non ha mai avuto intenzione di lavorare per salvare il nostro matrimonio. Mi stava prendendo in giro e intanto sistemava le sue pedine. Voleva un vantaggio iniziale.

Per quanto non voglia crederci, non posso ignorare uno schema che sta emergendo in termini di spese. Un po' prima che iniziasse a consultare avvocati, c'è stato un aumento significativo di acquisti in boutique costose. Si stava dando una sistemata, sapendo che sarebbe tornata sul libero mercato?

Con una crescente sensazione di terrore, mi costringo a continuare a sfogliare le carte. Noto qualcosa che mi fa rivoltare lo stomaco. Nove mesi fa, Madeline è uscita dal nostro piano telefonico comune. Ovviamente deve essere passata a un nuovo piano, da sola, senza dirmelo. Non ci sono bollette in questa pila che riflettano questo cambiamento. Alla faccia della trasparenza e dell'informazione completa.

Chi ha chiamato?

19

Madeline

Sono in terrazza e cammino su e giù. Non riesco nemmeno a guardare il panorama; mi sembra che anche questo sia un tradimento. Odio questa cazzo di casa. Odio quell'uomo del cazzo.

Ho bisogno di stare all'aperto. Ho bisogno di aria, perché dentro mi sento andare a fuoco. Ho tenuto duro nello studio di Esther, quando ho letto la risposta del legale di Greg, della quale ora ho una copia in mano. Ho voglia di gettarla oltre il parapetto, di guardarla mentre viene afferrata dalla brezza e vola via. Voglio gridare al vento che mio marito si è rivelato un bastardo di bassa lega.

Ma ovviamente non lo farò. Perché so che non lo è, nel profondo. È un uomo che si è sentito rifiutato e si è lasciato traviare dal suo nefasto avvocato. Quando mi sarò calmata, rileggerò il documento e lo annoterò. Darò a Esther ciò di cui ha bisogno per confutare ciascuna di queste palesi bugie.

Mi conficco le unghie nel palmo della mano e mi mordo il labbro tanto forte da far uscire il sangue. Non riesco a credere che Hugh Warshaw mi abbia dipinto come una persona che ha essenzialmente abbandonato la famiglia, e che Greg gli abbia permesso di farlo.

Secondo questo documento, ho mostrato scarsa considerazione per il benessere di Greg e per gli interessi di Lola. Ho nascosto i miei veri sentimenti e le mie intenzioni per mesi, consultando avvocati alle sue spalle, e poi, quando gli ho detto che volevo la separazione, ho ripetutamente e insensibilmente rifiutato di partecipare anche a una sola seduta di terapia di coppia. Sono una maniaca del controllo che ha dettato tutti i termini della separazione, costringendo, convincendo e manipolando. Il suo avvocato ha consigliato a Greg di rinegoziare tutto, in particolare il piano genitoriale, poiché Lola ha espresso «una netta preferenza» per la sua casa rispetto alla mia. Con meno tempo da passare con me, gli assegni di mantenimento saranno ridotti di conseguenza. E data la pochezza morale e la malafede che ho dimostrato finora nel procedimento, dovrei avere diritto al minimo in termini di divisione dei beni.

In California si può divorziare senza bisogno di dimostrare la colpa del coniuge, ma dalla documentazione legale non si direbbe. Sono furiosa, mortificata, ma sapete una cosa? Non sono scioccata quanto dovrei. Ed Esther Kahn non lo era affatto.

È Greg quello in malafede. Prima ha avuto il coraggio di mandarmi dei messaggi ipocriti:

Volevo solo avvisarti della risposta legale che Hugh ha presentato. Può sembrare dura, ma Hugh ha detto che in realtà è abbastanza standard.

È come un'offerta di apertura. Un punto di partenza per la negoziazione.

Spero ancora che tu ci ripensi, Mads. Verrei a fare terapia di coppia con te in qualsiasi momento. 😊😉

Ha perso la testa o spera che l'abbia persa io? Non era un'offerta d'apertura. Questo è terrorismo, puro e semplice. Mi sta mettendo in guardia: se non torno con lui, è pronto a distruggermi. Non intendo negoziare con i terroristi.

Entro in casa, vado nel mio studio e mi siedo davanti al computer. Poi inizio a riascoltare la registrazione del mio primo incontro con Esther Kahn e a prendere appunti con dita tremanti. Sono pronta a fare quello che mi ha raccomandato fin dall'inizio. Raccoglierò le prove che dimostreranno che io sono credibile e lui no.

Fortunatamente non cancello mai email, sms e messaggi vocali. Dovrò esaminare ogni cosa. Troverò quelli che mostrano incongruenze e imprecisioni, e riuscirò a smascherarlo per il bugiardo che si è rivelato.

Gli dirò che ora dovremo comunicare esclusivamente attraverso l'app per la cogenitorialità. Lo farò in modo gentile, come se lo stessi facendo solo per assecondare il mio avvocato. Questo è il punto: di fronte a lui, deve essere del tutto civile, come al solito. Non deve sapere che sto raccogliendo prove perché, se lo sapesse, diventerebbe più guardingo.

Mentre continuo ad ascoltare i suggerimenti di Esther, inizio a sorridere. Non c'è modo che Greg possa battermi a questo gioco. Non ne ha le capacità. Non è metodico, né paziente. Lui è il signor Quadro Generale. Il signor Visionario.

Farò regolarmente foto e video di me e Lola mentre giochiamo in casa, nel quartiere e nella comunità. L'obiettivo è documentare un coinvolgimento attivo, una struttura e delle abitudini coerenti, un ambiente di vita sano (con foto della pulizia della nostra casa e della qualità dei pasti, insieme alle ricevute della spesa). Documenterò il modo in cui impongo una disciplina e agisco come modello positivo.

Ho tutto sotto controllo.

Non farò mai tardi nell'andare a prendere o riaccompagnare Lola e documenterò ogni ritardo di Greg. Farò attenzione a ciò che posto sui social media, che sono facilmente monitorabili. Conserverò le ricevute e le fatture di tutte le spese sostenute dai genitori, insieme ai documenti medici e scolastici. (Io faccio già tutto questo, ma Greg? Che dire delle sue spese stravaganti per indurre Lola a passare tutto il suo tempo con lui invece che con me? Chiederò a Esther cosa si può fare per questo.) Devo anche dimostrare la mia volontà di cogenitorialità e promuovere il coinvolgimento di Greg.

Ma questo è solo l'antipasto, secondo Esther. Si tratta di stabilire la mia credibilità. Il piatto forte sarà offuscare la sua.

Esther ha un menu *à la carte* su come riuscirci: dimostrando che lui si oppone alla cogenitorialità (che prende decisioni unilaterali e nasconde informazioni), o che non riesce a soddisfare le esigenze psicologiche/educative/di sviluppo/mediche di Lola, o che è emotivamente instabile, forse con problemi di rabbia, idealmente con sfoghi in presenza di Lola o davanti a testimoni che possono firmare dichiarazioni giurate in tal senso. Punti bonus se abusa di droghe o alcol, se ha una personalità borderline o una storia di violenza domestica. Forse episodi di abuso, abbandono o messa in pericolo di minori?

Riascolto nella registrazione come ho negato con veemenza tutte queste cose durante quell'incontro con Esther, come le ho assicurato che mio marito è sempre stato un uomo onesto e degno di fiducia. «Non sono più innamorata di lui» mi sento dire con rammarico. «Vorrei davvero esserlo. Sarebbe tutto molto più facile.»

Ero così ingenua allora. O illusa?

Esther continua dicendo che Greg può avere una nuova relazione (il che era musica per le mie orecchie), ma che se ci sono prove che la priorità è la nuova relazione e non Lola, che la fidanzata rappresenta un pericolo o che Lola è stata esposta alla nuova relazione in un modo emotivamente dannoso, dovrò documentare, documentare, documentare.

Dovrei anche documentare tutte le volte che Greg si è reso protagonista di calunnie. Mi chiedo se questa risposta legale possa essere usata contro di lui in tribunale. Sarebbe una bella ironia.

«Quando si tratta di costruire un procedimento» dice Esther nella registrazione «la chiave è dimostrare che non si tratta di un caso isolato. Non stiamo parlando di un singolo errore di giudizio. Si tratta di uno schema continuo di comportamento irresponsabile e inappropriato che sta danneggiando Lola.»

«Non succederà mai» mi sento dire. Ero così sicura di me, allora. Così sicura di Greg.

«Ho bisogno che tu inizi a tenere un diario» continua Esther. «Con voci e date. Annota ogni singolo giorno, anche se Lola è a casa di Greg, anche se c'è scritto solo *Niente da segnalare*. Annota quando andate a prenderla o la riaccompagnate, le attività, i pasti di Lola, il suo appetito in generale, il suo umore, la sua salute, i problemi scolastici. Annota tutte le interazioni con Greg aggiungendo qualcosa sulla sua condotta e sul suo aspetto, nonché tutte le decisioni genitoriali discutibili. Se lui ti nega l'accesso a Lola, se viola un'ordinanza del tribunale...»

«Non ci saranno ordini del tribunale» la interrompo. «Solo una sentenza definitiva di divorzio quando tutto sarà finito.»

«Assecondami. Registra tutto, non si sa mai.»

Sul serio? Ricordo di aver pensato in quel momento. *Questo è come un altro lavoro! Un lavoro totalmente inutile.*

Ora, però, è diventato essenziale. Una volta che ci avrò preso la mano, probabilmente non ci metterò nemmeno tanto. In clinica documento già tutto in modo esaustivo. Greg ha un assistente che si occupa dei dettagli del lavoro e a casa ha sempre avuto me.

Ma ora non più. Sta per scoprire contro chi si è messo.

Se si rimette in riga, sarò felice di seguirlo. Non sono vendicativa per natura e preferirei che tutto avvenisse in modo pulito e senza pregiudizi. Teniamo sotto controllo il nostro ego e manteniamo in primo piano l'interesse di Lola. Possiamo ancora concludere il divorzio in sei mesi.

Greg non è un mostro. È sempre stato un uomo di famiglia. In realtà, è solo impazzito al pensiero di perdere Lola e me, ed è sotto l'influenza del suo disgustoso avvocato.

Forse Esther deve solo reagire con forza, e allora Greg tornerà in sé. Quando lo farà, potrò perdonarlo.

Siamo persone ragionevoli e amorevoli che possono rimettersi in carreggiata. Non è troppo tardi. O sì?

20

Greg

«Grazie di avermi portato i documenti» dice Hugh, riuscendo a non sembrare sarcastico. Anzi, sembra quasi… comprensivo. Il che mi fa arrabbiare.

Guardo la donna nuda nel quadro dietro di lui. Poiché è astratto, mi viene in mente che non tutti vedono quello che vedo io. Forse è come un test di Rorschach. «Non c'è di che» rispondo. «Ma evitiamo le chiacchiere. Non è per questo che la pago.»

Cosa pago oggi? L'opinione informata di Hugh. Spero contro ogni probabilità che la storia del piano telefonico non sia quello che penso, che ci sia una spiegazione diversa da quella che mi frulla in testa da giorni: Madeline era in contatto con qualcuno di cui io non dovevo sapere, e ha cercato di coprire le sue tracce.

Non riesco proprio a immaginarlo. O forse non voglio? Madeline che prova passione per qualcun altro, mentre è passato così tanto tempo da quando sembrava provarla per me. Peggio ancora, ho scavato nei miei ricordi e non sono sicuro che abbia mai provato molta passione per me. Forse mi sono illuso fin dall'inizio.

Temo di avere finalmente la mia risposta, che l'ultimo pezzo del puzzle sia appena andato al suo posto. Ma spero di sbagliarmi.

«Mi dica la verità. Cosa ne pensa del piano telefonico?»
«Dato che siamo in uno stato in cui chi divorzia non ha bisogno di provare le colpe del coniuge, non possiamo usare l'infedeltà come motivo. Ma se ce ne sarà bisogno, potremo usare questo fatto per dimostrare che Madeline è una persona ambigua e manipolatrice. Su cos'altro ha mentito? È in grado di crescere vostra figlia?»
Lo guardo, sbalordito. Sta dando per scontato che Madeline abbia una relazione. È come se nella sua mente non ci fosse il minimo dubbio. Hugh potrebbe aver ragione, con tutta l'esperienza che ha... Ma non conosce Madeline.
Per la prima volta, inizio a pensare che stia davvero per cominciare una battaglia per nostra figlia.
Da quando è iniziato questo incubo, ho sempre voluto tornare a casa. Ma forse non ho più una casa, ho smesso di averla tanto tempo fa. Come ho smesso di capire Madeline. Ammesso di averla mai conosciuta per davvero.

*

Ripenso spesso a quel giorno. Chi non lo farebbe? Rivedo ogni dettaglio con gli occhi della mente, fino a quell'orrenda immagine finale.
Qualcuno è morto per colpa mia.
Per colpa nostra.
La sorpresa non è che non riesco a smettere di rivivere quel giorno. È che non riesco a smettere di pensare ai mesi precedenti. L'omicidio è diventato inevitabile in base agli eventi che lo hanno preceduto, per quanto possa sembrare folle. Era impossibile tornare indietro, perché avrei dovuto farlo molto prima, un centinaio di volte. Avremmo dovuto farlo entrambi.
Al momento della separazione, eravamo due persone normali con i pedali del freno e dell'acceleratore. Ma a un

certo punto abbiamo solo accelerato, sfrecciando verso la tragedia.

Certe notti non riesco a dormire perché cerco di individuare il momento esatto in cui abbiamo smesso di essere umani e siamo diventati queste macchine votate alla distruzione, mentre ciascuno di noi si convinceva di essere il buono della storia. Quello che era nel giusto.

Ma di sicuro so che non vai mai all'inferno da solo.

LISTA DI CONTATTI

21

Madeline

«Non puoi annullare» dice Esther. «Devi sembrare collaborativa. Ricorda che sei un genitore modello, preoccupato solo del benessere di Lola.»

«Certo che sì.» Le mie dita si stringono di riflesso intorno al telefono, in segno di fastidio. «È per questo che non ho disdetto.»

«Ma capisco la tentazione» aggiunge Esther. «Capisco quanto debba essere difficile stare nella stessa stanza con lui, dopo l'ultimo tradimento.»

Lo capisce davvero? È ovvio che ha assistito a questo tipo di disfacimento migliaia di volte. L'aveva praticamente predetto durante il nostro primo incontro. Ma se non ha vissuto in prima persona la brutalità del divorzio, non vedo come possa capire veramente come ci si sente. Ho sempre voluto trovare scuse per Greg, dare la colpa al suo avvocato e al suo dolore. Poi lui ha cercato di fregarmi i miei soldi.

«Madeline? Sei ancora lì?» chiede Esther.

«Sì. La situazione sembra piuttosto semplice: ha accettato di pagarmi una certa somma il primo di ogni mese, e poi ne ha depositato solo la metà. Non puoi costringerlo a darmi il resto?»

«Posso presentare una mozione, ma solo il tribunale può obbligarlo.»

«Sta violando il contratto!» Ho alzato la voce, non posso farci niente. Se non posso esprimere la misura della mia frustrazione con la donna che pago cinquecentocinquanta dollari l'ora, allora con chi dovrei esprimerla? Sidney mi lascia sfogare, ma capisco che non vuole credere che Greg sia davvero così terribile e doppiogiochista, per il bene di Lola. Non vorrei crederci nemmeno io. «Sai cosa ho fatto per quest'uomo? Non sarebbe nulla senza di me! Certo, ha talento, ma sono io che l'ho fatto crescere. Quella che gli lisciava il pelo dopo ogni contrattempo. Quella che gli ha consigliato come conquistare Peter Tramboni. Sai a quante disgustose cene con i suoi clienti sono andata, quando aveva bisogno di me per chiudere un affare? Se pensi che Greg sia cattivo, dovresti vedere i miliardari. Si fanno venire un attacco di nervi se la zuppa è di un solo grado troppo fredda!»

«Purtroppo non hai in mano un accordo esecutivo.» Ha sentito qualcosa di quello che ho appena detto? L'empatia non è il forte di Esther. Ma d'altronde non sono qui per fare terapia. Non vai dal meccanico quando hai mal di denti.

«Apprezzo la lucidità e la misura delle tue risposte,» dico «ma mi chiedo se Hugh Warshaw non se ne stia approfittando. Forse dobbiamo essere più aggressive. Combattere il fuoco con il fuoco.» Dimostrare che non siamo persone con cui scherzare, in modo che Greg si rimetta in riga e interrompa questa idiozia, e si comporti come l'uomo d'onore che pensavo fosse. Be', magari è un'espressione un po' esagerata, ma diciamo che ho sempre dato per scontata la sua integrità. Ma forse, semplicemente, non aveva mai avuto l'occasione di mostrarmi la sua vera natura prima d'ora. Non è abituato a sentirsi dire di no, senza mezzi termini; l'ho protetto dai fastidi e dalle difficoltà della vita, in modo che fosse libero di costruire in pace le sue assurde ville. Una delle ultime che ha progettato aveva addirittura un fossato.

«Mi rendo conto della tensione che stai vivendo» dice Esther. «Ma ti prego di lasciare a me la strategia. A differenza degli Hugh Warshaw del mondo, io so come giocare a lungo termine. L'aggressività può ritorcersi contro di te agli occhi di un giudice, e a questo punto stiamo per andare in tribunale.»

«Non è quello che volevo!»

«Ma sembra sia quello che vuole Greg.»

È vero. Voglio solo sapere perché. Perché mi ha fatto questo? Ma non posso chiederglielo. Esther me lo ha detto chiaramente, e comunque non crederei a quello che mi direbbe.

Chi è l'uomo che ho sposato?

«Presenterò una mozione per un ordine temporaneo di mantenimento del coniuge e dei figli con l'importo più alto che, secondo te, Greg aveva inizialmente accettato» dice Esther.

«Non secondo me. L'aveva accettato.»

«Ma non ha firmato alcun documento in tal senso. È la sua parola contro la tua.»

«La mia parola vale di più.» Mi esce in tono seccato. Ho fatto tutto secondo le regole e non sopporto di trovarmi in questa posizione. So che la vita non è giusta, ma io ho cercato di esserlo. E ora sembra una strategia perdente.

«Vista la piega che sta prendendo il caso, dovrai stare ancora più attenta all'impressione che produci. Comportati in modo impeccabile in ogni contesto. Sii irreprensibile, in tutti i modi.»

«Lo sto già facendo.» Sto negando a me stessa l'uomo che il mio cuore e altre parti del mio corpo chiedono a gran voce, no? Ma lei non lo sa.

«Inizia a pensare a tutti coloro che fanno parte della

tua vita, di quella di Greg e soprattutto di quella di Lola, come potenziali contatti. Sono le persone che sarebbero disposte ad attestare il tuo carattere in una dichiarazione giurata o a testimoniare a tuo favore in un'udienza o in un processo. Potrebbero dover parlare con un responsabile della valutazione sulla custodia.»

Guardo fuori dal finestrino con malumore, con la voglia di fulminare tutti i pedoni che passano davanti alla mia auto, continuando a farsi gli affari loro senza dover apparire impeccabili. «Pensi che si arriverà a questo? Una valutazione della custodia?»

Sta dicendo che se non sto attenta, potrei davvero perdere Lola?

No, Greg potrebbe perderla.

«Meglio prepararsi troppo che troppo poco, non si sa mai» risponde Esther. «Se fossi in te, preparerei subito la mia lista di contatti. I sostenitori appassionati sono paradossalmente i meno utili perché possono apparire troppo di parte. Gli esperti sono molto preziosi.» Fa una pausa. «Quindi sii prudente nella sessione di oggi. Non parlare di soldi. Si tratta dell'interesse della bambina, ricordatelo.»

È Greg quello che lo ha dimenticato. Doveva essere una cosa semplice. Era quello che avevamo detto prima che venissero coinvolti gli avvocati. Ora vorrei non aver mai coinvolto i professionisti, e che avessimo fatto da soli tutte le pratiche come suggeriva lui. Dove saremmo ora, se avessimo preso una strada invece dell'altra? Possiamo tornare indietro o siamo già andati troppo oltre? «Devo andare alla mia seduta.»

«Sì, vai pure. Non fare tardi per nessun motivo.»

«Puoi rimandare la presentazione della mozione per un giorno o due? Non dirò nulla durante la sessione di cogenitorialità, ma dopo, quando saremo solo io e Greg, ne parlerò con delicatezza.»

«Non lo farei, se fossi in te.»

«Sento di doverci provare per il nostro matrimonio, capisci? Lo devo alla nostra famiglia.» Mi appellerò al suo senso del pudore. Deve esistere ancora, da qualche parte.

«Come ho già detto molte volte in tribunale, non posso controllare i miei clienti, posso solo consigliarli. Perciò, se proprio insisti a volerlo fare, almeno registra la conversazione.»

Insisto. Ma sto pensando che forse la cosa migliore è farlo davanti alla dottoressa Vaughn. Non parlerò di soldi, per niente; invece, parlerò con il cuore di come una battaglia prolungata avrà un impatto su Lola e anche su di noi. Non voglio antagonismo e bruttezza; voglio un finale che rispetti il matrimonio d'amore che c'è stato prima. Nella migliore delle ipotesi, questo convincerà Greg, ma se no almeno servirà a smascherarlo. La dottoressa Vaughn capirà con chi ho davvero a che fare. Ho il sospetto che si senta più vicina a Greg. Ma un po' di vulnerabilità da parte mia oggi dovrebbe riportarla, come minimo, in posizione neutrale.

Durante la seduta, però, mi accorgo che devo lottare in modo insolitamente duro per mantenere la compostezza. Non sono mai stata violenta in vita mia, eppure guardare il viso morbido e pacifico di Greg, così in contrasto con i suoi comportamenti fuori dalla seduta, è quasi troppo da sopportare.

Di solito sono la pianificatrice per eccellenza, ma questa volta non ce la faccio. Non sono in grado di lanciare un appello per la pace che mi faccia apparire vulnerabile. Invece, opto per qualcosa di più pragmatico, dicendo: «So che Lola sembra stare bene, finora, ma ciò di cui ha davvero bisogno, ciò di cui tutti i bambini hanno bisogno, è la sicurezza. Sarebbe meglio per lei se potessimo sistemare tutte le questioni legali il prima possibile». Guardo la dottoressa in cerca di un accordo, ma lei appare esasperatamente neutrale.

«Sì» conviene Greg. «Lola ha bisogno di stabilità.» *Non ho detto stabilità, ho detto sicurezza!* «È per questo che ho lasciato la casa a Madeline, ma se devo essere sincero, è stato più doloroso di quanto avrei mai potuto immaginare.» Si lancia in una fantasticheria con gli occhi pieni di lacrime, racconta di quando entrava in casa e mi vedeva intenta a cucinare, mentre Lola era seduta al tavolo a fare i compiti, e parla di come sia arduo per lui vivere in esilio.

Con la coda dell'occhio vedo che la dottoressa è del tutto dalla sua parte, e quindi, nonostante la rabbia crescente che provo, dovrò sforzarmi di apparire comprensiva nei confronti di quell'idiota manipolatore.

Vorrei dire alla dottoressa di fare il suo lavoro, di tenerlo in riga. Tutto questo non riguarda nemmeno la cogenitorialità. L'autocommiserazione di Greg non ha nulla a che fare con Lola. È un adulto che deve finalmente accettare la situazione e gestire le sue emozioni per il bene di sua figlia.

«Ho costruito quella casa per la nostra famiglia» dice, guardando me, ma a beneficio della dottoressa, perché io l'ho già sentito mille volte e so la verità. Quella casa era per lui e, semplicemente, ci ha messo dentro me e Lola. «Una delle cose che mi fa veramente male è che Madeline amava l'idea ma non la realtà. Quando le ho mostrato i progetti e l'ho portata sul posto, era molto entusiasta. Era del tutto d'accordo con me.» Si sta praticamente torcendo dal dolore, al ricordo. «Ma quando ci si è trovata dentro, ha cambiato idea.»

Oh, è proprio bravo. La dottoressa Vaughn annuisce come se fosse pronta a seguirlo ovunque. Capisce il sottotesto, e cioè che io sono volubile e arbitraria, disposta a gettare via cose belle come la casa e la famiglia.

«Le ho lasciato la casa,» dice «anche se non la ama. Anzi, credo che la odi, e forse l'ha voluta tenere solo perché sa che a me piace tanto.»

«Stronzate!» Mi viene fuori come un'esplosione. «Vivo in quella casa per Lola. Perché voglio mantenere le cose stabili per lei, e lei sta con me la maggior parte del tempo. È la sua casa.»

«Vedi, è questo che intendo. Non la consideri la tua casa. O comunque non vuoi che lo sia.» Mi rendo conto che il suo dolore è reale, ma questo lo rende ancora più irritante.

«Cosa ti aspettavi, Greg? Non hai tenuto conto di nessuna delle mie obiezioni su quella casa. Alla fine, tutto quello che ho potuto fare è stato guardare con ammirazione i tuoi progetti e il sito. Quale altra scelta avevo?»

«Mi sembra che stiamo andando fuori tema» dice la dottoressa.

«Sei tu quella che mi calpesta!» Ora anche Greg è arrabbiato. Sono contenta che abbia finalmente abbandonato la sua posa di coniuge maltrattato e abbandonato. Spero che la dottoressa lo noti. «Per tutto il nostro matrimonio, hai preso sempre tu ogni decisione.»

«Solo per le piccole cose. Tu ti occupi del quadro generale e io di tutto il resto. Sai quanto è faticoso?»

«Ti piace avere il controllo.»

Vedo un'opportunità e mi rivolgo alla Vaughn. Se lui se l'è lavorata, posso farlo anch'io. Posso brandire la mia vulnerabilità come un coltello. «La casa è magnifica, è vero. Forse all'inizio mi sono fatta prendere dalla visione di Greg. Sa essere accattivante. Ma gli ho comunicato le mie riserve. Non è una casa per una famiglia, e noi abbiamo sempre detto che avremmo avuto dei figli. Figli, al plurale. Ma abbiamo cambiato idea, o meglio, io ho cambiato idea, perché lui era troppo preso dal lavoro.

Non potevo immaginare di stare su quella collina con due bambini piccoli da sola. È vero, lui sarebbe stato felice di assumere una squadra di tate, ma non è la stessa cosa. Non è la vita che mi ero immaginata.»

«Non può essere tutto come lo immagini tu, Madeline!» È ancora arrabbiato. Bene.

Rimango concentrata sulla dottoressa Vaughn. Racconto vividamente il mio terrore di guidare sulle colline con la piccola Lola nel suo seggiolino, di quando mi veniva voglia di voltarmi per controllare che stesse bene, ma non si può distogliere lo sguardo da quelle strade nemmeno per un secondo, non con quei tornanti. Man mano che Lola cresceva, anche la casa mi spaventava. Era quasi impossibile proteggerla, tanti spigoli vivi e tutti quei balconi, e Greg era contrario a misure che interferissero con l'estetica a cui aveva lavorato con tanta cura. Mi sentivo intrappolata in quel castello sulla collina. Intrappolata in una vita che era stata progettata da Greg, intorno a Greg.

Lo sguardo della dottoressa è rincuorante. Forse la sto portando dalla mia parte. Per la prima volta, penso che potrebbe entrare nella mia squadra. Il Team Madeline.

22

Greg

«Quindi io ho pensato solo a me e tu solo a Lola?» Faccio un sorriso sprezzante. «È questo che stai cercando di far passare?»

Madeline sembra stupita dal veleno nella mia voce.

Da giorni sto rimuginando sulla sua (probabile) relazione. Anche se Hugh pensa che sia una conclusione scontata, mi sono detto che non è ancora confermata. Oggi sono venuto qui con l'intenzione di fare ancora un tentativo (forse l'ultimo) per conquistarla, per costringerla ad affrontare il costo di voler dividere le nostre vite. Per tutto il colloquio ho cercato di invocare e resuscitare i suoi sentimenti per me e per la nostra famiglia.

Eppure Madeline è rimasta indifferente a ciò che ho detto in un modo strano e inquietante, anche se è tutto vero. Ora mi dipinge come una specie di megalomane fannullone che si preoccupa più delle case che costruisce che del benessere della figlia.

La cosa più assurda è che, nonostante tutto, spero ancora che Hugh si sia sbagliato, che lei abbia cambiato piano telefonico senza dirmelo perché era una buona offerta. Oppure, se non è così, mi dirà che ha commesso un errore ma che ormai è finita. Oppure che ha una relazione con qualcuno, ma che la storia è finita o sta per finire. Davanti a un giusto pentimento, posso perdonare. Le ho dedicato anni, e c'è Lola da considerare. Se si tratta della mia famiglia o del mio orgoglio, sceglierò la famiglia.

Ma devo sapere la verità. Non ce la faccio più.

«Sono mesi che parli con un altro alle mie spalle» dico. «È tutto quello che hai fatto?»

L'energia nella stanza cambia all'istante. Il volto della dottoressa Vaughn si chiude e fissa Madeline. E Madeline è molte cose, ma non è una buona attrice. Mi sento crollare dentro.

Si agita in cerca di una risposta, come se fosse del tutto impreparata a questa eventualità. Era così arrogante da non immaginare di poter essere scoperta? Oppure pensa che io accetti qualsiasi cosa mi propini, che sia troppo debole per farmi valere?

Lei balbetta, fa finta di niente e cerca di distrarre la dottoressa. «Greg ha sovvertito il processo fin dall'inizio» dice alla Vaughn. «Questa non è una terapia di coppia.»

«L'onestà è la pietra miliare della cogenitorialità» sentenzia la dottoressa, con espressione decisa. Anche se è giovane, è chiaro che non è debole, e non le piacciono i bugiardi. «Quello che ha detto Greg è vero?»

«Le mie amicizie non sono rilevanti» replica Madeline.

«Per collaborare in modo efficace, deve esserci fiducia.» La dottoressa non ha intenzione di lasciar perdere.

«È solo un'amicizia.»

«Che tipo di amicizia richiede che tu cambi il piano telefonico?» le chiedo.

Le guance di Madeline diventano rosse. «Ho iniziato a provare dei sentimenti per un altro, ma non sono mai andata oltre.»

«Stai divorziando da me! Questo non è andare oltre?» Sto quasi urlando, ma non credo che qualcuno possa biasimarmi.

«Lo faccio per me, non per lui.»

«Chi è?»

«Non condividerò alcun dettaglio, perché non è rilevante.» I suoi occhi si spostano verso la dottoressa, come se si aspettasse un aiuto.

«Fanculo la rilevanza!» esplodo.

«So che è una cosa dolorosa,» dice la dottoressa «ma ho bisogno che vi parliate con rispetto.»

«Dove vi siete conosciuti?» chiedo a Madeline.

«Non ho intenzione di rispondere a questo tipo di domande. Non serve a nessuno di noi due.» Madeline si rivolge alla Vaughn. «Non mi sarei mai aspettata di provare dei sentimenti per un'altra persona, e quando è successo mi sono resa conto di alcune cose. Come il fatto che sono stata chiusa per così tanto tempo, limitandomi a fare le cose bene. Quei sentimenti mi hanno svegliato. Ho iniziato a riflettere su chi sono come persona e su come voglio evolvere.»

Sbuffo in modo derisorio. Tutti questi discorsi sono patetici, un tentativo disperato di convincere la dottoressa Vaughn che non è una bugiarda e un'imbrogliona. Ma è me che dovrebbe cercare di convincere.

«Non posso credere che stia razionalizzando» dico alla dottoressa. «Non si è nemmeno scusata.»

Madeline si rivolta contro di me. «Quindi è per questo che hai dimezzato i miei pagamenti mensili. Sei disposto a fregare tua figlia per punire me? Non posso permettermi il mutuo e la manutenzione di quella casa senza di te, e tu lo sai.»

«Non sono io quello sotto processo, qui» ribatto.

«Nessuno è sotto processo» interviene con calma la dottoressa.

Sono furioso. Anche se Madeline sta dicendo la verità sul fatto che non si scopa quel tizio, è chiaro che vuole scoparselo. Si è trattenuta perché... perché? Ovviamente non è per il suo amore per me. Forse è per continuare a considerarsi una brava persona.

Nel frattempo io ero fuori a guadagnare tre quarti del nostro reddito familiare, costretto a leccare il culo ai figli di puttana più presuntuosi e insopportabili che si possano immaginare. Io vengo dal nulla. Nessuno mi ha mai regalato niente, nessuno mi ha dato una mano. Ho fatto tutto da solo, e sì, Madeline mi ha sostenuto dal punto di vista pratico ed emotivo, ha creato una meravigliosa famiglia stabile, *bla bla bla*, ma il fatto è che mi ha preso in giro. Ha agito alle mie spalle e ha imbastito una relazione con qualcun altro. Anche se sta dicendo la verità e non c'è ancora stato un rapporto fisico, si tratta comunque di un tradimento, soprattutto perché io ho reso possibile tutta la sua vita. Una pediatra nella Bay Area? Rientra a malapena nel ceto medio.

Potrei distruggerla. Non lo farò, ma potrei farlo.

23

Madeline

Dopo la sessione di cogenitorialità, Greg è il fortunato. Va a prendere Lola a scuola e la porta a casa sua per la notte. Io rimango da sola, piena di energia inquieta e di rabbia impotente.

Passo ore a pulire la casa. Per il momento ho ancora gli addetti alle pulizie, ma dovrò ridurre le loro ore di lavoro. Devo pensare a quali altre spese posso tagliare da quando Greg ha deciso di fregarmi sui pagamenti. È ridicolo quanta manutenzione richieda questa casa (un branco di capre da pascolo ogni mese per tenere in ordine il pendio, e lavavetri che penzolano sopra il burrone con le imbracature di sicurezza, per citarne solo due).

Quando è iniziata questa storia, abbiamo aperto conti bancari separati e abbiamo diviso i nostri risparmi a metà, ma molti dei nostri beni non sono liquidi. I fondi sono immobilizzati in questa casa e in investimenti che Esther dice che nessuno di noi due può toccare finché non si decide tutto. Nel frattempo, le nostre carte di credito sono congiunte e il considerevole debito (accumulato soprattutto da Greg) appartiene legalmente a entrambi. Sono l'unica responsabile dei debiti che ho accumulato per pagarmi gli studi di Medicina, poiché risalgono a prima che io e Greg ci conoscessimo.

Non ci vorranno molti mesi di mancati pagamenti da parte di Greg perché io finisca i soldi. Quindi questo è il suo prossimo atto di terrorismo: minacciare di dissanguarmi mentre lui se ne sta buono e tranquillo.

L'affitto del suo appartamento è molto inferiore al mutuo della casa, e inoltre lui non ha spese di manutenzione aggiuntive. Guadagna molto più di me, ovviamente, e non ho mai avuto accesso al conto bancario della sua azienda. Ora mi chiedo cosa possa aver tenuto nascosto in tutti questi anni, se possa esserci un conto segreto da qualche parte. Non mi era mai passato per la testa quando stavamo insieme, ma è difficile immaginare che la disonestà che ha dimostrato si sia sviluppata da un giorno all'altro. Forse mi ha mentito per anni.

Potrei chiedere a Esther di assumere un contabile forense, se necessario.

Siamo già arrivati a questo punto?

Odio l'idea di intaccare la mia metà dei risparmi per pagare un altro professionista, ma devo proteggermi. Ho lavorato duramente per costruire questa famiglia e creare una sicurezza finanziaria per Lola. Ho sempre pensato che anche Greg volesse questo per lei, perché è una cosa che né lui né io abbiamo avuto quando siamo cresciuti.

Sono arrabbiata, sì, ma anche spaventata. Greg sembra deciso a costringermi a prendere decisioni dolorose e difficili. Se continua a dimezzare i miei assegni di mantenimento e non ho più soldi, come faccio a pagare il mutuo? Posso scoprire il suo bluff minacciando di vendere la casa? Può impedirmi di venderla e costringermi a vivere qui? Potrei anche essere costretta ad aumentare le mie ore di lavoro e ad accendere un secondo mutuo? E se poi non ce la farò a pagare le rate ogni mese? Andrò in bancarotta? La casa sarà pignorata? Dove vivremo io e Lola?

E quanto mi costerà in spese legali chiedere a Esther di rispondere a tutte queste domande?

Raschio lo stucco della doccia con uno spazzolino. È una casa da cinque milioni di dollari eppure, se non stiamo attenti, nel giro di una settimana si forma ancora la muffa rosa. Sembra un simbolo di qualcosa.

Forse mi sto soffermando sui problemi di denaro perché in realtà mi fanno meno paura di quello che potrebbe accadere con Lola. Come ha detto Esther, devo mettere in fila i miei contatti perché mi aspetta una battaglia. Ed è ora di ammetterlo: la dottoressa Vaughn è una stronza di prima categoria. Non ha nemmeno trent'anni, non ha la fede, eppure si sente qualificata per giudicarmi? Sono abbastanza sicura che non mi abbia creduto, anche se stavo dicendo la pura verità sul fatto che non andavo a letto con nessuno tranne Greg. Non che andassi a letto con Greg, negli ultimi mesi. Ma siamo in uno stato dove per ottenere il divorzio non è necessario provare la colpa del coniuge. Potrei fare le seghe a tutti i difensori dei San Francisco 49ers e sarei comunque un'ottima madre. Greg, invece, è stato praticamente un padre assente, ma sono quasi certa che la dottoressa Vaughn abbia una cotta per lui.

È troppo tardi per passare a un altro terapeuta per la cogenitorialità. Ricominciare da capo significherebbe ripetere tutto, e non so se mi ritroverei in vantaggio. Non voglio più affrontare le stesse cose, con nessuno. Non sopporto l'idea di stare seduta in una stanza con Greg, settimana dopo settimana, con i suoi piagnistei insinceri. Quello che ha fatto oggi è stato davvero subdolo. Avrebbe potuto parlarmi in qualsiasi momento, ma ovviamente voleva l'elemento sorpresa, per mettermi alle strette e umiliarmi quando stavo solo cercando di costruire la mia credibilità.

Dovrei dire a Esther quello che Greg sa, o che pensa di sapere. Glielo dirò, prima o poi. Domani, forse. O la prossima settimana.

Il fatto è che Greg mi ha fatto un favore. Ora che sa di Tarek, non ho più motivo di trattenermi. Forse potremmo già iniziare a vederci, con Tarek. Platonicamente. In luoghi pubblici, in periferie lontane, dove non ci vedrebbe nessuno, compresi Greg o Esther. Mi sono negata questo per mesi e guardate dove mi ha portato: un rapporto tenue, se non pericoloso, con Greg; un'escalation di situazioni legali; l'incubo della rovina finanziaria. Forse è giunto il momento di cambiare.

Tarek e io ci siamo conosciuti quando lui ha trascorso due mesi come infermiere in visita presso la mia clinica. Prima di allora, aveva vissuto all'estero e lavorato per Medici Senza Frontiere. È cresciuto a Los Angeles, uno dei quattro figli di ricchi emigrati egiziani. I suoi fratelli sono tutti impiegati nella redditizia azienda di famiglia, ma Tarek ha deciso di seguire la sua strada. I suoi genitori volevano che diventasse medico, ma lui ha scelto di diventare infermiere. Gli piace l'esperienza diretta e la possibilità di stabilire un contatto significativo con ogni paziente. Il denaro conta poco per lui.

Sono rimasta colpita fin dal nostro primo incontro, e la mia ammirazione è cresciuta quando l'ho visto interagire con i pazienti. Aveva un linguaggio dolce ma deciso, la sua sicurezza era più rassicurante di qualsiasi parola. Le persone si rilassano in sua presenza, me compresa. Può sembrare strano, ma prima di passare del tempo con Tarek non mi ero resa conto dell'impatto che Greg ha sul mio sistema nervoso. Spesso è così agitato che è come un'iniezione di adrenalina, non gradita dopo una lunga giornata di lavoro e di responsabilità domestiche.

Questo non vuol dire che Tarek sia noioso. Tutt'altro. Racconta storie incredibili dei suoi viaggi e crede davvero che ogni esperienza e ogni persona abbiano qualcosa da insegnargli. Questo significa che è anche il miglior ascoltatore che abbia mai conosciuto. Mi sento affascinata e affascinante quando sono con lui, mentre con Greg il mio ruolo è molto più limitato. Mi sento adorata, ma sappiamo entrambi che non sono io quella interessante.

Per essere chiari, non sono andata a cercare un altro uomo; non ero nemmeno consapevole di quanto fossi insoddisfatta del mio matrimonio, finché Tarek non ha risvegliato in me tutti questi sentimenti. Non si tratta solo dei sentimenti verso di lui, ma di sentimenti che riguardano il mio scopo nel mondo. Anche se so che non posso fare volontariato con Medici Senza Frontiere, con Lola ancora così piccola, è qualcosa che vorrei provare quando sarà più grande. Voglio avere un impatto maggiore e voglio essere coinvolta. Tarek mi ha convinto che gli incontri possono cambiarti in modi che non avresti mai previsto, facendoti prendere una traiettoria completamente nuova.

Io e Tarek abbiamo iniziato a fare le pause caffè insieme. Poi siamo andati a pranzo. Poi ci mandavamo messaggi la sera. Non vedevo l'ora di andare al lavoro ogni giorno per vederlo. Non ammettevo a me stessa che la traiettoria della mia vita stava cambiando, ma era quello che stava accadendo. Non riuscivo più a vedere Greg nello stesso modo. I suoi sforzi creativi sono in gran parte egoistici e, nella stragrande maggioranza dei casi, i suoi progetti sono per uomini che si preoccupano del profitto, non delle persone. Il loro lavoro filantropico è solo un'apparenza. Ci sono stati picchettaggi alla cerimonia di taglio del nastro del Tramboni Center a causa del capitalismo sfruttatore di Peter Tramboni. Le sue azioni hanno contribuito alla sofferenza di milioni, se non miliardi di persone.

Ma a Greg non importa nulla delle disuguaglianze globali. Niente di tutto questo è lontanamente reale per lui. Vuole solo costruire bellissimi edifici, interi regni futuristici, e forse non avrei mai pensato che ci fosse qualcosa di sbagliato in questo, se non avessi incontrato Tarek. Se non mi fossi innamorata di lui.

La cosa più assurda non sono i miei sentimenti per lui. Come avrei potuto evitare di innamorarmi di una persona così bella, brillante, mondana e di sani princìpi? No, la cosa più assurda è che lui si sia innamorato di me.

Ci siamo confessati la nostra cotta reciproca via sms. A quel punto i messaggi erano così tanti che ho deciso di prendere un cellulare separato. Immagino che la frequenza dei nostri contatti, l'intensità dell'attrazione e la segretezza significhino che tecnicamente si trattava di una relazione sentimentale. Ma né io né Tarek siamo tipi da averne una fisica.

Mi ha aiutato a capire che voglio vivere in modo molto più semplice di quanto Greg abbia mai fatto. Il mio istinto mi diceva che questa non sarebbe stata la mia casa per sempre; il tempo che passerò qui è limitato. Ho pensato di offrire a Greg la possibilità di ricomprare la casa da me, ma so che non può permetterselo. Per quanto guadagni bene, spende anche molto. Quindi, a un certo punto, quando Lola si sarà completamente adattata al divorzio, venderemo questa casa. Così potremo ricominciare da capo. Io starò con Tarek, e Greg troverà qualcuno che vuole vivere come lui. A lungo termine, staremo entrambi meglio.

Mi piace l'idea che Tarek diventi il patrigno di Lola. Le darebbe un punto di vista diverso. Non pensa che la ricchezza dipenda da ciò che si possiede, ma da ciò che si può dare in cambio e da come ci si relaziona con gli altri. Invece Greg è materialista e non riconosce mai che il fatto di essere un uomo bianco dalla bellezza classica sia un privilegio. A sentire lui, si è fatto da solo. A causa di Greg, Lola non ha mai fatto un campeggio, né tantomeno un viaggio avventuroso. Sia lei che io abbiamo molto da imparare da Tarek.

Fino alla recente condotta di Greg, ho sempre avuto un'ottima opinione di lui come marito e padre; pensavo solo che non fossimo più compatibili. Parlare con Tarek mi ha fatto capire quanto poco Greg e io abbiamo in comune e quanto siano noiose le nostre conversazioni. Avevo normalizzato il mio malcontento. Ma la verità è che ero stanca di essere l'assistente personale di Greg a casa e di essere riverita in pubblico. Non voglio più sentir parlare di progetti e della costruzione di un nuovo mega immobile nella Silicon Valley, a San Francisco o a Marin.

Tarek si preoccupa sinceramente e profondamente delle persone, ed è per questo che ha scelto di fare l'infermiere. Fino a poco tempo fa, pensavo che Greg si preoccupasse sinceramente e profondamente di me e di Lola. Ma visto il comportamento disonorevole e insensibile che sta adottando, mi chiedo se sia cambiato o se sia sempre stato così.

Da quando ho iniziato il processo di separazione, ha fatto finta di rispettare i miei sentimenti e le mie decisioni, ma in realtà ha cercato di sminuirli e svalutarli in ogni occasione. Non gli interessa quello che voglio io. Quello che vuole è avere una dolce mogliettina che stia su un piedistallo e gestisca tutta la sua vita per lui.

Non fa per me, non più. Voglio una relazione adulta e appagante, e con Tarek posso averla.

Greg probabilmente pensava che, affrontandomi a proposito di Tarek, avrebbe preso il controllo della situazione. Ora si aspetta che io mi senta male e mi ritiri. Ma ho già permesso troppo a lungo che i suoi desideri prevalessero sui miei. Dal momento che sa di Tarek, non ho più nulla da nascondere. La mossa di Greg si è appena ritorta contro di lui.

Prendo il telefono e mando un messaggio a Tarek: L'attesa è finita.

24

Greg

«Ho pensato che fosse meglio vederci di persona» dice Lucas. «Posso entrare?»

«È molto poco professionale» sbuffo, sbarrando la porta con il mio corpo. In realtà, Lucas è sempre stato un ottimo professionista, e ha ragione a preoccuparsi dei miei scarsi risultati. Ma io sono il suo capo e il suo mentore, mi ha sempre ammirato, quindi non posso permettergli di entrare nel mio appartamento.

Il bourbon è appoggiato sul tavolo, senza tappo, con accanto un bicchiere alto mezzo pieno. La casa è devastata quanto me. La donna delle pulizie viene domani, prima dell'arrivo di Lola. Può sembrare drammatico, ma in questi giorni vivo solo per lei. Il lavoro sembra irrilevante, per usare le parole di Madeline. È stato irritante il modo in cui ha continuato a minimizzare l'importanza dell'altro uomo, anche se ovviamente è lui il vero motivo per cui ha messo fine al nostro matrimonio.

O meglio, ha *cercato* di porre fine al nostro matrimonio. Non è ancora finita.

«Mi dispiace» dice Lucas. Come al solito, è perfettamente pettinato, rasato e indossa abiti su misura (non ho idea di come faccia a permettersi quei vestiti con lo stipendio che gli pago). Si è laureato con lode ad Harvard, ma mi ha praticamente implorato per avere il posto di assistente, dicendo che avrebbe dato qualsiasi cosa per essere il mio protetto e imparare dal mio genio. «Il Tramboni Center è la perfezione» ha detto, con gli occhi che gli brillavano, e io l'ho assunto all'istante. Non mi ha deluso.

Io ho deluso lui. «Sono io a essere dispiaciuto» gli dico. «So che non è stato facile per te, in queste settimane, dover gestire me e tutti i clienti.»

«Infatti» risponde lui, con la serietà che lo contraddistingue. «Ma per te deve essere molto peggio.»

La sua semplice compassione mi fa venire da piangere. È quello che manca in tutte le mie interazioni con Madeline. A lei non frega più niente se vivo o muoio, ora che ha Comesichiama.

Esther Kahn ha presentato una mozione per il mantenimento temporaneo dei figli e del coniuge che è del tutto vendicativa, e usa un linguaggio professionale per darmi sostanzialmente del bugiardo e del manipolatore. Dice che la parte convenuta (cioè io) sta prolungando intenzionalmente e in modo irragionevole il contenzioso, e chiede che sia io a pagare le sue spese. Nel frattempo, le mie ore di lavoro si sono ridotte quasi a zero, da quando ho scoperto il tradimento di Madeline. Dovrebbe essere lei a pagare me.

«Ho il blocco del progettista» spiego. «Sono a corto di idee.»

«Hai guardato i vecchi progetti per trovare ispirazione?»

Scuoto la testa. «Non è così che lavoro. Non posso dare a Peter Tramboni un'accozzaglia di cose già viste per la sua isola privata. Quella casa deve essere un capolavoro.»

«Non puoi lasciar stare, per il momento? Passare al progetto successivo e poi tornare a questo?»

«Non è così che lavoro» ripeto.

«Forse è così che devi lavorare, per ora» suggerisce con

delicatezza. «E io sarei più che contento di cimentarmi in qualche progetto nelle ore libere. Se deciderai che qualcosa è utilizzabile, allora mi pagherai.»

«Stai dicendo che dovrei spacciare i tuoi disegni per miei?»

«No, solo utilizzare alcune mie idee come punto di partenza. Sarebbe un modo per stimolare la tua creatività. Sono quasi due anni che studio al tuo fianco. Apprezzerei l'opportunità di dimostrare ciò che ho imparato. Sarebbe un onore, per me.» A volte parla come un maggiordomo del XIX secolo. Non so se provenga da una famiglia molto ricca (non mi ha mai detto nulla della sua vita privata) o se questo tipo di ossequio è ciò che insegnano ad Harvard.

Ma gli avevo promesso che prima o poi sarebbe diventato un associato, e invece è un project manager, ma senza la gloria. «Fammici pensare.»

Sorride. «C'è qualcosa che posso fare mentre sono qui? Come ormai dovresti sapere, sono bravo a sistemare i casini.»

Sta davvero dicendo che è disposto a pulire il mio appartamento? Credo di non avergli ostruito abbastanza la vista dell'interno. Mi sento arrossire. «Grazie, me la caverò.»

È mortificante farmi vedere in questo stato, soprattutto da Lucas. Come ha detto in più di un'occasione, sono il suo idolo. Lavorare da casa doveva servire a preservare questa immagine. Di solito ci incontriamo di persona solo quando andiamo dai clienti e nei futuri cantieri. Per prendere in prestito un altro termine di Madeline, è una questione di limiti. Anche se so che ha buone intenzioni, presentarsi qui è stata sicuramente una violazione.

«Apprezzo la tua preoccupazione e la tua dedizione,» dico «ma non farlo più.»

«Le mie scuse.» Ma non sembra affatto pentito. «Ti

prego di considerare la mia offerta. Potrebbe essere un'ottima cosa per entrambi. Un vantaggio per tutti.»

Una volta chiusa la porta alle sue spalle, mi accascio sul divano. È rigido e scomodo, come molti mobili costosi. Avrei dovuto comprare tutto all'Ikea, ma Sidney ha insistito tanto e io volevo tenermi vicino la migliore amica di Madeline. Pensavo che un giorno avrei potuto avere bisogno di lei.

Mi ha mandato dei messaggi, per assicurarsi che stia bene. Le rispondo per mantenere il legame, per farle sapere che non sono completamente a pezzi, ma nemmeno sto bene. Credo che si possa dire che la sto tenendo in sospeso. Mi ha chiesto se poteva uscire con me e Lola questo fine settimana. Le ho detto che ci avrei pensato, ma credo che le dirò di no. Sidney ha buone intenzioni (probabilmente vuole solo assicurarsi che Lola stia bene), ma immagino che riferirà a Madeline tutto ciò che vede. Dopotutto, mi ha detto chiaramente che Madeline è la priorità. Com'è che ha detto? Con il divorzio, sarà Madeline ad avere la custodia di Lola.

Hugh dice di non preoccuparmi della mozione presentata dall'avvocato di Madeline. Non è un'emergenza e non è ancora stata calendarizzata dal tribunale. Visto il sovraccarico del sistema, non sarà presa in considerazione prima di sei settimane.

I soldi non sono la mia grande preoccupazione. Forse dovrebbero esserlo, visto che ho un problema di liquidità, ma non è per questo che ho dimezzato i pagamenti a Madeline nell'ultimo mese. Ho seguito la raccomandazione di Hugh in un impeto di rabbia, per punirla. Ora me ne sto pentendo.

La mozione e le sedute di cogenitorialità servono entrambe a evidenziare il gioco pericoloso che sto facendo. Potrei danneggiare la mia credibilità in tribunale e il mio rapporto con Madeline. Dovrei semplicemente darle il resto dei soldi. In altre parole, ammettere la sconfitta. Smettere di tirarla per le lunghe e di cercare di ritardare l'inevitabile. Lei non vuole più me; vuole lui, chiunque sia.

Ma l'idea di lasciar perdere, di lasciare che lui la prenda... Forse il problema non è che sono stato troppo duro con lei, ma piuttosto il contrario. Ho lasciato quella casa, la mia casa, troppo facilmente.

È stata la storia del nostro matrimonio e ora sarà la storia del nostro divorzio. Lei mi ha sempre fregato. Con quel suo tono dolce e misurato, con quel suo modo di sembrare la persona più ragionevole del mondo, mi ha sempre convinto che ciò che è giusto per lei è ciò che è giusto, punto. La casa è stata l'unica cosa su cui ho puntato i piedi e non me l'ha mai perdonato.

Nonostante tutto, resta il fatto che la amo. Che la voglio. Che senza di lei mi sento perso.

Chiunque sia l'altro uomo, non può provare per lei quello che provo io. Non ha costruito la sua vita intorno a lei, non hanno una famiglia.

Finché continuerò a non sapere nulla di lui, non potrò capire come competere. E finché non potrò competere, devo assicurarmi di non fare altri danni. Non sono mai stato bravo a stare fermo, ma è ora di cambiare tattica.

Per prima cosa, devo cancellare la prossima seduta di cogenitorialità. Poi inizierò a cercare degli investigatori privati. E da lì, chi lo sa? Dipende da cosa scoprirò. Ma una cosa è certa: nessuno può rompere le scatole alla mia famiglia.

25

Madeline

«Mi piace davvero tanto questo posto» dice Sidney con un sospiro soddisfatto, guardando dal balcone il panorama che io praticamente non vedo più e che riesce solo a infastidirmi. La distesa di case sottostanti e quella baia infernale. Sono come una principessa imprigionata in una torre.

«È bellissimo» dico meccanicamente. Strappo un pezzo del panino e lo metto in bocca, masticando in modo aggressivo. Un bagel e un cocktail mimosa, il piacere più pigro (ed economico) di sempre, il regno delle migliori amicizie.

«Sei arrabbiata con me?»

«No!» Ma Sidney deve aver captato qualcosa tra le righe. Non mi è sembrata abbastanza indignata quando le ho detto del comportamento di Greg durante la terapia di cogenitorialità (fortunatamente lui ha cancellato la seduta di questa settimana, cosa che ho annotato nel mio registro giornaliero). Sidney è comprensiva con me, ma non è indifferente a lui.

La capisco, sta camminando sul filo del rasoio. Vuole che tutto sia civile tra me e Greg, perché è la cosa migliore per Lola, e Sidney prende molto sul serio il suo ruolo di madrina di Lola. Cosa che apprezzo. Ma è davvero troppo chiedere un po' di indignazione, in questo momento?

«Non sei arrabbiata con me,» dice Sidney «ma sei arrabbiata.»

«Certo. Greg mi ha messo alle strette su Tarek davanti alla dottoressa Vaughn e sta cercando di mandarmi in bancarotta. E poi cosa farà? È come una vipera in attesa di colpire.»

«Difficilmente finirai in miseria. Considera solo quello che vale questa casa. E per fare un attimo l'avvocato del diavolo, come avresti voluto che gestisse la faccenda di Tarek? Voglio dire, non te lo avrebbe chiesto davanti a Lola, quando viene a prenderla o la riaccompagna, e non parlate in nessun altro momento. Volevi che ti mandasse un messaggio attraverso l'app?»

«Avrebbe potuto mandarmi un messaggio tramite l'app e chiedermi di vederci.» *Ma ci è o ci fa?* «Voleva farmi sembrare un'imbrogliona davanti alla dottoressa Vaughn e ci è riuscito. L'ho capito dal modo in cui lei mi guardava.»

«Il fatto di non giudicare non fa parte delle sue mansioni?»

«Potrebbe non essere molto brava nel suo lavoro.» Mi sono sforzata di non parlare male della dottoressa Vaughn a Sidney perché non volevo che si sentisse in colpa per avermi consigliato male. Ma oh, cavolo, se si è sbagliata. «Nemmeno io volevo crederci, ma gli indizi si stanno accumulando. Alla luce del comportamento di Greg, non posso fare a meno di mettere in discussione molti aspetti del nostro matrimonio.»

Sidney posa il suo bagel e l'espressione che le passa sul viso è come se avesse perso l'appetito. Mi sembra un po' eccessivo. Voglio dire, non stiamo parlando di suo marito. Non parliamo mai di suo marito perché hanno un matrimonio perfetto. Perché lui non c'è quasi mai. Lei è praticamente una vedova del lavoro, tranne che per tutti quei viaggi sexy ed esotici che fanno in giro per il mondo.

Il che significa che non può capire quello che sto passando.

«Come vanno le cose con Jared?» chiedo.

«Molto bene. Ora è in Belgio. Mi ha chiesto se potevo raggiungerlo per qualche giorno, ma sono troppo impegnata con un progetto di design. Andremo a Praga insieme il mese prossimo.»

Mi chiedo cosa direbbe Sidney del tipo di viaggio che piace a Tarek. Con lei e Jared, è tutto a cinque stelle. Jared lavora nella finanza e guadagna cifre da capogiro. Tarek direbbe che Jared è l'esempio lampante di un sistema guasto. Un'uscita insieme con loro potrebbe essere imbarazzante. Per fortuna, con gli impegni di viaggio di Jared, gli appuntamenti a quattro erano rari anche quando stavo con Greg.

Una parte di me vuole tirare fuori di nuovo Greg, perché le sue buffonate e lo stress che ne è derivato non sono mai lontani dalla mia mente. Ma anche se Sidney è stata presente fin dall'inizio, fin dalla sera in cui io e Greg ci siamo conosciuti, forse non è la migliore confidente. Se all'inizio aveva dei dubbi su di lui e sulla nostra relazione, in seguito ha deciso di aggrapparsi alla storia della coppia perfetta. Vuole continuare a negare la realtà, proprio come Greg, e con me è stata sincera sul fatto che continua a comunicare con lui. Non mi piace immaginare le loro conversazioni. Una parte irrazionale di me vorrebbe che la mia migliore amica fosse fermamente dalla mia parte. Che vedesse solo la mia parte.

Quindi ho deciso di non dirle che sono tornata in contatto con Tarek. Se la dottoressa Vaughn non è riuscita a evitare di giudicarmi nonostante anni di esperienza, probabilmente non ci riuscirà nemmeno Sidney. Non lo direbbe mai apertamente, ma sarebbe lì tra noi, in agguato. E se poi dovesse sfuggirle qualcosa quando parla con Greg?

No, Sidney non deve saperlo, e nemmeno Esther. È una cosa solo tra me e Tarek, il nostro piccolo e delizioso segreto.

In realtà, è stata una cosa innocente. Voglio dire, non c'è niente di meno romantico di uno Starbucks a Benicia. Ma Tarek ha reso quell'ambiente quasi magico. Avevo stabilito le regole di base in anticipo: nessun tipo di contatto, nemmeno un abbraccio di saluto o di arrivederci, ed entrambi le abbiamo rispettate. Per certi versi, questo ha reso la tensione sessuale, l'attesa, ancora più forte. Il nostro legame c'è ancora. Anzi, si è addirittura rafforzato.

Gli ho detto che Lola sta bene e che l'unico che non si è adattato è Greg. Tarek mi ha dato tutto l'appoggio e la solidarietà che avrei potuto sperare. Capisce che non ho mai voluto ferire Greg, che ho fatto di tutto per evitarlo. È stato molto importante sentire questa conferma da una persona onesta e di sani princìpi come lui.

«Amare qualcuno non è mai sbagliato» ha detto. «L'importante sono le scelte che si fanno per stare insieme. Sono orgoglioso del nostro percorso finora.»

Desideravo tanto allungare la mano e sentivo che anche lui lo voleva. «Anch'io sono orgogliosa. Ma spero che non ci voglia ancora molto. Voglio dire, sono separata. Greg ora sa che esisti. Non può volerci ancora molto.»

Tarek ha sorriso. «No, non manca molto.»

Quando penso al mio futuro con Tarek, mi sento ottimista e contenta. Vorrei poter condividere questi sentimenti con la mia migliore amica, ma sarebbe imprudente. È il mio contatto numero uno, mi conosce da vent'anni ed è stata testimone della mia incrollabile devozione a mia figlia negli ultimi dieci.

Sta anche continuando a sentire Greg. So che vuole vedere il meglio in lui ma, prima o poi, dovrà ammettere la verità. Per ora è la mia talpa, i miei occhi e le mie orecchie. Confido che mi dica se vede qualcosa di strano tra Greg e Lola. Prima lo documenterò e poi potrebbe dover testimoniare.

È brutto avere un secondo fine quando si tratta del mio rapporto con Sidney. Non mi piace usare la mia migliore amica, ma che scelta ho? Greg mi ha forzato la mano.

26

Greg

«Sono felice che tu mi abbia finalmente richiamato.» Il tono di Sidney è giocoso, ma è difficile per me analizzare la sua espressione, perché è in controluce sotto il sole. È una giornata calda e luminosa che fa sentire contenti tutti. Il ristorante ha un campo da bocce all'aperto, e un gruppo di giocatori parla a voce alta e fa battute. È un po' fastidioso.

A Lola, però, piace. Sidney e io stiamo facendo una pausa e Lola se ne va a lanciare bocce da sola, voltandosi di tanto in tanto per chiederci di applaudire i suoi colpi migliori.

«Non ho telefonato a nessuno, in questo periodo» dico. Mi passo una mano tra i capelli. Ho saltato l'ultimo appuntamento dal barbiere e mi sento al limite del trasandato. Ma potrebbe essere una cosa più interna che esterna. In questi giorni non riesco a seguire nulla, probabilmente perché non mi interessa nulla. Cioè, a parte Madeline e Lola. Almeno una delle due mi vuole ancora bene, ed è laggiù che saltella.

«Hai pensato di chiamare Madeline?» Sidney beve un sorso di birra e io cerco di non guardare con desiderio il bicchiere che si sposta verso le sue labbra. Mi sforzo di restare sobrio e mantenermi lucido, sia per Lola che per questa conversazione. Non voglio che quello che dico rimanga riservato; spero che arrivi a Madeline.

«Lei ti ha detto che le farebbe piacere?» Alzo un sopracciglio, scettico ma speranzoso.

Scuote la testa. «Probabilmente è una cattiva idea. A volte penso che se tu e Madeline passaste del tempo insieme come persone normali, vi ricordereste che lo siete. Normali, intendo. Che non dovete essere per forza amici, ma non siete nemici.»

«Mi piacerebbe molto. Ma lei insiste che tutte le nostre comunicazioni passino attraverso l'app per la cogenitorialità. Ha dato al suo avvocato il permesso di leggerle.» La mia frustrazione sale. «Voglio solo avere la possibilità di dimostrarle che sono ancora l'uomo che ha sposato.»

Mentre Sidney annuisce in segno di empatia, una ciocca dei suoi lunghi capelli tinti di rosso si attacca al rossetto che le copre le labbra. È sempre molto truccata, non come Madeline, che è una bellezza naturale. «Madeline si sta chiudendo in sé stessa. È rimasta molto ferita dal fatto che tu non le abbia parlato di Tarek in privato, ma l'abbia tirato in ballo davanti alla dottoressa Vaughn.»

«Tarek?» dico, come se avessi difficoltà a collocare il nome, come se non pensassi che ci sia lui dietro a tutto. Nel frattempo, l'investigatore privato che ho assunto sta effettuando un controllo su tutta la sua vita.

«Papà! Zia Sidney!» Lola agita freneticamente le braccia. «Guardate!» Guardiamo e applaudiamo. Lei fa un inchino, poi va a raccogliere le bocce per poter giocare di nuovo.

Il sorriso mi muore sulle labbra quando mi volto verso Sidney. «Allora, questo tizio, questo Tarek, cosa sta succedendo davvero tra lui e Madeline?»

«Quello che ti ha detto è la verità. Lei e Tarek non sono andati a letto insieme.» Sento un "ancora" nell'aria? «Ha cercato di essere onesta su tutto. Non ha messo fine al vostro matrimonio per colpa di qualcun altro, ma perché...»

«Ha *cercato* di essere onesta?» Non riesco a trattenermi dall'interromperla.

«Lo è stata.»

«Madeline ti ha mandato qui per garantire per lei?» E per spiare me e Lola?

«No, assolutamente no. Però sa che sono qui. Sono sicura che vuole che mi prenda cura di te, visto che sa di non poterlo più fare. In realtà, lei tiene ancora a te, Greg. Molto.»

«Mi vuole bene, ma non è innamorata di me» mormoro. «Ho capito.»

«Stai ancora pensando di tornare con lei? Odio essere portatrice di cattive notizie, ma quel treno ormai l'hai perso.»

Non mi interessa quello che dice Sidney o quello che dice Madeline. Se non ci fosse stato Tarek, Madeline sarebbe stata almeno disposta a fare terapia di coppia. Invece di cercare di essere onesta, avrebbe cercato di salvare il nostro matrimonio. Non si tratta di scoprire sé stessa, o di esplorazione, o di qualsiasi cosa abbia dichiarato alla dottoressa Vaughn.

«Non sto cercando di tornare con lei» mento. È questo il messaggio che voglio che Sidney trasmetta. Che Madeline pensi che mi sia arreso, che il treno sia già partito. Ha creduto fermamente di avere il comando per tutto questo tempo, sapendo che io sono l'inseguitore e lei l'oggetto del mio desiderio. Il mio nuovo atteggiamento potrebbe cambiare completamente le dinamiche.

Insieme al fatto di scoprire chi è veramente Tarek. Così potrò distruggere la sua nascente storia d'amore con mia moglie, e lei ricomincerà a ragionare.

«Bene.» Sidney sembra sollevata. «Tutto andrà molto

più liscio se riuscirete ad accettare come stanno realmente le cose. Così potrete smettere di litigare e ricominciare a parlarvi. Riuscirete a risolvere la questione in poco tempo.» Fa un sorriso brillante proprio mentre arrivano i nachos. Lo rivolge al cameriere. «Grazie mille!» Prende una patatina. «In questo posto fanno un ottimo guacamole.»

Metto un po' di cibo nel piatto per avere qualcosa da fare, ma so che il mio stomaco si ribellerà al primo boccone. «Apprezzo molto il tuo ottimismo.» Poi grido: «Lola! Nachos!».

«Evviva!» risponde lei. «Arrivo tra un minuto!»

Sidney le sorride con affetto e poi mi guarda. «Chi non sarebbe ottimista dopo aver visto te e Madeline insieme per tutti questi anni e dopo averti visto con Lola? Siete entrambi genitori fantastici, ciascuno a modo suo.»

Questa è musica per le mie orecchie. Hugh mi ha avvertito che io e Madeline siamo in competizione per portare dalla nostra parte i conoscenti che ci hanno potuto osservare in questi anni, soprattutto con Lola. Nel caso di Sidney, pensavo di occupare un secondo posto rispetto a Madeline. Ma ora sembra che io possa avere una possibilità.

Secondo Hugh, la sfida per me è che tutti conoscono Madeline molto meglio. È sempre stata lei a tenersi in contatto con gli insegnanti, gli allenatori e i genitori degli amici di Lola. È lei che si occupa di organizzare tutto e, a quanto pare, questo sarà molto importante, in tribunale. Lei sembrerà quella coinvolta e io quello distaccato.

D'altra parte, nessuno avrà nulla di negativo da dire su di me. A volte Madeline può dare fastidio alle persone, perché sembra troppo perfetta; in rare occasioni può essere altezzosa. Le mogli delle coppie che frequentavamo facevano occasionalmente dei commenti scherzosi in tal senso. Se la situazione dovesse degenerare in una vera e propria battaglia, mi assicurerò di ricontattarle per vedere se sono disposte a parlare con Hugh.

Sidney sarebbe un colpo molto più grosso, però. Se la più grande amica di Madeline fosse disposta a testimoniare a mio favore, dovrebbe essere un argomento piuttosto convincente per un giudice.

Il fatto è che Madeline era la moglie perfetta per me, finché non è arrivato Tarek. Ecco perché a questo punto non posso escludere nessuna strategia. Devo rimettere insieme la mia famiglia. Per me, per Lola e per Madeline (anche se ora non se ne rende conto).

Spero ancora che si ravveda prima di arrivare in tribunale. Ma se dovrò usare quello che so, compreso il fatto che ha dimenticato di andare a prendere nostra figlia, compreso Tarek, compreso tutto quello che è venuto molto prima di lui e anche prima di me, lo farò.

Riconquistare Madeline è la migliore delle ipotesi. Ma non perderò Lola.

27

Madeline

Mando a Greg un messaggio sull'app dicendo che sono costretta a cancellare la prossima seduta di cogenitorialità. Non do una motivazione. Dopotutto, lui non l'ha fatto quando ha disdetto quella della settimana scorsa. Gliene sono grata, in un certo senso: non avrei osato essere la prima, per paura di sembrare poco collaborativa.

Nel frattempo, mi metto in contatto con la dottoressa Vaughn, lasciandole un messaggio vocale in cui le dico che apprezzo molto il suo lavoro e che mi auguro di vederla presto. «In questo momento mi sto concentrando sul prendermi cura di me» spiego. «Ancora non mi sono ripresa dall'aggressività manifestata da Greg l'ultima volta. Voglio tornare ad avere un rapporto di fiducia e sicurezza con lui. Non sarà facile, ma sono determinata a farlo, per il bene di Lola. Grazie mille per il suo aiuto.»

Appena ho finito vedo un messaggio, fuori dall'app:

Dovremmo parlare, solo noi due. Incontriamoci.

Greg ha perso la testa o sta solo facendo il finto tonto? O forse il suo è un gioco che non riesco a capire? Gli rispondo tramite l'app che non penso sia una buona idea.

E, di nuovo, scrive senza usare l'applicazione:

Se vogliamo sbloccare questa situazione, dobbiamo farlo da soli.

Gli rispondo che deve usare l'app, ma lui continua con il suo atteggiamento infantile:

Così Esther può leggere tutto quello che ci diciamo? Non siamo bambini che hanno bisogno della supervisione di un adulto. Gli avvocati stanno solo peggiorando le cose.

Per favore, usa esclusivamente l'applicazione. Non risponderò ai messaggi inviati con altri mezzi.

Sul serio, Madeline?

Be', almeno segue le indicazioni. Questo messaggio era sull'app. Ma non basta. Devo mettere le cose in chiaro. Così scrivo:

Ti prego, modera i toni, Greg. Non ti incontrerò in privato. Le trattative per l'accordo avverranno tramite i nostri avvocati. Le comunicazioni su Lola devono passare sempre da questa applicazione. Conversazioni più approfondite su di lei avverranno nella prossima sessione di cogenitorialità.

Segue una lunga pausa. Forse lui sta decidendo se sfidarmi o meno.

È davvero questo che vuoi, Mads?

Sento una punta di tristezza. La prova anche lui? Gli dico che è giusto così. E allora ribatte:

È come se stessimo andando verso una sorta di resa dei conti.

Il suo tono è imperscrutabile. Non so se esprima rammarico o, magari, una minaccia. Ma se glielo chiedessi, non crederei alla sua risposta.

Se fosse stato per me, Greg, avremmo chiuso la faccenda settimane fa.

Non risponde, nemmeno per salutare. Forse è questo che fa la differenza, che mi preoccupa tanto da spingermi ad agire. Mando un messaggio a Morgan, la madre di Bliss. Bliss e Lola sono amiche del cuore da anni, e io ero molto amica di Morgan; spesso prendevamo un caffè insieme e ci vedevamo anche in coppia. Dopo la separazione, Morgan ha preso le distanze, come tutti. Non è mai stata apertamente scortese e nemmeno fredda; è solo sempre di fretta, stava per rispondermi ma poi, sai, la vita!

L'ho incontrata ieri quando sono andata a prendere Lola a calcio. Lola e Bliss ci hanno implorate per fare un pigiama party. Morgan ha detto: «Ospito io, tu hai già troppo da fare». Mi ha detto di mandarle un messaggio con alcune date e io avevo intenzione di dirle quali sono i miei weekend con Lola. Ora, invece, le mando un messaggio con quelli di Greg.

Risponde rapidamente e immagino che non sia per rispetto nei miei confronti, ma perché Bliss la sta assillando. Durante lo scambio, mi assicuro di accennare al fatto che la cogenitorialità con Greg è difficile, dicendo che è così preso dal lavoro che perde spesso la cognizione del tempo, cose del genere. Ho bisogno che Morgan abbia ben presente questo punto, dato che è uno dei nomi sulla mia lista di contatti per Esther. Sospetto anche che ne parlerà con altre mamme sulla sua rubrica di contatti.

Sull'app per la cogenitorialità mando un messaggio a Greg, scusandomi con lui e dicendo che m'impegnerò a rispettare il suo tempo con Lola in futuro.

Questa è la data che mi ha dato Morgan. Altrimenti, Bliss non sarà disponibile per un altro mese e tu sai quanto Lola desideri questo pigiama party.

Forse Bliss può dormire da me.

Morgan ha detto espressamente di voler tenere il party a casa sua.

Va bene. Ma che non succeda più.

Ecco la minaccia. Allora non me l'ero immaginata, il che mi fa sentire pienamente giustificata in quello che sto facendo (ma non parlerò di questa meschinità a Tarek). Sebbene sia necessario, non ne vado fiera.

Non succederà più, Greg. Non se posso evitarlo.

28

Greg

Antonio Fognini ha un accento che anche l'uomo più etero d'America troverebbe affascinante. Ma è un tipo diretto. Non sembra aver neanche notato il mio appartamento disastrato e non si dimostra interessato ai miei racconti fioriti e alle mie lamentele. No, va dritto al punto.

Non ho parlato a Hugh di Antonio. Hugh si preoccupa solo di ciò che potremo usare contro Madeline in tribunale, ma non è per questo che ho assunto un investigatore per indagare sul passato di Tarek Nabil. Devo sapere chi è davvero quell'uomo.

So già il fatto più importante: che è un rovinafamiglie, ma ovviamente questo non preoccupa Madeline. Deve esserci qualcosa, nel passato di Tarek, di cui Madeline non è a conoscenza, qualcosa che posso usare per interrompere il loro legame.

«Allora, ha trovato qualche macchia?» chiedo ad Antonio.

«Purtroppo» risponde «questo Nabil è molto pulito.»

«Allora non ha scavato abbastanza a fondo. Ho un sacco di soldi e pagherò tutto quello che devo.»

Antonio alza una mano. «La prego. Risparmi i suoi soldi. Ho paura che quell'uomo sia quasi un santo.»

«Mio Dio!» Mi passo la mano tra i capelli troppo lunghi.

Devo ricordarmi di chiamare il mio parrucchiere per un taglio a domicilio, ma continuo a dimenticare tutto. Ho bisogno di Madeline. «Non può dire sul serio.»

Fa una faccia cupa. «Sono andato a Los Angeles e ho scoperto tutto su Tarek Nabil. La gente non vedeva l'ora di parlare di lui e di tesserne le lodi. I suoi insegnanti dell'asilo si ricordano di lui. I suoi professori alla UC Irvine si ricordano di lui. I suoi supervisori a Medici Senza Frontiere…»

«È un medico?»

«Un infermiere. L'anno scorso il suo lavoro di infermiere lo ha portato per un periodo alla clinica di sua moglie, ed è così che si sono conosciuti. Tutti alla clinica…»

«Cantano le sue lodi. Ho capito.» Lo guardo, contrariato. «Deve essere un trucco. Nessuno è così perfetto.»

«La maggior parte delle persone non lo è» ammette Antonio. «Ma alcuni sì.»

«Pensa davvero che Madeline mi tradisca con un santo?» *Incredibile.*

Antonio allarga le mani, con i palmi rivolti verso l'alto.

«Scavi più a fondo. Voglio dire, tutti pensano che io sia perfetto. Pensano che Madeline sia perfetta. È tutta una bugia.»

«Quindi pensa che se facessi un controllo su di lei, risulterebbe pulito?» Inarca un sopracciglio. «Nessuno avrebbe qualcosa di negativo da dire?»

«Be', Madeline ce l'avrebbe, adesso.» E forse anche alcuni dei miei clienti, ma quelli sono degli stronzi. A Sidney piaccio più che mai. Poi c'è Lola. Lola mi ama fino alla luna e ritorno, come dice il libro per bambini.

«Quest'uomo, Nabil, ha rifiutato di lavorare in un'azienda di famiglia che vale milioni. Tutti i suoi fratelli guadagnano centinaia di migliaia di euro all'anno, facendo ben poco, da quello che ho potuto capire, e Nabil si rifiuta di partecipare. Vuole fare del bene nel mondo. Ha consegnato vaccini e medicine ai malati. Ha lavorato con impegno con i pazienti affetti dal virus Ebola.» Antonio mi fissa severo. «Mi sta ascoltando?»

«Sì.» Ma non sto traendo la stessa conclusione. Lavorare con i pazienti affetti da Ebola potrebbe significare che ha il complesso del salvatore.

«Questo Nabil, è...»

«Parla come se fosse il suo più grande fan! Lui non è Madre Teresa, cazzo!» Lo fulmino con lo sguardo. «Quest'uomo, Nabil, fa delle folli magie voodoo su tutti quelli che incontra. È come un leader di una setta o qualcosa del genere.» Il che è un po' rassicurante, in realtà. Madeline è sotto un incantesimo che può essere spezzato. «Deve aver fatto il lavaggio del cervello a Madeline perché il tradimento, anche se si tratta solo di una relazione sentimentale, non è nel suo dna. Non è da lei.»

Antonio annuisce di malavoglia.

«Che c'è, non mi crede?»

«Vuole che faccia un controllo su Madeline? Potrebbero esserci cose che non sa di lei e che potrebbero offrire una spiegazione. Cose che non sapeva del suo matrimonio. Cose che sul momento sono difficili da vedere.»

«Mi sta chiedendo se voglio commissionarle un controllo sul mio matrimonio?» chiedo, incredulo.

Fa una piccola scrollata di spalle. «Non è una cattiva idea, visto che state andando in tribunale. A volte gli avvocati mi assumono per fare dei controlli sui loro clienti, per assicurarsi che non ci siano sorprese.»

Se Hugh Warshaw ha un investigatore privato che mi pedina senza il mio consenso, lo licenzio.

«Quindi non vuol fare altre ricerche su Tarek» riassumo. «Invece, mi sta proponendo di pagarla per un controllo su Madeline, su di me e sul nostro matrimonio?»

«Non è una cattiva idea, come ho detto, ma non faccio proposte.»

«Non vedo come questo possa far tornare mia moglie.» Anzi, potrebbe far sì che io non la rivoglia indietro. Invece rivoglio la mia vecchia vita, al più presto.

Si alza in piedi. «Ma potrebbe fornire risposte su come siete arrivati fin qui. Potrebbe aiutarla a elaborare il lutto e ad andare avanti.»

Non sono interessato a questo tipo di risposte. Questa è solo una parentesi. Una pausa. Un'interruzione della programmazione regolare.

A proposito, Madeline sta riducendo il mio tempo da genitore per il prossimo fine settimana, dato che ha organizzato un pigiama party con Bliss. Ho detto chiaramente che non ho intenzione di sopportarlo di nuovo. Ho bisogno di più tempo con Lola, non meno.

Antonio se ne va. Contrariato, mi verso qualcosa da bere. Non avevo nemmeno pensato che l'investigazione su Nabil potesse essere un vicolo cieco, ma da un certo punto di vista ha senso. Come posso competere con un santo/capo di una setta? Non è stata colpa mia o di Madeline. Il mio nemico è Tarek.

La sua infiltrazione è durata mesi. A volte notavo che lei sembrava distante o facilmente irritabile e le chiedevo se avesse bisogno di parlare di qualcosa. Mi rispondeva sempre di no, e nei giorni successivi si mostrava molto gentile. Mi fidavo completamente di lei. Non l'ho mai nemmeno sospettato.

Non posso più commettere questo tipo di errori. Com'è quel detto? Spera nel meglio, ma preparati al peggio.

Madeline è amica della mamma di Bliss, Morgan, ma io sono sempre andato d'accordo con il padre, Sandy. Scorro la rubrica alla ricerca del suo contatto. Questo è uno dei miei problemi: Madeline ha tutto a portata di mano. All'inizio della separazione avrei potuto chiederle di passarmi tutti i suoi contatti, ma quel momento è passato da un pezzo.

Eccolo lì, come un faro nell'oscurità. Sandy mi ha dato il suo numero perché è un costruttore che odia la sua azienda e vorrebbe cambiare, ma la tecnologia è un gioco da giovani e lui ha più di quarantacinque anni (ha avuto Bliss molto tardi). Gli piace parlare a ruota libera. Comunque, il punto è che ha sempre voluto avere un contatto personale con Peter Tramboni.

Non posso esattamente presentarglielo (Peter non si occupa di risorse umane e non gliene può fregare di meno degli imprenditori edili e, inoltre, lo sto evitando da giorni) ma posso almeno lanciare un amo per Sandy. Accennare a un piccolo *do ut des* in cui lui mi aiuta con una dichiarazione giurata o qualsiasi cosa serva a Hugh e io cerco di favorire le sue possibilità di fare carriera. E mentre siamo in comunicazione, potrei accennare a quanto sto soffrendo, e far trapelare il fatto che probabilmente c'è un altro uomo coinvolto nel mio divorzio. Quando Sandy lo dirà a Morgan e lei lo dirà alle altre mamme, loro non faranno più la fila per lodare le capacità genitoriali di Madeline.

Dal momento che non posso offuscare Tarek agli occhi di Madeline, potrei essere costretto a offuscare Madeline agli occhi di tutti gli altri. È giusto così.

29

Madeline

«Dottoressa Stanton?»

Alzo lo sguardo e mi rendo conto che probabilmente non è la prima volta che Pru pronuncia il mio nome. È sulla porta del mio ufficio con indosso un camice di Snoopy, il che rende ancora più sconvenienti i miei recenti pensieri. «Scusa» dico con un sorriso ironico. «Ero persa nei miei pensieri.»

Per tutto il giorno non ho fatto altro che fantasticare (con risvolti porno) sulla serata di ieri con Tarek. Dopo tre incontri in cui abbiamo tenuto le mani a posto, non siamo più riusciti a trattenerci. Mi sembrava di essere in un'auto a guida autonoma, con il pilota automatico inserito. Non mi sembrava una cosa volontaria, ma preordinata. Necessaria.

Avevo preso delle precauzioni, ovviamente. Lola era con Greg e Tarek vive in un quartiere malfamato di Oakland dove nessuno che conosco andrebbe mai. Il fatto che fosse una periferia per me andava bene. E mi eccita anche che Tarek sia nato nella ricchezza ma abbia rifiutato i suoi orpelli. È l'anti-Greg.

Con Greg posso avere degli orgasmi, se mi impegno abbastanza. Ma con Tarek arrivano senza sforzo, a cascata, uno dopo l'altro. Non mi sono mai sentita così con nessuno, in tutta la mia vita. Non credevo di essere capace di una passione che trasforma in poltiglia il mio corpo di notte e il mio cervello per tutto il giorno successivo. Sono felice che i miei pazienti di oggi siano stati casi semplici, che non richiedevano riflessioni complicate.

L'altro mio segreto? Che mi piace avere un segreto.

Sarò l'anima della discrezione. Vedrò Tarek solo quando Lola non c'è e sempre a casa sua, mai a casa nostra. Non lo dirò nemmeno a Sidney. So che non mi tradirebbe mai con Greg di proposito, ma non voglio che si trovi nella posizione di continuare a vedersi con lui sapendo una cosa del genere. Non ha mai avuto una faccia da poker.

Il punto è che non riesco a fidarmi di Greg. La nostra ultima sessione di cogenitorialità è stata un'astuta porcheria. Esther ha detto che, per quanto io sia stressata dalla situazione economica in questo periodo, non posso parlarne in seduta. Non voglio correre il rischio che la dottoressa Vaughn pensi che io tenga più ai soldi che a mia figlia. E Hugh Warshaw deve aver finalmente dato a Greg una lezione su come gestire le impressioni. Mentre discutevamo delle partite di calcio di Lola e degli orari, entrambi facevamo campagna per il titolo di genitore più collaborativo, assegnato dalla dottoressa Vaughn. Lui non si è lamentato del fatto che il pigiama party fosse nella sua serata, ma ha fatto in modo di menzionarlo. Da parte mia, mi sono scusata e ho ribadito il mio impegno a non ostacolare il suo legame con Lola. Avevo quasi i conati di vomito.

Sidney mi ha riferito che Greg non sta più cercando di riconquistarmi, e si vede. Da un lato è un sollievo, dall'altro potrebbe significare che non ha più nulla da perdere. Se ha smesso di usare le sedute di cogenitorialità per rientrare nelle mie grazie, allora deve usarle per entrare in quelle della dottoressa Vaughn. Si sta preparando per la battaglia, mettendo in fila i suoi contatti, proprio come me.

30

Greg

«Quindi nessuna delle questioni è stata decisa?» Il facilitatore del diritto di famiglia ha un nome molto figo, Zane, ma non c'è nient'altro di figo in lui. Avrà una trentina d'anni, capelli radi e sottili e una voce stridula. È un tipo riservato, che scruta spesso le pratiche davanti a sé con occhiali cerchiati di tartaruga che gli scivolano continuamente sul naso. Forse sta cercando di evitare il contatto visivo. Non lo biasimo. La tensione nella stanza è forte.

«Esatto» conferma Esther Kahn. Sembra un'altra versione di Madeline: vestiti costosi, composta, voce dolce ma ferma. Le donne di età indefinita mi spaventano un po'.

Hugh ha detto che questa riunione informativa obbligatoria non è da temere. È solo un modo per il giudice di aggiornarsi sulla nostra situazione, e le informazioni saranno utilizzate per programmare le date della causa in tribunale. In alcuni casi, ha detto Hugh, si può risolvere tutto durante la riunione; nel nostro caso, ciò non accadrà. Siamo tenendo duro, per fare in modo che Madeline si renda conto che le conviene riconciliarsi piuttosto che continuare a combattere. Nonostante tutto, so che mi ama ancora. Tarek ha temporaneamente offuscato il suo giudizio, tutto qui.

Madeline, Esther, Hugh e io abbiamo ricevuto l'ordine di incontrarci nell'ufficio del facilitatore del diritto di famiglia. La sala riunioni ha pareti rivestite in legno e un tavolo economico da otto persone. Io sono di fronte a Madeline, Hugh è di fronte a Esther e Zane è a capotavola. Cerco di incrociare lo sguardo di Madeline, ma lei non ci sta.

«Non avete concordato il mantenimento del coniuge, dei figli o un piano genitoriale?» chiede Zane. Anche se non mi fosse stato detto in anticipo che lui non è il giudice, che non esercita alcun potere effettivo e che è più che altro un burocrate, sarebbe stato evidente dal suo atteggiamento.

«Esatto» risponde Hugh. La voce gli esce a un volume troppo alto e mi fa trasalire. Rispetto a Esther e a Madeline, sembra un po' scialbo. Se mai dovessimo arrivare in tribunale, mi preoccupa il suo aspetto in confronto a Esther, lei brillante e disinvolta e lui brusco e non proprio affabile. «La querelante si è comportata in modo coercitivo nei confronti del convenuto sin dalla prima volta che ha parlato con lui della separazione. Questa tendenza è continuata per tutto il procedimento.»

«Potrebbe essere più preciso, per favore?» chiede Esther.

«La querelante sapeva che il mio cliente voleva disperatamente riconquistare il suo favore e avrebbe firmato qualsiasi cosa. Ha sfruttato questo vantaggio fino in fondo. Il presunto "accordo" era tutto a suo vantaggio.»

«Non siamo qui per giudicare» puntualizza Zane.

«Il convenuto e il suo avvocato hanno cercato di dipingere la mia cliente sotto una luce falsa e poco lusinghiera nel corso di questo procedimento,» dice Esther «e a quanto pare questa tendenza continuerà anche oggi.» Si possono intuire le virgolette derisorie intorno alla parola "tendenza", anche se il suo tono di voce non cambia. Si capisce che cercherà di farlo anche davanti a un giudice, me lo sento.

Guardo Madeline. Anche lei lo sente. Nulla è cambiato nel suo viso o nella sua postura, eppure so che lo sa.

«La mia cliente ha sempre voluto un accordo equo, amichevole e rapido fin dall'inizio» afferma Esther. «I miei tentativi di raggiungere tale accordo sono stati ostacolati in ogni occasione.»

Hugh sbuffa. Mi guarda come se fossimo complici, e purtroppo è così. «Quindi l'ho ostacolata? È così che definisce la mia lotta per l'interesse del mio cliente?»

«A me risulta che la ricorrente viva nella casa coniugale» dice Zane. «È corretto?»

«Esatto» risponde Esther.

«Quindi la questione è stata risolta?»

«Sì» dice Esther. Hugh emette un suono che può significare "non così in fretta" ed Esther si volta verso di lui. «Se c'è un problema su quel fronte, questa è la prima volta che ne sento parlare.»

«Ci riserviamo il diritto di rinegoziare» dice Hugh.

Ora Madeline mi sta fissando. Abbasso lo sguardo.

«Anch'io è la prima volta che ne sento parlare» dice Madeline.

«Il suo cliente vuole che la mia assistita se ne vada per potersi trasferire in quella casa?» chiede Esther a Hugh. «O vuole che lei se ne vada per poterla vendere?»

«Ci riserviamo il diritto di rinegoziare» ripete Hugh. Madeline sembra improvvisamente ottimista, come se vendere la casa fosse la risposta alle sue preghiere.

Esther si rivolge a Zane. «Per questo motivo la mia recente mozione chiedeva un risarcimento danni. Sembra che il cliente del signor Warshaw non abbia preferenze proprie. Preferisce invece che la mia cliente dichiari le sue in modo da poterle bloccare. Si tratta di una vendetta.»

«Per favore» dice Zane. «Evitiamo qualsiasi retorica incendiaria. Quello che vorrei stabilire è se le due parti sono vicine su qualche questione.»

«Mi piacerebbe molto» risponde Esther. «Perché non so dire con precisione quale sia la posizione del convenuto su qualsiasi questione, ma solo che è in opposizione alla ricorrente. Non ha prodotto documenti per gran parte della nostra trattativa, e il signor Warshaw ha sempre insistito nel parlare in modo generico.»

«Ma ora avete tutte le carte in regola, vero?» ribatte Hugh. «È la sua cliente che rifiuta di negoziare.»

«Non abbiamo ricevuto alcun bilancio dal commercialista del convenuto. Tutto ciò che abbiamo sono i fogli di calcolo preparati dalla mia cliente, la quale si rifiuta di accettare meno di quanto le spetti per legge. Per essere chiari, non ha chiesto un solo centesimo in più.» Esther guarda Zane. «L'accordo originale che aveva presentato al convenuto, prima che si consultassero con gli avvocati, si basava sulla formula dello stato della California. Non c'era nulla di irregolare. Avrebbe dovuto essere firmato settimane fa.»

«Prima che si consultasse con un avvocato?» La domanda mi esce spontanea, all'improvviso. Fisso Madeline. «Ti sei consultata con Esther e altri tre avvocati mesi fa! Prima di consultarti con me. Prima ancora di dirmi che eri infelice.»

Il volto di Madeline è inespressivo. Senza vergogna.

«Non hai niente da dirmi?» La mia voce è un grido di dolore.

«Questo non è il luogo adatto» dice Esther. «Il convenuto continua nel suo schema di comportamenti molesti e inappropriati, usando le sedute di cogenitorialità per confrontarsi su questioni che non c'entrano con la genitorialità, inviando messaggi al di fuori dell'app approvata, pretendendo incontri privati.»

«Non ho mai preteso un incontro!» L'ho solo suggerito, perché Sidney me l'aveva raccomandato.

«Signor Warshaw, la prego di spiegare al suo cliente di non rivolgersi alla mia» dice Esther.

«Il mio cliente ha solo cercato di ottenere risposte adeguate dalla sua cliente» replica Hugh. «La sua cliente lo sta prendendo per i fondelli...»

«Oh, è un nuovo termine legale?» chiede Esther.

«E non solo su questo punto...» conclude Hugh.

«Basta» interviene Madeline. Vedo un guizzo sul suo volto. Paura. Non vuole che Hugh parli della sua relazione. È possibile che Esther Kahn non lo sappia?

Decido di farle un favore. La salverò un'ultima volta, e forse allora capirà che Tarek non può amarla come la amo io. Non sopporterebbe mai nemmeno un decimo di questa merda.

«Basta così» dico a Hugh.

E lui dice a Zane: «Chiudiamo la faccenda. Può informare la corte che non siamo vicini su nessun punto e che andremo a processo».

Ora Madeline mi guarda con una furia contenuta. Non riesco a crederci, dopo quello che ho appena fatto per lei.

«Cosa c'è?» scatto. Lei scuote la testa, rifiutandosi di rispondere. «Pensi che sia colpa mia se andremo a processo?»

«Si calmi» dice Hugh sottovoce, ma ovviamente tutti possono sentire. Tutti sanno che Madeline è sempre fredda mentre io mi scaldo subito, e proprio per questo la nostra relazione funzionava. Lei amava la mia passione perché ne aveva così poca. Aveva bisogno del mio fuoco.

«Sei tu che hai distrutto la nostra famiglia!» le dico. «Io non ho fatto altro che collaborare! Sono andato via da casa mia perché me l'hai chiesto tu! Tutto questo è colpa tua, cazzo!» Guardo Zane. «Lo scriva e lo dica al giudice!»

Madeline è tornata a ignorarmi, come se fossi un bambino che fa i capricci. Zane è a disagio, persino Hugh sembra leggermente imbarazzato, ma Esther è soddisfatta, lo vedo benissimo.

Vorrei uscire dalla stanza come una furia, ma questo farebbe solo piacere a Esther. Così, invece, mi siedo e mi costringo a sopportare, stringendo i pugni, come continuo a fare da quando Madeline mi ha detto che il nostro matrimonio è finito.

Zane dice che entreremo nella fase di presentazione, per prepararci al processo. Spiega a me e a Madeline: «La fase di presentazione è quella in cui entrambe le parti potranno esaminare le prove che l'altra ritiene pertinenti al caso in oggetto». Riordina le sue carte e inizia a leggere. «Il Codice di procedura civile della California, sezione 2017.010, consente la presentazione di qualsiasi cosa, non protetta da privilegio, che sia rilevante per l'oggetto della causa in corso o per la determinazione di qualsiasi mozione presentata in tale causa, se la questione è di per sé ammissibile come prova o appare ragionevolmente calcolata per portare alla scoperta di prove ammissibili.» Mi ero distratto, ma lui insiste nel guardare Madeline e me a turno. «In altre parole, nulla è davvero *off-limits*. Quindi tenetelo a mente.»

Lancio una rapida occhiata a Madeline, che sta ricambiando lo sguardo di Zane come una donna che non ha nulla da nascondere. È sempre stata molto brava a fare la parte di Bambi.

Non ho molto da temere, da parte mia è quasi tutto alla luce del sole, ma lei dovrebbe preoccuparsi parecchio, in questo momento.

O forse pensa che quello che ha fatto a suo padre durante la causa di divorzio dei suoi genitori non verrà mai fuori. Non sa che suo padre me l'ha confessato una sera da ubriaco, in lacrime. Non si è mai ripreso dal suo tradimento. Mi ha pregato di non dire nulla a Madeline e io ho promesso che non l'avrei fatto. Ho mantenuto la parola, perché sono una persona onorevole.

La California sarà anche uno stato dove non è necessario provare le colpe del coniuge, ma sono sicuro che al nostro giudice interesserebbe sapere che Madeline una volta ha dichiarato il falso in tribunale. È una questione di credibilità, no?

Stranamente, non ci avevo mai pensato. Credevo che quello che ha fatto a sedici anni fosse un episodio isolato, dovuto alla situazione. Ero convinto che Madeline fosse la persona più sincera che conoscessi. Diamine, quando ho esaminato le possibili ragioni per cui voleva porre fine al nostro matrimonio, tutte riguardavano le mie mancanze. Non mi era mai passato per la mente che potesse desiderare un altro uomo. Non la mia Madeline.

Sono proprio un idiota.

Ma Madeline è una bugiarda, e se necessario potrò dimostrarlo.

31
Madeline

Sulla scrivania di Esther c'è un'unica cartella. Sottolinea la natura incontaminata di quello spazio e conferisce un'aria di presagio alla conversazione. Esther non sorride.

«Ho appena pagato la rata del mutuo» dico. «Con il denaro del mio conto corrente. Mi sto preoccupando, perché presto dovrò attingere ai miei risparmi.»

«Ne abbiamo già parlato.» Sembra impaziente. Forse anche leggermente infastidita? «Tu e Greg avete detto che sareste stati responsabili di due carte di credito ciascuno, ma se lui non vuole rispettare le regole e onorare gli accordi, allora non devi farlo nemmeno tu. Le vostre carte sono congiunte, con limiti elevati. Carica lì ogni spesa, comprese le rate del mutuo. Poi paga solo il minimo.»

«Sono a disagio per l'effetto che questo avrebbe sulla mia affidabilità creditizia.»

Ora è visibilmente infastidita. Non le piace essere messa in discussione. «Te l'ho detto, quando vinceremo, se vinceremo, saremo in grado di recuperare ogni centesimo da Greg, più penali e interessi. Gliela faremo pagare.»

La guardo, con il cuore in preda all'ansia. «Cosa intendi con "se vinceremo"? Pensavo che fossi fiduciosa, dopo aver visto come si è comportato Greg durante la riunione informativa.»

Prima della riunione lei mi aveva detto che era improbabile che avremmo trovato un accordo e che con Hugh Warshaw le cose si sarebbero messe male. Credo di essermi comportata in modo ammirevole in quella circostanza, al contrario di Greg. Non capisco perché Esther mi abbia convocata d'urgenza nel suo ufficio solo pochi giorni dopo.

«Chi è Tarek Nabil?» Non posso farci niente, trasalisco. «Il signor Warshaw e io abbiamo avuto una conversazione, poco fa.» Il suo tono è brusco e, in qualche modo, l'uso del "signor" quando siamo solo noi due ha l'aria di essere una frecciatina.

Non ho mai fatto il nome di Tarek a Greg, e Sidney non sa nemmeno il suo nome completo (né che io e lui abbiamo iniziato ad andare a letto insieme), quindi come è arrivato a Hugh Warshaw e ora a Esther? Non riesco a nascondere lo stupore.

«È così che mi sono sentita anch'io» dice Esther.

«Tarek è un amico, tutto qui. Lavoravamo insieme.» Esther è quasi incazzata, quindi non è il momento di confessare. «Tarek non è rilevante. Come fa Greg a sapere di lui?»

«Forse ha una fonte all'interno della tua squadra.» Non ho mai pensato di avere una squadra. «Forse ha assunto un investigatore privato. Credevo di essere stata chiara fin dall'inizio: tra me e te non ci devono essere segreti.»

«Non è Tarek il motivo per cui ho chiesto a Greg di trasferirsi. Non c'è stato assolutamente nulla tra noi quando io e Greg stavamo ancora insieme.» Tutto tecnicamente vero. Ho visto abbastanza serie tv sugli avvocati per sapere che non si deve mettere il proprio legale nella posizione di mentire. Dargli una versione dei fatti ben revisionata è la cosa migliore per tutti.

Esther annuisce, in qualche modo placata. «Non mi sorprende che Greg sia il tipo che ha bisogno di pensare che si tratti di un altro uomo. Questo protegge il suo ego e gli fornisce un cattivo da incolpare. Ti dirò cosa ho visto in quella riunione: un narcisista che non riesce a immaginare o ad accettare l'idea che tu voglia una vita tua. Non riesce a digerire la possibilità che tu sia felice con qualcuno che non sia lui. Farà di tutto per impedirlo.»

Sento un nodo allo stomaco. Penso, e spero, che si sbagli.

«Considera se corrisponde al suo profilo. Un senso esagerato di autostima, un bisogno incessante di ammirazione e l'incapacità di entrare in empatia con gli altri. Ah, e anche l'incapacità di accettare le colpe; tutti gli altri devono avere torto. Un bugiardo capace di giustificare qualsiasi cosa perché è per un bene superiore. Il *suo* bene.»

Non riesco a incrociare il suo sguardo. Prima della separazione, non avrei mai pensato che tutto questo descrivesse Greg. «No» dico debolmente. «Greg non è così.» Non può essere. Le cose ci sono sfuggite di mano ed entrambi ci siamo comportati in modo sgradevole, ma non importa, lui è il padre di Lola. Non vorrei mai allontanarla completamente da lui. Se quello che dice Esther è vero, però...

«Non tutti i narcisisti sono palesi» continua lei. «A volte sanno come nascondersi in piena vista. È evidente che Greg pensa di essere la vittima, in questo caso. Quello che è successo durante la riunione assomiglia molto a un crollo narcisistico.»

«Che cos'è?» chiedo, anche se ho paura di sentire la risposta.

«È quando le fantasie del narcisista su sé stesso vengono infrante dalla realtà che tu esisti come persona separata, con dei confini precisi. Quando si rende conto di essere solo, come risultato delle sue stesse azioni, non riesce a gestirlo. Esplode. E vuole trascinare tutti gli altri con sé.»

*

Se qualcuno mi avesse chiesto un anno, un mese, una settimana, un giorno o anche poche ore fa: «Uccideresti qualcuno?» avrei risposto: «No, certo che no». E non sarebbe stata una menzogna. Nonostante tutto, mi sarebbe sembrato ancora impossibile, fino a pochi minuti fa.

Quello che la gente non capisce è che una decisione presa in una frazione di secondo, un crimine passionale, è tutta una questione di accumulo. Si tratta di darsi il permesso di andare ogni volta un po' più in là. Si tratta delle razionalizzazioni, delle giustificazioni e delle diffamazioni che hanno messo radici nel terreno fertile della tua anima.

Ucciderei ancora?

Vorrei dire: «No, certo che no». Ma come posso averne la certezza?

FASE DI PRESENTAZIONE

32

Greg

«Lola non sta bene» dico a Madeline e alla dottoressa Vaughn.

Spero che non facciano la loro scenetta in cui si comportano come due esperte e io sono il novizio. Sono un genitore professionista tanto quanto Madeline. Comincio a pensare che abbia sempre voluto farmi sentire inadeguato. Perché così avrebbe avuto sempre il sopravvento. L'ultima parola.

Ma ora non più. Sono entrato in sintonia con me stesso.

Sapevo che Lola stava gestendo le cose troppo bene. Le uscite di shopping, i ristoranti e il SUP potevano distrarla solo per un tempo limitato. Avevo detto a Madeline che questo giorno sarebbe arrivato.

Odio vedere Lola in difficoltà. Non ho mai voluto che pagasse il prezzo dell'egoismo di Madeline. Ma in qualche modo mi sento vendicato. Vedi, Madeline? Non tutto può funzionare secondo le tue precise indicazioni.

Da quando ho visto fino a che punto Madeline possa essere fredda e cattiva, bevo per addormentarmi e bevo per svegliarmi. Lucas sta facendo un lavoro impressionante per sostituirmi. I suoi progetti sono eccellenti (se non altro perché sono studiati sulla base dei miei) e quando li ho condivisi, i clienti sono stati soddisfatti.

Ma non oserei fare lo stesso con Peter Tramboni. È una situazione esplosiva: io sono privo di ispirazione e lui non accetta nulla di meno di un capolavoro. Inoltre, odia aspettare. Non posso tenerlo a bada ancora a lungo, quindi smorzo temporaneamente questa consapevolezza con l'alcol.

Solo che l'alcol non mi aiuta a far sparire dalla mia mente quel cazzone autocompiaciuto di Tarek. So che aspetto ha, perché Antonio mi ha dato le foto che gli ha scattato di nascosto. Non sono riuscito a trovare nulla online perché Tarek è troppo immacolato per lasciare tracce su internet, troppo divino per i social media. È bello, naturalmente, come lo sono stati tutti gli uomini di Madeline, ma la sua somiglianza con me finisce lì. Ha i capelli, gli occhi e la pelle scuri; i capelli sono lunghi e lucidi. Veste con delle specie di tuniche in tessuti traspiranti, come se potesse intraprendere da un momento all'altro un'escursione improvvisata nella natura selvaggia. Mentre io devo allenarmi per mantenere il mio fisico (ultimamente non mi alleno più, quindi sto perdendo massa muscolare a un ritmo allarmante e mi sto avviando velocemente verso una pancia da whisky), Tarek è snello e in forma, in un modo che sembra senza sforzo. Probabilmente non deve mai fare esercizio fisico perché brucia tutte le sue calorie grazie a una compiaciuta beneficenza.

Non può essere buono. Di certo non è puro. Non mi importa quanti orfani abbia salvato in Botswana, questo non significa che possa perseguire impunemente una donna sposata.

Voglio che Madeline lo guardi come guardava me durante la riunione informativa. Ma come riuscirci? Finora Antonio è stato inutile. Ma non mi arrendo. Lola ha bisogno di me per rimettere insieme la nostra famiglia. Il suo recente comportamento lo dimostra.

«Come sarebbe a dire che Lola non sta bene?» Il sopracciglio sinistro di Madeline si alza, segno che è sospettosa nei miei confronti, mentre dovrebbe essere preoccupata per nostra figlia.

«Non hai notato i cambiamenti?» chiedo. Che razza di professionista è?

«Quali cambiamenti?» La penna della dottoressa Vaughn si abbassa sul suo taccuino. Sono settimane che aspetta qualcosa che valga la pena di scrivere. Non ho mai pensato prima d'ora a come deve essere per lei lavorare con noi, a quanto dobbiamo essere irritanti.

A quanto è irritante Madeline. Dopotutto, è lei che ha iniziato queste sedute e poi le ha ostacolate in ogni modo.

«Lola non è cambiata» dice Madeline. «Sta benissimo.»

Per quanto fastidioso sia il suo atteggiamento di sufficienza, non posso permetterle di farmi arrabbiare come ha fatto alla riunione informativa. «Non mi sorprende che Madeline non abbia notato i sintomi» dico con calma. «Lola mi ha detto quanto sua madre sia stata preoccupata da altre cose.»

Madeline arrossisce, con aria colpevole. «Non è vero!»

Vediamo chi è arrabbiato, adesso. «Stai dando della bugiarda a nostra figlia?»

Arrossisce ulteriormente, probabilmente riconoscendo che le sue opzioni sono limitate: o dà della bugiarda a Lola, o dà del bugiardo a me. È improbabile che la dottoressa Vaughn apprezzi una delle due opzioni. «Non so perché Lola abbia detto questo» dice infine Madeline. «Ma ne parlerò con lei più tardi.»

«Non sono sicura che sia una buona idea» dice la dottoressa. «Non vogliamo che Lola sia messa in difficoltà o che sappia che tutto ciò che dice a un genitore arriva all'altro.»

Ah! Quindi la dottoressa mette in dubbio il giudizio di Madeline. Non che io l'abbia detto per guadagnare punti; in realtà voglio che lavoriamo insieme e aiutiamo Lola. C'è qualcosa che non va e Madeline lo ignora perché tutta la sua attenzione è rivolta a Tarek.

«Ma io e Greg non dovremmo fare fronte comune?» Madeline lo chiede con l'aria un po' infastidita dal fatto che la sua autorità di genitore venga messa in discussione.

«A Lola è consentito provare nei confronti di un genitore dei sentimenti che sceglie di condividere con l'altro» afferma la dottoressa.

«E quando sceglie di condividere i suoi sentimenti» il tono di Madeline è attento «cosa dovrebbe fare l'altro genitore?»

«Convalidare le sue esperienze e, allo stesso tempo, esprimere fiducia nelle buone intenzioni dell'altro genitore» risponde la dottoressa Vaughn. «Ricordate sempre a Lola che ognuno di voi ha in mente il suo interesse.»

Il volto di Madeline è così neutro che lo prendo per un dubbio. Non crede che io abbia in mente gli interessi di Lola, anche se sono io quello che è stato abbastanza attento da capire cosa sta passando nostra figlia.

«È esattamente quello che ho fatto» ribatto. È la verità, più o meno.

«Mi chiedo cosa abbia preceduto il commento di Lola» dice Madeline. «Ha detto spontaneamente che sono preoccupata da altro?»

«Sì, mentre le rimboccavo le coperte. Come faccio ogni sera che sta con me.»

«Così, dal nulla?» Madeline ha di nuovo il sopracciglio sinistro inarcato. «Non l'hai spinta in nessun modo a dirlo?» Guarda la dottoressa. «Sono d'accordo con lei, Lola non dovrebbe trovarsi in mezzo a tutto questo. Averla coinvolta è una forma di abuso.»

«Aspetta.» La guardo, stupito. «Mi stai accusando di essermi servito di lei?»

«Non ho mai detto questo.»

«No, l'hai solo fortemente sottinteso.»

La dottoressa Vaughn fa scorrere la penna con impazienza. «Che tipo di cambiamenti, Greg?»

«Lola mostra meno interesse per i compiti scolastici. Vuole fare qualsiasi altra cosa. Alla fine riesce a farli, ma ci vuole molto tempo e non le piace.»

«Quando è con me» replica Madeline «fa i compiti senza discutere o procrastinare. Si tratta di rispettare un certo programma e di trasmettere aspettative coerenti.»

Mi sento quasi soffocare per la sua condiscendenza. La dottoressa scrive, senza dire nulla.

«Non è una novità» dice Madeline. «Voglio dire, a Lola piacciono molto alcune materie, ma ce ne sono altre dove fa fatica. La scuola non è sempre divertente, e a volte i bambini devono fare cose che non vogliono fare.»

«Lo so» dico. «Ma sto parlando di compiti e argomenti che dovrebbero piacerle, come scrivere poesie.»

«Le piace più la prosa che la poesia.»

Mi rivolgo alla dottoressa, seccato. «Volevo sollevare la questione ora, prima che diventi un problema più grande. Non dovremmo avvertirci a vicenda di qualsiasi cambiamento comportamentale a casa o a scuola? Non è a questo che serve la consulenza per la cogenitorialità?»

«È esattamente così» afferma lei.

«Greg pensa che questo sia un cambiamento solo perché è stato poco coinvolto nella vita di Lola per molto tempo» dice Madeline.

«Non è giusto.» Lo dico a denti stretti.

«Non gli è mai piaciuto fare le cose difficili.» Madeline si rivolge alla dottoressa, come se io non ci fossi. «Insiste per avere più tempo da dedicare a Lola, ma in realtà vuole fare solo il papà amicone nei weekend. Quindi perché non attenersi al nostro accordo originale?»

«Non faccio l'amicone, sono suo padre!» Certo, preferisco divertirmi con mia figlia piuttosto che costringerla a fare i compiti. Non è così per tutti i genitori?

«Non avevo intenzione di parlarne, ma Lola ha saltato alcuni compiti sotto la sorveglianza di Greg» dice Madeline. Noto un luccichio nei suoi occhi: le ho dato l'occasione perfetta per denunciarmi senza sembrare meschina. «Come tutti i bambini, Lola prospera in un ambiente con struttura, disciplina e aspettative chiare.»

«Lasciami indovinare. È questo l'ambiente che trova da te?» È così incredibilmente trasparente. Lancio una rapida occhiata alla dottoressa. Deve pur aver notato tutto questo.

La Vaughn annuisce. Verso Madeline.

«Questo è ciò che io le do» dice Madeline. «Ho passato anni a stabilire abitudini e routine efficaci. Capisco che per Greg è tutto nuovo.»

«Non è tutto nuovo.» Lotto per controllare la mia furia crescente. «Mi hai davvero cancellato completamente dalla nostra vita familiare?»

«Andiamo, Greg.» Madeline sembra gentile, come se odiasse essere portatrice di cattive notizie. «Sappiamo entrambi che la struttura e la disciplina non sono il tuo forte. Per quello hai sempre avuto me a casa e Lucas al lavoro. Tu ti occupi di idee, io mi occupo di portare avanti le cose.»

«Evitiamo le generalizzazioni» suggerisce la dottoressa.

«Non vede cosa sta facendo?» chiedo. «Sta provando gli argomenti per il tribunale.»

«Sono soltanto sincera.» Quindi ora le interessa la sincerità?

«Sta cercando di farmi sembrare... un...» balbetto.

«Dobbiamo essere onesti sui nostri punti di forza e sui nostri punti deboli» dice Madeline. «Io ho sempre avuto una mentalità più accademica, mentre Greg voleva che Lola trovasse la sua passione. Pensa che non sia importante che prenda un brutto voto se si diverte giocando a calcio e uscendo con i suoi amici. Ma abbiamo scelto di farla crescere nella Bay Area, che è altamente competitiva, e non credo sia accettabile per noi il lassismo verso responsabilità come i compiti a casa.»

Lassismo. Esiste questa parola? «Lola è sempre stata motivata. Il fatto che attualmente non lo sia è un sintomo.»

Madeline emette un suono sommesso, decisamente simile a una risata sbuffante. Dice alla dottoressa: «Quella che a lui sembra motivazione è ciò che io chiamo educazione. È un sistema accurato di ricompense e conseguenze delle proprie azioni».

La dottoressa prende appunti.

«Lola è cambiata» insisto. «E io sono l'unico che l'ha notato perché Madeline è preoccupata da altre cose.»

«È falso» sentenzia lei, ma nella sua facciata di calma scorgo una piccola crepa.

Tarek. Tarek del cazzo.

Nel senso che si scopa Tarek. Lo vedo, chiaro come il sole, e lo dimostrerò. Mostrerò chi è il bugiardo. Chi è il modello di comportamento sbagliato.

Ma una volta che si sarà liberata dal suo incantesimo, quando sarà tornata la donna amorevole che ho sposato, sono ancora aperto a ricostruire. Questo è il tipo di uomo gentile che sono.

«I sintomi di Lola sono un risultato naturale dello stress accumulato con il divorzio» dico. «Il fatto che si manifestassero era solo questione di tempo.»

«Credo che l'unica persona che ha problemi con il divorzio a questo punto sia tu» replica Madeline.

Proseguo imperterrito. «Avere una sola casa è meglio che averne due. Sì, io e Madeline abbiamo punti di forza e di debolezza diversi. Per questo siamo un'ottima squadra. Lola ha sempre beneficiato del contrasto.»

«Capisce con cosa ho a che fare?» chiede Madeline alla dottoressa Vaughn.

«Sto solo dicendo che sono ancora disposto a perdonarti, nonostante tutto. Per Lola.»

«Che offerta generosa.» Madeline mi fissa. «Per tutto questo tempo mi hai dipinta come manipolatrice e dispotica, ma sei tu che hai reso questo procedimento il più difficile possibile, in modo che non avessi altra scelta che tornare con te. È per questo che hai scelto un pezzo di merda come Hugh Warshaw per rappresentarti, invece di un avvocato della lista che ti avevo dato.»

«Una lista che hai selezionato personalmente affinché mi ritrovassi con una persona docile e remissiva. Volevi che tutto fosse fatto in sei mesi netti per poter stare con Tarek.» Decido di fare un tentativo al buio. «Anzi, sei *già* stata con Tarek. Sento il suo odore su di te.»

Madeline sbianca e io vedo che ho messo a segno un colpo. Ma il rimbalzo è così doloroso che vorrei aver mancato il bersaglio.

33

Madeline

Non è possibile che Greg sappia che sono andata a letto con Tarek. Deve essere un bluff.

Ma cosa ha detto Esther l'ultima volta che ci siamo visti? Che Greg potrebbe aver assunto un investigatore privato, il che spiegherebbe come mai lui (e Hugh Warshaw) conoscano il nome di Tarek.

Mi credevo così intelligente. Sono stata così attenta. Ma non abbastanza, ovviamente.

Per una volta nella mia vita, ho deciso di correre qualche rischio. Giocare sul sicuro non mi ha portato da nessuna parte in questo divorzio, e Tarek ora è l'unica cosa che mi tiene a galla.

Sapevo che tra me e lui c'era un legame, ma non mi sarei mai aspettata che si manifestasse in questo modo. Non abbiamo "fatto l'amore". Abbiamo fatto qualcosa di molto più crudo, viscerale e pulsante. È stato come esorcizzare un demone, nel modo migliore. Non mi sono mai comportata così, come una donna posseduta, nemmeno durante l'adolescenza, quando le mie amiche si masturbavano con il telefono della doccia e le spazzole per capelli (tutto ciò che aveva un manico era praticamente un giocattolo sessuale) e io ero concentrata sullo studio. All'epoca ero determinata a essere una brava ragazza e a prendere buoni voti, perché quella mi sembrava la via d'uscita più rapida. Non sognavo l'opulenza e nemmeno l'agiatezza; volevo solo arrivare in un luogo privo di sporcizia, sia letterale che figurata. Il divorzio dei miei genitori non aveva migliorato la gestione della casa da parte di nessuno dei due. Invece, dovevo passare da un appartamento sporco all'altro nello stesso brutto quartiere, con due persone separate la cui gamma emotiva andava dalla depressione alla rabbia. Anche il divorzio non riuscì a fermare le urla e le maldicenze. Cosa volevano di più, oltre la felicità per sé stessi? L'infelicità dell'altro. Da questo punto di vista, avevano avuto entrambi un gran successo.

Non è possibile che la storia si ripeta. La mia posizione nella vita è molto diversa. Ho risorse che i miei genitori non avrebbero mai potuto sognare. Quello che è successo a me non succederà mai a mia figlia.

Greg non sa di cosa parla. Lola sta bene. Probabilmente sta solo inventando qualche stronzata per fare bella figura agli occhi della dottoressa Vaughn, recitando il ruolo del genitore preoccupato.

Può davvero sentire l'odore di Tarek su di me? Ho fatto una deviazione a casa di Tarek prima di venire qui e naturalmente dopo ho fatto la doccia, ma un uomo così territoriale come Greg potrebbe semplicemente saperlo?

Per tutta la vita ho seguito le regole. Ma nell'ultima settimana sono andata di nascosto da Tarek ogni volta che ne ho avuto l'occasione, e a volte l'occasione l'ho creata apposta. Ho cancellato gli appuntamenti con alcuni pazienti per poter prolungare l'orario della pausa pranzo o per uscire con anticipo e godermi un po' di piacere nel tardo pomeriggio prima di andare a prendere Lola. Volevo solo qualcosa di completamente mio, un po' di tregua da tutto lo stress a cui sono sottoposta. È davvero così sbagliato?

«Siamo qui per parlare di Lola» dico, mantenendo la voce perfettamente calma. «Se Lola manifesta dei sintomi, e per me è una novità, è solo perché Greg la sta tirando per le lunghe, aggrappandosi alla sua fantasia di riconciliazione, fingendo ancora che siamo una coppia perfetta. Lola ha bisogno di abbandonare la speranza e di adattarsi alla realtà che i suoi genitori stanno divorziando. Come può farlo, se suo padre non vuole?» Lo guardo senza un briciolo di amore. «È ora di accettare la realtà, Greg. Smettila di sprecare il nostro tempo e i nostri soldi.»

Guarda la dottoressa. È logico. È determinato a manipolare almeno una donna qui, oggi. «Madeline è sempre stata una moglie straordinaria. Ma è diventata un'altra persona. Tarek l'ha trasformata in un'altra persona.»

Odio sentire il nome di Tarek dalle labbra di Greg. «Sono più me stessa ora di quanto non lo sia mai stata. Greg ha sempre visto quello che voleva vedere. Pensa che se lui è in difficoltà, anche Lola deve esserlo. Non riesce a capire dove finisce lui e dove inizia Lola, o io.»

Scuote la testa. «Non si tratta di questo.»

«Ha bisogno che si tratti di un altro uomo,» spiego alla dottoressa «perché si rifiuta di capire che in realtà si tratta di lui. È una questione di dinamiche, dottoressa Vaughn, come lei ha sempre detto. Io ho superato la nostra dinamica, ma il suo ego non mi lascia andare.»

«Pensi davvero che si tratti del mio ego?» Sembra sinceramente sbalordito. «Mi hai umiliato per mesi! Vai a letto con un altro ed eccomi qui, ancora disposto a darti un'altra possibilità...»

«Non la voglio, un'altra possibilità! Voglio solo uscire dal nostro matrimonio! E per tua informazione, non ho mai avuto una relazione mentre stavamo insieme. Anche se lo desideravo molto.» Ora si rifiuta di guardarmi, ma ha bisogno di sentirselo dire. La verità ci renderà entrambi liberi. «Sono innamorata di un'altra persona, è chiaro? È questo che hai bisogno di sentire per andare avanti con la tua vita? Perché io sono più che pronta ad andare avanti con la mia.»

È come se si fosse spento il microfono. Siamo tutti senza parole, compresa la dottoressa Vaughn.

«Queste sedute non funzionano» dice Greg dopo un po', con voce rotta, appena più alta di un sussurro. «Fa troppo male e non stiamo arrivando da nessuna parte.»

Bene. Volevo che fosse lui a dirlo. Che annullasse questa cosa, da genitore poco collaborativo qual è. «Ha ragione» convengo. «Non stiamo facendo altro che peggiorare le cose.»

«Lei non vuole nemmeno parlare di Lola» dice Greg.

«Voglio parlare *solo* di Lola!» controbatto. «Ma non gli permetterò di usarla per portare avanti il suo programma. Questo non è più uno spazio sicuro.»

«No, non lo è» replica lui.

Almeno su questo siamo d'accordo: non possiamo più sopportare di stare nella stessa stanza.

34

Greg

Nell'intimità della mia auto, sbatto le mani sul volante una, due, tre volte. So che i pedoni mi stanno fissando. Non mi importa.

Ma non posso certo stare qui all'infinito in questo stato, no?

Prendo il telefono e compongo il numero, sapendo che è la cosa sbagliata ma che non c'è niente di giusto. Non mi sorprende che la chiamata passi direttamente alla segreteria telefonica.

«Non dovrei chiamarti» dico. «È solo che non ho nessun altro. Madeline si è tenuta i nostri amici, come fanno sempre le donne, e probabilmente ha dalla sua parte l'allenatore, gli insegnanti e la dottoressa Vaughn. Presto ti dirà che sono un bugiardo, che mi sono inventato le cose su Lola durante la nostra seduta, ma ti giuro che non sto inventando nulla. Lola è nei guai e Madeline non vuole vederlo. È accecata dai suoi…» Sto per dire "occhiali dell'amore" o "occhiali del sesso", ma m'interrompo. Insultare Madeline con la sua migliore amica non mi farebbe fare una bella figura, in questo momento.

«Forse però tu lo vedi? Forse Lola ti ha detto cosa prova?» Faccio una pausa. «So che vuoi bene a nostra figlia e che voi due comunicate a cuore aperto. Lola e io abbiamo davvero bisogno di te, sai?» Mi si spezza la voce, proprio come durante la seduta. Madeline era rimasta del tutto indifferente, ma Sidney è una persona indipendente, non il burattino di Madeline. «Le cose stanno andando di male in peggio tra me e Madeline, e ho paura per Lola. Non voglio perdere la mia famiglia, ma comincio a pensare che non ci sia nulla da fare. So che me l'hai già detto, che dovrei arrendermi e andare avanti, e Madeline l'ha ripetuto per tutto questo tempo. Ma che ne sarà di Lola? Questa è la vera domanda. Che ne sarà di Lola?»

La frase esce abbastanza forte da far sì che i passanti si girino a guardarmi.

Abbasso la voce. «Sono l'unico che può proteggerla, Sid. Ecco cosa significa essere un genitore: non ti fermi davanti a nulla.»

35

Madeline

Mentre mi avvio verso la macchina, sto già componendo il numero di Esther. È come se mi fossi tolta un peso. È meglio smetterla di trattarlo con i guanti. Non si può salvare un uomo da sé stesso.

Sebbene avrei voluto che il divorzio fosse diverso – veloce, pulito e rispettoso – ho sempre apprezzato uno scopo chiaro. Greg è il mio avversario, ora, è chiaro e semplice.

«Ciao, Esther» dico, quando mi risponde la segreteria telefonica. «Sono appena uscita dalla mia ultima sessione di cogenitorialità. Come sai, era da un po' che volevo uscirne, ma non potevo essere io a dirlo, per non creare una brutta impressione. Fortunatamente, è stato Greg a dire basta.» Descrivo quello che è successo. In realtà, era proprio la nota giusta per concludere, Greg che suggeriva di smettere dopo un'altra delle sue crisi d'ira e un tentativo fallito di gettare fango su di me.

Come ha osato usare Lola in questo modo, inventando sintomi che non ci sono? O forse li ha indotti lui stesso, come una sindrome di Münchausen per procura. A livello inconscio, Lola sa che suo padre vuole che sia turbata dal divorzio e lo asseconda. Questo spiegherebbe perché i *sintomi* esistono solo a casa sua e non a casa mia.

Mi ci è voluto un po' per riconoscere pienamente l'inettitudine della dottoressa Vaughn. Mi ero fidata delle raccomandazioni di Sidney, e in genere concedo ai colleghi professionisti il beneficio del dubbio. Per un po' ho pensato che la terapia funzionasse così, che le cose dovessero peggiorare prima di migliorare, come il dolore quando si disinfetta una ferita per farla guarire bene. Ora penso che si sia trattato solo di un sistema inadeguato, e che la dottoressa Vaughn possa essere parte del motivo per cui io e Greg siamo entrati in una spirale così rapida. Saremmo arrivati qui comunque, tuttavia, date le illusioni e le manipolazioni di Greg. La dottoressa ha solo accelerato i tempi.

Ma mi piacerebbe sapere da che parte sta.

Per tutta la durata della consulenza, il mio istinto mi ha portato a credere che abbia una preferenza per Greg. Oggi però ha fatto diversi cenni d'assenso alle mie parole e ha preso molti appunti, a differenza delle tante sedute in cui non aveva scritto niente.

Se sono fortunata, ha finalmente visto Greg per quello che è. Ma non posso affidarmi alla fortuna.

«Potresti provare a contattare la dottoressa Vaughn come parte della fase di presentazione?» chiedo alla segreteria telefonica. «Se hai l'impressione che sia favorevole a me, allora va bene. Ma se ti sembra che vada nella direzione opposta, devi farla a pezzi. Umiliarla. Dimostrare la sua totale incompetenza. O forse puoi solo accennare alla possibilità di distruggere la sua reputazione? Sarò felice di fornirti le registrazioni delle sedute, se può essere utile, e di lasciare a te i dettagli.»

Chiudo la telefonata appena arrivo alla macchina. Chiamo Sidney, e solo dopo aver iniziato il racconto mi rendo conto che la telefonata non è solo di supporto, ma è anche un test di fedeltà.

Non abbiamo più trascorso del tempo insieme dal nostro brunch a base di bagel, e non ci siamo più mandate messaggi. Ciascuna di noi sente che c'è stato un sottile cambiamento nel nostro rapporto, ma nessuna delle due è pronta ad ammetterlo. Lei ha portato fuori Lola un paio di volte, concedendomi pause che servivano, le ho detto, per poter mantenere la mia salute mentale (vero) e per avere più tempo per occuparmi dei dettagli del divorzio (falso). Ho passato ogni minuto libero con Tarek. Sidney non sa che ho iniziato ad andare a letto con lui e sospetto che non voglia saperlo, visto che non mi ha mai chiesto nulla al riguardo. (Anche adesso non mi chiede se le accuse di Greg su Tarek sono vere, e io non le dico nulla spontaneamente.) Forse questo fa parte della distanza tra noi, il fatto che non sono in grado di condividere qualcosa di così prezioso per me, che mi sostiene. Non riesco a immaginare dove sarei senza Tarek.

Sono anche grata per la presenza di Sidney nella vita di Lola. È un sollievo che mia figlia abbia un altro adulto amorevole di cui lei (e io) possiamo fidarci ciecamente.

Non ho mai interferito con quel rapporto, non ho mai chiesto a Sidney di tradire la fiducia di Lola, a meno che non si tratti di un'emergenza psicologica. Ma devo ammettere che in questo momento la tentazione è forte.

«Caspita» dice Sidney, quando ho finito di raccontare. «Sembra una cosa intensa.»

«Lo è. Non avrei mai pensato che lui si sarebbe abbassato a tanto. Deve essere davvero un narcisista, come ha detto Esther.» Silenzio. «Cosa c'è, non lo pensi? Hai passato anni a dire quanto fosse egocentrico.»

«Lo pensavo, una volta. Ma ora non lo penso più. Mi sembra che tu gli abbia spezzato il cuore e che per questo agisce così.»

«Un narcisista può avere il cuore spezzato.» Comincio

a esporre i fatti basandomi su articoli e blog che ho letto. Per anni, Greg mi ha fatto fare il lavoro emotivo e pratico al posto suo.

Spesso riusciva a ottenere ciò che voleva con mezzi indiretti, comportandosi come se fosse incapace di svolgere compiti banali nel modo in cui li svolgevo io. Mi faceva fare quasi tutto il lavoro duro (il lavoro sporco) per cose che non volevo nemmeno. Nelle rare occasioni in cui mi lamentavo, suggeriva che stavo facendo troppo, con velati riferimenti alla mia mania di controllo. Era assurdo, visto che era felice di fare molto poco e io lo coprivo sempre, facendogli fare bella figura.

Il segno rivelatore del suo narcisismo? Che scambia il fare bella figura con l'essere una brava persona, e ha bisogno che tutti quelli con cui interagisce lo vedano sotto questa luce. Guarda cosa ha appena cercato di fare con la dottoressa Vaughn.

Inoltre, per tutta la durata della nostra relazione, si è dedicato ai grandi gesti, quelli che avrei dovuto raccontare alle mie amiche o che lui avrebbe potuto menzionare durante le serate con le altre coppie. In altre parole, sa come dare spettacolo per mascherare il vuoto che ha dentro e la mancanza di veri sentimenti. Probabilmente non è nemmeno in grado di provare empatia, perché questo significherebbe vedermi come una persona a tutti gli effetti, distinta da lui, con bisogni separati dai suoi. Gli piaceva compiere gesti d'amore stravaganti, senza mai fermarsi a pensare se era così che volevo essere amata. (Spoiler: non era ciò che volevo.) Ho dovuto ascoltarlo mentre diceva a centinaia di persone che aveva costruito una casa per me quando, in realtà, era tutta per lui. È un monumento al suo narcisismo.

Ma questo è solo il matrimonio. Se c'è bisogno di altre prove, basta guardare il divorzio.

Non gliela farò passare liscia, però. Sto costruendo il mio caso, con attenzione e metodo. La lentezza e la costanza vinceranno questa gara. Ogni suo ritardo e cancellazione viene documentato. L'allenatrice di calcio di Lola sa che deve mandarmi un messaggio ogni volta che Greg dimostra la sua irresponsabilità, cioè il suo egoismo, il modo in cui pensa che sia giusto far aspettare gli altri, il modo in cui mette sé stesso al di sopra di tutti, compresa Lola.

Le prove più convincenti saranno le sue stesse parole, come le lettere d'amore autocelebrative che mi ha scritto nel corso degli anni. Poi ci sono le suppliche più recenti affinché non lo lasciassi, i messaggi in cui mi implorava di riprenderlo, e infine le velate minacce quando ho detto che intendevo andare avanti con il divorzio.

«Il giudice sarà in grado di leggere tra le righe» dico a Sidney. «Vedrà chi e cosa è veramente Greg.»

Un'altra lunga pausa. «Non sono sicura che gli insulti aiutino davvero te o Lola.» Nel suo tono percepisco una vena di disapprovazione.

Come può ridurre ciò che ho appena detto a un insulto? Le ho esposto l'intero caso! Il divario tra noi potrebbe essersi allargato fino a diventare un abisso.

Quando non rispondo, mi dice: «Mi dispiace che la consulenza non sia andata meglio. Mi sento in colpa perché sono stata io a suggerire la dottoressa Vaughn».

«Non potevi saperlo. I tuoi amici hanno avuto un'esperienza totalmente opposta.» Ma lo dico in modo meccanico.

«Sì, hanno iniziato scagliandosi l'uno contro l'altra ma hanno concluso in modo amichevole. Cosa che potrebbe ancora accadere a te e a Greg» aggiunge in fretta. «Devi solo tenere Lola in primo piano. È lei che conta.»

«Ovviamente.»

«Davvero non ti preoccupa quello che Greg ha osservato?»

«Intendi il fatto che una bambina non voglia fare i compiti?» Devo chiudere questa telefonata, subito, prima di scattare.

«E sul fatto che tu le sembri preoccupata da altre cose.»

Quindi Sidney pensa che Greg abbia detto la verità? L'avevo considerata un'esagerazione, una manifestazione o un altro frutto della sua immaginazione iperattiva. «Lola ti ha detto qualcosa sul fatto che sono preoccupata?»

«Per favore, non chiedermelo. Sto cercando di non mettermi in mezzo. Voglio essere una buona amica per te, per Greg e una buona zia per Lola.» Da quando in qua considera Greg un amico, anzi un *buon* amico?

Ora non è il momento di chiedere a Sidney altre informazioni su ciò che ha visto nell'appartamento di Greg o su ciò che Lola le ha detto su di lui, in pratica le cose che potrei usare a mio favore, ma quel momento sta per arrivare. L'ha voluto lui.

36

Greg

«È successo qualcosa di brutto, vero?» chiede Lola, una vocina nel buio. «Tra te e la mamma.» Quando eravamo tutti e tre insieme in casa, spesso mi perdevo il momento di metterla a letto, ma ora ne faccio tesoro. Sembra che Lola riesca a essere più sincera quando non può essere vista.

«Sono cose da grandi» rispondo, lisciando le coperte intorno a lei nel modo che le piace.

«È quello che dice la mamma.» Il suo tono è così pieno di improvvisa derisione che mi coglie di sorpresa.

Ma non dovrei sorprendermi, in realtà. Non è certo la prima volta che mi capita di provare sentimenti negativi nei confronti di Madeline. Solo un'ora fa ha chiamato per dare la buonanotte a Lola, ma non sono riuscito a convincerla a venire al telefono. Quando l'ho detto a Madeline, il suo tono è diventato duro e sospettoso: «Lola è anche mia figlia. Non puoi tenerla lontana da me». Ho risposto onestamente: «Non sto cercando di ostacolare il vostro rapporto. Sto solo rispettando la sua decisione». Madeline ha sbuffato e mi ha riattaccato in faccia. Immagino che ci saranno dei messaggi nell'app per la cogenitorialità, in modo da documentare tutto questo per Esther Kahn e per la posterità.

«La mamma era di pessimo umore, ieri sera,» dice Lola

«ma quando ho cercato di parlarle ha detto che andava tutto bene. È proprio una bugiarda.»

Anche se ultimamente ho pensato anch'io a queste cose, non voglio che Lola parli o si senta così. Non le fa bene. «Crede solo che ci siano cose che i bambini non sono pronti a sapere.»

«Ma io lo so già. Voi due vi odiate.»

«No» ribatto con forza. «Voglio bene a tua madre. Se fosse per me, staremmo ancora insieme.»

Merda. Avevo detto a Madeline che non l'avrei incolpata per il divorzio, che mi sarei attenuto alla linea concordata, dicendo cose come: "Ci siamo allontanati". Madeline mi aveva convinto che era meglio per Lola. Ma è davvero così, con una bambina intelligente come nostra figlia?

«So anche questo.» Sembra quasi trionfante. «Alla mamma non importa che tu te ne sia andato e che ora tu ti senta malissimo.»

Credevo di averle nascosto la mia angoscia, ma ovviamente l'ha colta. Non è una bambina di dieci anni come le altre.

«Vorrei non dover stare sempre con lei.»

«Anch'io vorrei che tu potessi passare più tempo qui.» Avrei dovuto tenermi la casa e chiedere l'affidamento 50/50 fin dall'inizio. Ma allora non sapevo che non sarei riuscito a mantenere i miei orari di lavoro, e avevo dato per scontata la superiorità genitoriale di Madeline, proprio come voleva lei. Ma guardatemi ora. Lola mi preferisce, persino in questo stato, a Madeline. È come ho detto in seduta: Lola mi ha detto che la mente di Madeline è sempre altrove.

Non posso dirle di Tarek, ma merita di sapere la verità su di me.

«Ho lottato molto per rimettere insieme la nostra famiglia» dico. «Sai che io e la mamma siamo stati in terapia?

Be', abbiamo smesso. Ho capito che devo smettere di sperare in un miracolo.»

«Sì, la mamma ha chiuso con te.» Lola ha un'aria così sicura che mi spezza il cuore ancora una volta.

«È solo che non volevo crederci.»

«Perché la ami e ami anche me.»

«Esattamente.» So che è arrivato il momento di confessare. Sono un pessimo attore e per tutto questo tempo Lola ha potuto vedere quanto sono sconvolto. Continuare a seguire la direttiva di Madeline di nascondersi non farebbe altro che alimentare la sfiducia. Lola mi vedrebbe come un bugiardo, proprio come sua madre.

Sebbene Madeline non possa costringermi ad attenermi ai suoi schemi, se sapesse di questa conversazione le cose si farebbero ancora più incandescenti. Esther Kahn la vedrebbe completamente fuori dal suo contesto.

«Mi fai un favore, Lo?» dico. «Non dire a tua madre quello che ci siamo detti stasera.»

«Non le dico nulla.» Ecco di nuovo il disprezzo. Come si è sviluppato così rapidamente? Solo pochi mesi fa pensavo che fossimo una famiglia felice.

37

Madeline

Greg ha toccato il fondo. Fa finta che Lola non voglia venire al telefono o la incoraggia sottilmente a non venire al telefono. Non me ne frega niente se lui crede o meno alle sue bugie; devo solo assicurarmi che Lola non ci creda. Ho bisogno di avere accesso a mia figlia in ogni momento.

Ed è per questo che infrango la mia stessa regola. Nell'ultimo anno lei mi ha chiesto un cellulare (Bliss e gli altri suoi amichetti ce l'hanno tutti), ma non ho ritenuto che fosse un bene per il suo sviluppo, per ragioni che sono ben documentate nella letteratura pediatrica. Nel soppesare i fattori di rischio, è più dannoso per Lola avere Greg che detta le regole piuttosto che non avere la possibilità di comunicare con me. Lola ha bisogno di un contatto costante con l'unico genitore che mette in primo piano i suoi interessi. Quindi, quando le compro l'ultimo iPhone, non è perché sto cercando di comprare il suo amore e il suo affetto. È perché lei ha bisogno di me.

So che io e Greg dovremmo prendere insieme decisioni importanti come questa. Ma dato che a lui è sempre andato bene che Lola avesse un telefono, e io ero l'unica a non volerlo, decido di agire in modo unilaterale. Se lui dovesse protestare, non farebbe altro che ribadire quanto sia ipocrita.

Quando le faccio una sorpresa e le consegno l'iPhone (completo di custodia con monogramma da cinquecento dollari, come quella di Bliss), invece di essere felicissima come per tutti i sontuosi regali di Greg, Lola mi ringrazia sommessamente. È un netto contrasto con il modo in cui s'illumina ogni volta che lui viene a prenderla, anche quando è a mani vuote. Non so cosa stia succedendo negli ultimi giorni. È quasi come se cospirassero contro di me.

Anche se Lola non è mai stata molto aperta, il mio legame con lei è sempre stato solido. Sa che può contare su di me, che non la deluderò e non la lascerò nei guai, ma in cambio ottengo più rispetto che coccole. Questo mi è sempre andato bene. Si tratta di crescere il miglior essere umano possibile, non di ricevere attenzioni per l'ego.

Ma ora sono in modalità «campagna elettorale». Periodicamente, nel corso della giornata, le mando messaggi per manifestarle il mio affetto e, quando siamo insieme, mi preoccupo di dimostrarle che ha la mia piena e totale attenzione.

Greg è arrabbiato per il telefono, anche se non lo dice direttamente. In base ai suoi messaggi sull'app, pensa che io stia cercando di superarlo. Ma ho ceduto terreno per tutto il nostro matrimonio, lasciandolo giocare a Babbo Natale per tutto l'anno. Sto solo preparando il campo di gioco, finalmente. Devo proteggere la mia relazione con Lola, perché lui la sta minando in modo evidente.

Ma a quanto pare non si sbagliava del tutto durante l'ultima seduta con la dottoressa Vaughn. Lola ha preso il voto più basso di sempre, una F. E, quando le ho chiesto spiegazioni, ha risposto chiaramente che non le importava nulla. Ieri ha avuto uno scatto d'ira a scuola. Adesso io e Greg dobbiamo incontrare la sua insegnante per discutere della situazione.

Lui ha un aspetto di merda. Lo noto senza un briciolo di pietà (anche se sono un po' costernata dalla mia insensibilità). Il mio sospetto è che dorma poco e beva troppo. Si vede che ha smesso di andare in palestra e i suoi capelli cominciano a cadere in avanti come se fosse un ragazzo di strada. Ho notato un accenno di pancetta in crescita. La sua camicia è costosa e ben tagliata, ma avrebbe bisogno di una stirata o di un lavaggio a secco.

La signora Lewis (noi genitori la chiamiamo così, come gli studenti) è un'afroamericana di sessant'anni, vestita in modo ordinato e sull'orlo della pensione. È la definizione stessa di vecchia scuola. Probabilmente non gliene frega più un cazzo di niente da almeno dieci anni.

Si mette gli occhiali da lettura, consulta il foglio davanti a sé e si lancia in accuse contro Lola. «Per tre volte non ha fatto i compiti a casa» annuncia. Pensavo fossero due. Greg deve aver sbagliato di nuovo. In risposta alla mia domanda inespressa, chiarisce: «Stamattina non ha consegnato il tema». Aspetta, Lola era con me, ieri. Greg è troppo stordito per degnarmi di uno sguardo. Potrebbe essere ubriaco in questo momento? «A volte non completa il suo lavoro nemmeno in classe. La settimana scorsa, durante un lavoro di gruppo, è stata aggressiva con i suoi compagni. Ieri, come già sapete, ha avuto uno scatto d'ira in cui ha detto diverse oscenità. L'ho mandata dal preside dove ha parlato a lungo del vostro divorzio.» La signora Lewis alza lo sguardo. «È in corso una battaglia per la custodia, ho capito bene?»

«Io non la definirei una battaglia» rispondo. «Tuttavia, Greg e io abbiamo difficoltà a trovare un accordo su alcune questioni fondamentali e probabilmente andremo in tribunale. Ma non l'ho mai detto davanti a Lola.»

«Be', i bambini sanno come semplificare.» La signora Lewis si toglie gli occhiali. «Insegno fin dal Mesozoico e, ovviamente, ho compassione per i bambini in crisi. Ma anche all'inizio, quando il bullismo non era ancora una parola di moda, non lo tolleravo.»

«Chi sta facendo il bullo con Lola?» chiede Greg. Ma davvero? Se non è ubriaco, ma solo stupido, la cosa potrebbe essere ancora più preoccupante. L'ubriachezza passa.

La signora Lewis parla in modo più lento per assicurarsi che lui riesca a cogliere il significato. «Ho il forte sospetto che Lola abbia iniziato a fare la prepotente con la nostra nuova alunna. Vi ha parlato di lei? Si è trasferita di recente dal Kentucky ed è stato un vero shock culturale.»

«No, non me ne ha parlato» rispondo, a bassa voce.

«Nemmeno a me.» Greg sembra sprezzante, come se il fatto che non abbia sentito parlare di questa ragazza significhi che Lola non può averla maltrattata, mentre in realtà è più probabile il contrario. Lola non vorrebbe che noi sapessimo della sua attività extracurricolare.

«Cosa pensa che abbia fatto Lola?» chiedo.

«Non ne sono sicura,» dice la signora Lewis «ed è per questo che non sono stata in grado di prendere alcun provvedimento disciplinare. È un'energia che percepisco, come se Lola volesse attaccare briga con l'altra bambina, ma quando ho chiesto informazioni, l'altra non ha parlato. Ho l'impressione che Lola possa averla minacciata in qualche modo.»

«Minacciata di cosa?» Greg sembra incredulo.

«Lola ha una grande influenza sociale in questa scuola. È molto popolare. La mia preoccupazione è che il suo comportamento non solo continui, ma si propaghi. Quest'altra alunna ha già vissuto una fase difficile; non voglio che resti ulteriormente traumatizzata.»

«E io non voglio che mia figlia sia accusata ingiustamente» sbotta Greg, senza rendersi conto di quanto sembra combattivo. Quasi come se fosse lui stesso un bullo.

La signora Lewis non si lascia intimorire. «Voglio essere chiara. Non sono preoccupata solo per l'altra bambina, ma soprattutto per Lola. Questi comportamenti non sono propri della sua indole, al momento. Non voglio che diventino il suo carattere. Ecco perché voi genitori dovete intervenire.»

«Certo» dico, scossa. «Parlerò con Lola non appena avremo finito qui. Verrà a casa con me.» Nella mia testa sto già passando in rassegna le potenziali conseguenze, naturali e innaturali. Tutto questo è oltremodo inaccettabile. Deve finire immediatamente.

«Forse quello che le dirà non avrà molto peso. Si tratta soprattutto di quello che fate entrambi. Quello a cui Lola assiste.» La signora Lewis si sposta sulla sedia, osservando sia me che Greg. «Magari ha colto l'aggressività tra voi due e la rispecchia.»

Sono inorridita e mortificata. Per noi e per Lola. Ma Greg non ha peli sulla lingua. «Prima accusa Lola senza prove,» dice «e ora accusa noi?»

«Ho piena comprensione per la vostra situazione e per quella di Lola» replica la signora Lewis. «So che volete molto bene a vostra figlia e so anche quanto possa essere brutale un divorzio. Anche persone buone possono finire per comportarsi in modi che... be', non sono così buoni. Vi chiedo di riflettere su voi stessi e di mettervi nei panni di Lola. Pensate a ciò che potrebbe vedere e sentire. È seguita da un terapeuta?»

«No, non ancora» rispondo.

«Un cattivo terapeuta può fare più male che bene» dice Greg.

«Uno buono può fare miracoli, però» ribatte gentilmente la signora Lewis.

«Forse Greg e io dovremmo parlare con Lola insieme» dico. «Mettere in chiaro che siamo tutti nella stessa squadra. La squadra di Lola.» Mi giro verso di lui. «Andiamo a casa...»

«La casa che io ho costruito» dice Greg alla signora Lewis «e che lei ha insistito per tenersi.»

Visto? È mortificante. «Non ho insistito, eravamo d'accordo.» Lancio una rapida occhiata alla signora Lewis. «Mi scusi, preferirei non parlare di questioni personali con lei. Sappia che stiamo prendendo la cosa molto seriamente...»

«Non l'hai presa affatto sul serio durante la nostra sessione di cogenitorialità» interrompe di nuovo Greg. «Quando ti ho detto che Lola aveva dei problemi e tu hai risposto che me li stavo inventando. Quando ti ho detto che Lola mi aveva confidato che tu eri...»

«Questo non è rilevante» lo interrompo. In questo momento sono io il genitore che sta facendo un'impressione positiva sulla signora Lewis, e non posso permettermi di perdere il vantaggio. È un contatto molto importante. Se Greg continua a comportarsi così, lei potrebbe diventare la mia testimone chiave. «Greg e io decideremo insieme come affrontare la questione con Lola.»

«Vuoi dire che scriverai un'altra sceneggiatura per me?» mi chiede Greg. Prima che io possa rispondere, si rivolge alla signora Lewis. «Conosco mia figlia. I suoi sospetti sono assolutamente infondati. A prescindere da quello che succede a casa, in entrambe le case, non farebbe mai la bulla con una nuova alunna. È ridicolo.»

Non posso credere che abbia appena definito la signora Lewis ridicola. Non si rende conto che in futuro avrà bisogno di lei? Sapevo che è un pessimo pianificatore, ma questo? Mi sta rendendo le cose fin troppo facili.

«La signora Lewis sta dicendo che Lola non è in sé in questo momento» gli spiego. «E quindi dobbiamo aiutarla.»

«Conosco mia figlia» ripete cupo Greg. Si alza in piedi. «Grazie del suo tempo, signora Lewis. Parlerò sicuramente con Lola dei compiti, della distrazione in classe e del fatto che ha bisogno di aumentare la sua tolleranza alle contrarietà. Non vedrà più attacchi di rabbia.»

Ha omesso di proposito il bullismo. La signora Lewis annuisce con espressione benevola. Probabilmente non ha più le energie per affrontare battaglie inutili. Da quando Greg è diventato così recalcitrante? È possibile che sia stato il divorzio a ridurlo così?

No, sta solo mostrando la sua vera natura. In tutti questi anni ha ottenuto sempre ciò che voleva e, ora che non permetto più di farmi calpestare, ha lasciato cadere la maschera. La mediazione obbligatoria della prossima settimana sarà un vero piacere.

Greg lascia la stanza e io rimango seduta. «Mi dispiace» dico. «Per come si è comportata Lola, e per questo.» Faccio un gesto verso la porta da cui è appena uscito Greg. «Pensavo davvero che il divorzio sarebbe stato rapido e amichevole. Avevamo fatto un patto, all'inizio: mettere sempre Lola al primo posto.»

La signora Lewis annuisce lentamente. «Capisco. Anch'io ho un ex marito.»

«Non mi aspettavo...» Mi spuntano le lacrime agli occhi. «Non so come ho fatto a non vedere questo in lui. Voglio dire, molto tempo fa.»

«Be', se l'avesse visto, non avrebbe avuto Lola. E nonostante i suoi recenti comportamenti, è una ragazzina meravigliosa. È solo che non sa come gestire tutto il suo dolore e la sua rabbia.»

«Le troverò un terapeuta.» Mi alzo in piedi. «Grazie mille per averci chiamato e per essersi preoccupata. Lola è molto fortunata ad avere lei come insegnante.»

La signora Lewis sorride, ma non posso fare a meno di

notare che non ricambia il complimento. Mi brucia, ma lo capisco. Al momento, Lola non sembra molto fortunata sul fronte genitoriale.

Vado nell'ufficio principale, dove dovrebbe esserci Lola ad aspettarmi. In risposta alla mia espressione interrogativa, mi viene detto che è appena uscita con suo padre. Corro nel parcheggio, cercando quella sua stupida Tesla truccata. Cosa sta cercando di fare?

Sono già spariti. Controllo il telefono. Mi ha mandato un messaggio sull'app di cogenitorialità per dirmi che ci vediamo a casa.

Ora ha deciso di fare una conversazione congiunta con Lola, dopo tutto? Non posso accettare una cosa del genere adesso. Non ho idea di cosa direbbe. Cosa sta dicendo a Lola in questo momento, in privato? Gli rispondo di andarsene non appena l'avrà accompagnata.

Mi costringo a guidare con calma, affrontando piano tutte le curve, perché ho bisogno di tempo per entrare nello stato d'animo giusto. Non dovrà essere una lite, o Lola si metterà sulla difensiva. Ovviamente deve smettere di fare quello che sta facendo a scuola e imparare a controllarsi, ma io sono più che disposta a fare la mia parte. Se sono stata un cattivo modello e posso fare di meglio, lo farò.

Il problema è che Greg sembra peggiorare.

La Tesla è sotto la tettoia e Greg e Lola sono in casa, seduti fianco a fianco sul divano, abbracciati. Le fa le coccole! Dopo quello che abbiamo appena sentito?

Nessuno dei due mi guarda. Greg le dà un ultimo abbraccio e si alza in piedi. «Chiamami più tardi, va bene?» le dice. Lei annuisce con entusiasmo. «Ti voglio un mondo di bene.» È una frase che Greg ha sempre detto e che una volta interpretavo come se la amasse più di ogni altra cosa al mondo, ma ora suona in modo diverso. Come se dicesse che la ama più di me.

Cerco di non guardarlo, visto che assorbire la nostra negatività sembra aver danneggiato Lola. «Grazie per averla accompagnata» dico.

«Non c'è di che.» Il tono è così gentile da sfiorare la derisione.

Quando se ne va, mi siedo di fronte a Lola. Vorrei sedermi più vicino per rendere la conversazione più intima, ma è come se ci fosse un campo di forza intorno a lei. Da quando sono arrivata, evita di incrociare il mio sguardo.

«So cosa stai per dire» mi dice. «Papà è dalla mia parte.»

«Non sai cosa sto per dire.» Cerco di manifestare tutta la pazienza e la compassione possibile. Ma mentalmente mando affanculo Greg. «Anch'io sono dalla tua parte. Non sei te stessa, in questo periodo, perché ti senti ferita e arrabbiata. Voglio aiutarti a risolvere questo problema.» Non è un discorso molto fluido, ma d'altronde non ho avuto modo di provarlo in anticipo. Devo improvvisare. Inoltre, di nuovo: vaffanculo, Greg.

«Papà mi ha detto che hai creduto a tutto quello che ha detto la signora Lewis senza nemmeno chiedermelo.»

«Non ho ancora avuto modo di chiedertelo. Cosa sta succedendo, Lola?»

Lei scuote la testa, con gli occhi ancora bassi ma improvvisamente pieni di lacrime. «Non voglio dirtelo.»

«Non mi arrabbierò. Voglio solo capire.»

«È troppo difficile cercare di parlare con te. Con papà è molto più facile.»

«Perché?» Cerco di sembrare curiosa, anche se mi fa male il fatto che preferisca così chiaramente Greg a me.

Lei alza le spalle. «È così e basta.»

«Ma cosa fa lui che io non faccio? O cosa non fa lui che faccio io?» Inciampo sulle parole. «Posso accettare una critica. Posso cambiare.»

«Lui è solo una persona diversa, tutto qui.» Sembra visibilmente a disagio, come se stesse partecipando al gruppo di discussione più imbarazzante del mondo.

Mi rendo conto di quanto sia strana tutta questa situazione: lei ha fatto la prepotente con la nuova alunna e io sono quella che le chiede come posso diventare migliore. «Da quando ci siamo separati, tuo padre e io non siamo stati dei grandi modelli di comportamento. Dobbiamo tutti fare un esame di coscienza su come ci siamo comportati.»

«Allora, quali sono le conseguenze per me?» chiede.

«Credo che quello che ho appena detto sia la naturale conseguenza. Guardarsi allo specchio e decidere chi si vuole essere. Non sarà divertente, ma credo che se lo farai, farai scelte diverse. Lo faremo tutti e tre.»

Penso che sia andata abbastanza bene, finché lei non si alza e scende le scale senza dire più nulla. Cammina in maniera strana, lenta ed esitante, con il telefono saldamente in mano.

38

Greg

Figli di puttana. Sono tutti figli di puttana.

Sto tornando a casa sulla statale 880 dopo la mediazione. Prima hanno imposto la riunione informativa, ora la mediazione. Sono stufo di dovermene stare seduto in una stanza e sopportare il disprezzo di Madeline.

Probabilmente non dovrei mettermi al volante, in momenti come questo, quando non mi dispiacerebbe essere investito o investire qualcun altro.

No, non lo farò. Non lo farei mai. È questo che ci distingue dagli animali: l'autocontrollo, la capacità di desiderare senza agire.

Madeline e Tarek sono animali, non c'è altro da aggiungere.

Anche l'autostrada è una rogna. C'è un tratto in cui bisogna continuamente fermarsi e ripartire, poi prendo velocità, e ora devo frenare di colpo per un altro tratto inspiegabilmente lento. Non si può contare su nulla. Nulla rimane uguale.

Quando mi metterò in testa una volta per tutte che a Madeline non importa niente di me? Il suo distacco è aggressivo. La sua apatia è violenta. Se potesse, sono sicuro che taglierebbe ogni legame con me e mi porterebbe via Lola.

Ma, da idiota ottimista quale sono, sono entrato nell'ennesima sala riunioni con l'ennesima «esperta», pronto a fare l'ultimo tentativo. L'ho già detto altre volte, ma stavolta lo penso davvero: questo era il mio ultimo vulnerabile appello a mia moglie, che ho amato disinteressatamente, incessantemente e, sembra, insensatamente per oltre dieci anni. Senza avvocati e senza giudici, solo con una mediatrice tutta vestita di beige, che ho ignorato, ho detto a Madeline che se si fosse trattato solo di me, mi sarei arreso e sarei andato avanti. Madeline è fenomenale, ma non è l'ultima donna del pianeta. Solo che non si tratta di me o di lei. Si tratta di Lola, i cui problemi recenti sono destinati a peggiorare se la sua famiglia non si riunisce. Lola è il campanello d'allarme.

Le espressioni facciali di Madeline sono passate dall'irritazione all'imbarazzo (per me? per sé stessa?) e infine alla noia. Ma nonostante ciò, ho continuato, sperando che da qualche parte in quel carosello ci fosse l'amore, se non per me, per Lola.

Non c'era.

«Credo di aver chiarito la mia posizione» ha detto Madeline a un tratto, guardando la mediatrice. «Possiamo aggiungere un punto all'ordine del giorno? Vorrei parlare della possibilità di assegnare a Lola un terapeuta individuale che la aiuti ad adattarsi al divorzio. Una cosa che Greg ha detto è vera. Ci sono stati problemi a scuola. L'insegnante di Lola ci ha fatto notare un problema di bullismo, che trovo molto preoccupante.»

Una cosa che ho detto è vera?

La signora Lewis è come Madeline, il tipo di donna che è troppo sicura delle sue osservazioni, opinioni e conclusioni. Lola mi ha detto che non ha fatto la prepotente con l'altra bambina; semplicemente non si piacciono. L'antipatia è reciproca. Alcune personalità non sono compatibili. E allora, ogni volta che non ti piace qualcuno e sei onesto al riguardo, si tratta di bullismo? Tutte queste persone che vanno in giro a piangere spiegando quanto si sentono insicure, come ha fatto Madeline durante l'ultima sessione di cogenitorialità, e tu devi sempre tirarti indietro perché altrimenti sei un bullo per aver cercato di esprimerti? Quando tutto ciò che vuoi è essere ascoltato?

Dopo l'ennesimo, pungente rifiuto da parte di Madeline, non ero dell'umore giusto per parlare di semantica. Ogni volta che la guardavo, vedevo rosso. La mediatrice deve essersene accorta, perché ha proposto di spostarci in due stanze diverse, con lei come intermediaria. In pratica, avrebbe parlato con ciascuno di noi separatamente e poi sarebbe tornata dall'altro per cercare di mediare un accordo.

È andata a parlare prima con Madeline e, mentre i minuti passavano, continuavo a immaginare il quadro che le stava dipingendo. O peggio, forse stanno davvero parlando delle «questioni rilevanti». A lei interessa solo arrivare a una spartizione il più velocemente possibile. Così potrà allontanarsi verso il tramonto mano nella mano con Tarek.

È un'immagine trita e ritrita, ma mi ha mandato comunque su tutte le furie, tanto che non ho avuto altra scelta che andarmene. A un certo punto, la mediatrice sarà tornata e avrà trovato una stanza vuota.

Lucas chiama quando il traffico è tornato a scorrere.

«Ciao» lo saluto, brusco.

«Com'è andata la mediazione?»

«Malissimo. Cosa posso fare per te?»

«Mi spiace. Forse è meglio se parliamo domani.» Ma il suo tono è dubbioso, come se non fosse sicuro di poter aspettare.

«Cosa c'è?» La mia auto sbanda e mi trovo a pochi centimetri dalla Chevy Tahoe davanti a me. Di solito le

Tesla non sono famose per sfuggire al controllo, ma in questo momento mi dà quasi soddisfazione.

«Be', avevi detto che questa settimana avremmo rielaborato il nostro accordo sui miei compensi, visto che le mie mansioni sono aumentate in modo sostanziale. Ma come ho detto possiamo parlarne anche domani.» Sul serio, Lucas?

«L'altra cosa, esito a parlarne ma è urgente, è che Peter Tramboni non è più disposto a lasciarsi ignorare. Non vuole parlare con un subalterno.»

«Sono le sue parole?»

«Sì.»

Non sono in grado di parlare con Peter. Non lo sono da settimane, per questo ha parlato con il mio sottoposto.

Poi sento uno scricchiolio di metallo contro metallo. È il mio paraurti che si è scontrato con quello della Tahoe. Non mi ero nemmeno accorto che il mio piede aveva premuto l'acceleratore. O aveva appena lasciato il freno?

«CAZZO!» grido a squarciagola. «MERDA!!!» E Cristo, è una bella sensazione.

39

Madeline

Mentre mi avvicino al mio quartiere, un quartiere che, diciamolo, non sarebbe mai diventato il mio se non fosse stato perché Greg mi ha costretta, sono FURIOSA. So che una persona non può letteralmente emettere fumo dalle orecchie, ma tutto il mio corpo è in fiamme.

Greg l'ha fatto di nuovo. L'ha fatto di nuovo, cazzo.

Oggi, durante la mediazione, mi ero aggrappata alla flebile speranza che, se fossimo stati solo io, lui e un mediatore, senza avvocati, avrebbe finalmente ritrovato la ragione e saremmo riusciti a concludere qualcosa. Ero pronta a essere più che ragionevole, a fare concessioni che forse Esther avrebbe sconsigliato, ma un accordo imperfetto è meglio di un accordo ritardato all'infinito. Ogni giorno che passa ci costa tempo, denaro, energia ed emozioni. Ci tiene legati gli uni agli altri e, come ha detto la signora Lewis, ci trasforma. O ha detto che ci distorce? Non importa. È vero. Questo procedimento sta facendo emergere la vera natura di Greg, ma io non sono così. Vorrei non dover essere così fredda e chiusa, ma lui si nutre della mia compassione e la usa per alimentare il suo rifiuto di accettare la situazione.

Sono andata alla mediazione pronta a cedere dove potevo, ma Greg non ha lasciato che affrontassimo nessuna questione. Ho dovuto sopportare un'altra delle sue esplosioni di incontinenza emotiva, che secondo lui era in nome di Lola. «Lola ha bisogno di entrambi i genitori, a tempo pieno» ha detto. «Non di un uomo con lo chignon che veste Patagonia.»

L'ho fissato. Per attaccare l'aspetto di Tarek in modo così infantile (anche se in un certo senso accurato), deve avermi spiato. Per quanto tempo? La mia mente corre a pensare a cos'altro possa aver visto, a cos'altro può sapere.

Tuttavia, mi sono rifiutata di mostrare rabbia o paura. Non intendevo abboccare. Così alla fine Greg si è zittito. Bolliva di rabbia, sembrava un vulcano in procinto di eruttare. La mediatrice ha pensato saggiamente di metterci in stanze separate.

La mediazione è obbligatoria e richiede una partecipazione in buona fede. Una volta rimasta sola con la mediatrice, le ho detto: «Fa sempre così. Questo significa agire in buona fede?». Lei ha esitato, ma la risposta è ovvia. Le ho chiesto se avrebbe riferito al giudice la condotta oltraggiosa di Greg, perché, in sostanza, si tratta di inadempienza. Mi ha risposto di no, che dal momento che lui si era presentato all'incontro, la procedura sarebbe rimasta confidenziale. Avrebbe avuto successo o sarebbe fallita, ma nulla di ciò che ci saremmo detti sarebbe stato ammissibile in tribunale. Peccato, perché dimostra uno schema. È stata una ripetizione della consulenza per la cogenitorialità, in cui Greg ha cercato di manipolare la procedura, la dottoressa Vaughn e me.

Non avrei dovuto sorprendermi quando la mediatrice è tornata nella mia stanza pochi minuti dopo e ha detto che Greg se n'era andato. Certo che se n'era andato, visto che non aveva ottenuto quello che voleva.

Eppure, mi è venuta voglia di urlare, e mi viene ancora. Affronto una curva appena un po' troppo veloce e alle mie spalle sento un colpo di clacson. Alzo il dito medio quasi involontariamente. È una cosa molto insolita, per me.

Non sono più me stessa, sotto nessun aspetto. Sono arrivata a un punto in cui mi è quasi impossibile non rispondere alle buffonate di Greg, anche se vorrei trovare un modo di accordarci. Al lavoro, mi accorgo di essere facilmente irritabile e di dovermi trattenere più volte al giorno. Non sono in grado di pensare con la mia normale lucidità e temo che, a un certo punto, il mio giudizio clinico possa essere compromesso.

Anche il sesso con Tarek ha smesso di essere un toccasana. E a volte, quando parliamo, lo trovo un po' bigotto. Non posso biasimarlo, però. Non ha mai vissuto nulla di simile. La sua relazione sentimentale più lunga è durata meno di due anni e non è mai stato sposato, né ha avuto figli. Non riesce a comprendere la profondità del tradimento o la vera posta in gioco.

Greg sta rovinando il mio rapporto con Lola, non c'è dubbio. Ho documentato ampiamente come ha gestito (o meglio, non ha gestito) la situazione del bullismo. Non è un caso che sia corso in ufficio a prendere Lola per portarla a casa mia e parlare con lei per primo. Le ha messo in testa l'idea che lui l'ha difesa con la signora Lewis mentre io ho subito accettato l'interpretazione dell'insegnante. Non è falso, ma è una versione priva di sfumature, ed è stato del tutto inappropriato parlarne con Lola. Mi ha gettata sotto un autobus per farle credere di essere l'unico che sta dalla sua parte. Fare il genitore non dovrebbe essere una gara di popolarità, ma ditelo a Greg, che sta vincendo alla grande.

Forse non conosce davvero il significato del porre dei giusti limiti, ma l'ignoranza della legge non è una scusa. La corte deve essere informata del suo scarso giudizio, il prima possibile.

Dopo quell'incontro a scuola, Lola è diventata brusca con me. Il suo tono è duro e sprezzante. Quando le chiedo il motivo, mi dà delle risposte che contengono un livello sproporzionato di astio e ostilità («Odio come ti vesti», o «Odio che non mi fai mangiare dolci come gli altri bambini»). Elogia Greg in ogni occasione. Ai suoi occhi, io sono al cento per cento cattiva e lui al cento per cento buono, e questo è proprio il tipo di pensiero in bianco e nero dei narcisisti.

È ovvio che Lola non vuole stare con me. Quanto peso darà il tribunale alle sue preferenze? So quanto peso è stato dato alle mie, quando ero bambina. Ricordo perfettamente il giorno della sentenza definitiva, quando mia madre ottenne la custodia esclusiva. Mio padre non mi ha mai perdonata. Io non ho mai perdonato nessuno dei due.

Non succederà a me e a Lola.

O forse sì?

Almeno, sembra essersi rimessa in carreggiata a scuola. La signora Lewis mi ha costantemente tenuta aggiornata, e non ci sono stati altri incidenti. Forse questo significa che io e Greg stiamo facendo qualcosa di buono. Non la chiamerei cogenitorialità, però, visto che non facciamo altro che scambiarci commenti sulla logistica via app.

Esther dice che non è una sorpresa che le cose siano degenerate fino a questo punto, considerato che è coinvolto Hugh Warshaw. Non è nemmeno una sorpresa che Greg e Hugh Warshaw siano stati attratti l'uno dall'altro. I narcisisti sanno riconoscersi.

Ma oggi Hugh non c'era. No, oggi c'era solo Greg.

Ora so che mi controlla, o mi sta facendo controllare. Da quanto tempo? Quello che so è che non posso vivere nella paura della sua sorveglianza. Questa storia deve finire. Non permetterò a Greg di dirottare la mia vita.

Esther deve affrontarlo in modo più duro. Fare del

suo peggio. Deve fare in modo che tutto questo finisca al più presto possibile, perché non so se sarò in grado di sopportare ancora molto.

Ancora qualche curva e sarò a casa. Ma l'idea non mi rincuora; vorrei vivere in qualsiasi altro posto, davvero, ma non posso andarmene, non senza un accordo. Se solo Greg fosse stato disposto a sedersi al tavolo oggi, ad agire finalmente in buona fede, avremmo potuto trovare un terreno comune. Ora non cederò su nulla.

Un altro rabbioso colpo di clacson. Un altro uomo, ovviamente. Arriva in senso opposto, è alla guida di un enorme SUV e gesticola furioso. Continua ad avanzare verso di me. Ovviamente si aspetta che sia io ad accostare o a fare marcia indietro, e sono sempre stata attenta a evitare gare potenzialmente mortali a chi ce l'ha più lungo, ma questa volta quella che ce l'ha più lungo sono io.

Continuo ad avanzare, anche se lentamente, come un predatore. Come un capo. Lui lo capisce, accosta all'ultimo secondo nel vialetto d'ingresso di una casa, abbassa il finestrino e grida: «Sei una maledetta pazza!». Io continuo, con un sorriso beato e il dito medio sollevato in aria. Oggi non mi sono mai sentita meglio.

Finché non arrivo a casa e mi fermo nel parcheggio. A quel punto inizio a tremare, rendendomi conto di quello che è appena successo. Di quello che è quasi successo. Fin dove sarei potuta arrivare.

40

Greg

Verso due whisky: uno per me, uno per Sidney. (Ne ho già bevuti tre, ma chi li conta più.) Non avrei dovuto chiamarla. È la migliore amica di Madeline, non la mia, anche se, purtroppo, lo è: Sidney è tutto ciò che ho.

Siamo seduti al tavolo in legno di sequoia della mia sala da pranzo, quello che ha scelto lei. È troppo bello per me.

«No, non lo è» dice, e mi rendo conto che devo aver parlato ad alta voce.

«Gesù, sono patetico. Mi dispiace che tu debba vedermi così.»

«So che in te c'è molto più di questo. E poi, non saresti così combattuto se non fossi capace di un grandissimo amore.»

«È vero» ammetto. Sapevo che era la persona giusta da chiamare. L'unica altra opzione era Lucas, e non sono pronto a sacrificare l'ultimo brandello di rispetto che ancora prova per me.

Non ho ancora richiamato Peter. Forse domani.

«Madeline si è dimostrata completamente chiusa durante la mediazione» dico a Sidney. «È come se non fosse più umana.»

Sidney fa ruotare il suo bicchiere alto, mentre io porto

il mio alle labbra. Sembra che non sappia cosa dire, ma noto che non si affretta a difendere Madeline.

«Mi preoccupa quello che succederà a Lola. So che non ha fatto la prepotente con quella bambina, ma sta mostrando altri segni di… disagio.»

«È molto difficile per lei. Credo che dia la colpa a sua madre per tutto il dolore che tu stai provando.»

«Be', sì.» Voglio dire, Madeline è la causa.

«Non vorrei che Lola si sentisse costretta a scegliere tra voi due.» Sidney finalmente beve un sorso.

«Non le ho mai detto che deve scegliere me.» È solo che lei vuole farlo.

«È una situazione terribile, tutto qui. Sono sicura che anche Madeline sta facendo fatica, a modo suo.»

«Vuoi dire che non lo sai per certo?»

«Non è più aperta con me come un tempo. Forse perché…» S'interrompe.

«Perché ha Tarek» concludo. Sidney non ribatte. «Lui l'ha cambiata. Non credi?»

«È diversa, ma non so se la definirei cambiata. Lei dice che sta maturando.»

Questa non la bevo. «Si comporta come se io l'avessi soffocata per tutti questi anni, quando invece è stata lei a controllare me.»

Sidney non risponde, ma posso leggerle in viso quello che pensa. Non vuole essere sleale nei confronti di Madeline.

«Se lo sta scopando. Ma tu lo sapevi, vero?» Ho parlato con Antonio un'ora fa. Mi ha mandato le prove, insieme alla fattura.

La faccia di Sidney mi sorprende. È possibile che Madeline non abbia detto alla sua più vecchia e cara amica della sua relazione?

«È cambiata» ripeto, deciso a ribadire il punto. Questa volta Sidney annuisce, anche se con riluttanza.

Ero indeciso, ma ora capisco. Dovrò ricorrere all'opzione nucleare. Madeline non mi lascia altra scelta.

*

Eravamo diventati rivali e avversari a tutti gli effetti, se non addirittura nemici. Ma ognuno di noi si considerava il protettore di Lola. Non la vedevamo come una pedina. No, lei era la nostra ragione d'essere, o almeno, la nostra ragione per spingerci fin dove poi ci siamo spinti. Questo è ciò che raccontavamo a noi stessi: bisognava salvare Lola, a tutti i costi. Dall'altro genitore terribile ed egoista.

Diventava sempre più difficile ricordare che ci eravamo amati. Che eravamo stati partner. Eppure, in qualche modo, il cerchio si sarebbe chiuso. Stavamo per andare in prigione, per tutta la vita.

Lo so, sembra improbabile, se non impossibile. Ma come si dice? Non è forse l'omicidio a creare gli accoppiamenti più strani?

OLTRAGGIO ALLA CORTE

41

Madeline

Avrei potuto dirlo a Esther per telefono, ma la sua tariffa oraria resta invariata, quindi tanto vale farlo di persona, e cercare di capire la sua vera reazione. Inoltre, forse è più facile mitigare il danno se può vedermi in faccia e ricordare che ho avuto buone intenzioni fin dall'inizio.

Questo è ciò che pensavo, comunque. Ora che sono seduta davanti alla scrivania, nel suo ufficio asettico, mi sento insicura. Lei è una donna formidabile e mi è sempre piaciuta quando se la prende con Greg a nome mio. So che non le piacerà quello che sto per dirle, che ho mentito per omissione. Mi ha avvertito più volte di non mentirle mai e poi mai. Ci compromette entrambi. Ed Esther Kahn odia essere compromessa.

«La mediazione non ha cambiato nulla» dice. «Sapevamo già che questa faccenda sarebbe andata per le lunghe. Allaccia le cinture, si va in tribunale.»

«Giusto» dico, leccandomi le labbra.

Se ne accorge. Si accorge di tutto. «Che succede, Madeline?» I suoi occhi si stringono in modo quasi impercettibile, anche se il tono è nitido e freddo come sempre.

Per quanto possa sembrare ridicolo, non voglio deluderla. Greg e io abbiamo smesso di essere una squadra ed Esther e io lo siamo diventati. Mi fido implicitamente di lei in un modo in cui non riesco a fidarmi nemmeno di Sidney, che vede ancora Greg (e riesce a vedere il suo lato buono). Ciò significa che non è pienamente mia alleata. Mentre Esther lo è.

Devo dirglielo, però. Dato che Greg conosce la pettinatura e il modo di vestire di Tarek, può benissimo sapere anche delle mie visite clandestine all'appartamento di Tarek. Potrebbe essere solo una questione di tempo prima che lo venga a sapere Hugh Warshaw, e non posso permettere che Esther venga colta di sorpresa per la seconda volta.

«La relazione con il mio amico Tarek è diventata sessuale» dico.

«È diventata sessuale?» ripete Esther, quasi in modo beffardo. «Oh, Madeline. Non ti facevo una persona che si nasconde dietro i verbi al passivo.»

«Cosa vuoi dire?»

«Pensavo che fossi il tipo di donna che si assume la responsabilità delle proprie azioni. Almeno davanti al suo avvocato.» Mi fissa qualche istante in più per far capire il suo disappunto. Poi diventa brusca. «Be', questo deve finire immediatamente.»

«Non posso.»

«Certo che puoi. Sei coinvolta in una battaglia per la custodia.»

«Non sto facendo nulla di male. Non ho avuto una relazione con Tarek fino a dopo la separazione. Non sono infedele a Greg.»

Scuote la testa. Ora è delusa dalla mia stupidità. «Si tratta di percezione. Si tratta di contrapporre il tuo carattere a quello di Greg. Al momento, Greg ci sta rendendo le cose facili. È lui che se ne va infuriato dalle riunioni e dalle mediazioni. Che si presenta ubriaco e su di giri davanti all'insegnante di Lola. Dovrei essere in grado di distruggerlo alla sbarra senza problemi.»

«Bene. Allora abbiamo quello che ci serve.»

«Ma potrebbe cambiare tutto se ti comporti come una donna facile.» L'idea mi fa ridere. Esther non ride. «I giudici sono per lo più maschi, e per lo più retrogradi. Anche quando sono consapevolmente progressisti, il loro subconscio è un'altra storia. È molto più probabile che giudichino te che Greg. È solo un uomo innamorato che sta cercando di riconquistarti e non sempre riesce a controllare le sue emozioni. Nel frattempo, tu vai in giro a spalancare le gambe, trascurando tua figlia.»

Anch'io non rido più. «È una stronzata assoluta.»

«Lola ha detto che sei preoccupata.»

«No, Greg ha riferito che Lola lo ha detto, e non è certo una fonte affidabile.» Ora sono io a fissarla. «Ho fatto i miei compiti. So che al tribunale è proibito prendere in considerazione alcuni fattori nelle decisioni sull'affidamento. Tra questi ci sono la razza, la religione e le relazioni sessuali di un genitore.»

«Svegliati. Hugh Warshaw non presenterà la questione al giudice come se si trattasse della tua vita sessuale; sosterrà che si tratta dell'impatto della tua vita sessuale su Lola. Che sei tu la causa di tutti i suoi sintomi.»

«È una bugia.»

«No, è un'argomentazione perfettamente legale, e potrebbe essere abbastanza persuasiva. Andavi a letto con Tarek prima dell'ultima sessione di cogenitorialità? Cioè, andavi a letto con lui quando Lola ha detto a Greg che eri preoccupata da altre cose?»

«Lola non avrebbe mai detto "preoccupata".»

«Forse ha detto distratta. Forse ha detto che ultimamente non le hai prestato attenzione. Hugh istruirà Greg in modo esauriente su questo punto e, credimi, Greg non sbaglierà le sue battute. Il punto rimane: quando l'ha detto Lola? Qual è la tempistica?»

«Andavo già a letto con Tarek» ammetto a bassa voce.

«Ma puoi distruggere Greg nel controinterrogatorio, giusto? Perché sappiamo entrambi che se Lola ha detto questo, è perché lui glielo ha messo in testa.»

«È un'accusa grave. Hai qualche prova?»

«È una cosa ovvia.» Le ricordo come Greg si è precipitato a portare via Lola dall'ufficio scolastico quando era la mia serata. Avrei dovuto essere io a introdurre gli argomenti dell'incontro con la signora Lewis, ma invece è stato lui a impostare la discussione, a mio svantaggio.

«Potrebbe essere un episodio utile» dice Esther. «Ma non abbiamo alcuna prova certa del fatto che abbia instillato quell'idea in vostra figlia. Se formuliamo un'accusa del genere, dobbiamo poterla sostenere. Altrimenti potremmo ritrovarci con un'accusa di oltraggio alla corte.»

«Si tratta dei suoi schemi comportamentali. È quello che mi hai detto. Proprio per questo, documento tutto in modo esauriente.»

«Come è giusto che sia. Sotto molti aspetti, sei una cliente modello. Ma questo non cambia il fatto che la tua relazione sessuale con Tarek potrebbe mettere a rischio il tuo caso.» Si china verso di me. «Se continui così, potresti veder ridurre in modo significativo il tuo tempo con Lola. Potresti addirittura perdere del tutto la custodia.»

Spalanco gli occhi. «Non perderei mai Lola.» Esther sta facendo la melodrammatica. O no?

«Questo tizio vale il rischio? Qualsiasi uomo ne vale la pena? Chieditelo. Perché Hugh e Greg cercheranno di dimostrare che stai scegliendo un uomo al posto di tua figlia.»

«Non è così.» Ma il mio cuore batte forte. Se non riesco a convincere nemmeno il mio avvocato, cosa succederà in tribunale? «Non sono preoccupata. Lui non può dimostrare che lo sono.»

«È sufficiente che Lola l'abbia detto.»

«Non l'ha detto!» Cerco di reprimere la mia crescente frustrazione. Il mio panico.

«E se dicesse al giudice di averlo fatto?»

«No!» La mia voce è tremante, ma decisa. «Lola non andrà a testimoniare. È fuori discussione.» Avevo sedici anni quando ho testimoniato nel divorzio dei miei genitori, ed è stata una delle esperienze peggiori della mia vita. Nessuno dei due poteva permettersi un avvocato, quindi entrambi si rappresentavano da soli, e io dovevo guardare da uno all'altro e... No. Non permetterò che questo succeda a Lola.

«Forse non avrai scelta. Il giudice potrebbe insistere per parlare con lei. Ma è improbabile che avvenga in tribunale. Probabilmente Lola parlerebbe con il giudice nel suo studio, in privato. Ma cosa direbbe? Devi chiedertelo.»

È una domanda agghiacciante, visto quello che Lola sembra provare per me ultimamente e quello che prova per Greg.

«Nessun giudice (e come ho detto probabilmente sarà un maschio) ammetterà che sta prendendo in considerazione la razza, la religione o la tua vita sessuale, ma pensi davvero che non sia un fattore che incide, a un certo livello? Molti giudici fanno quel lavoro perché sono dei moralisti. Greg e il suo avvocato faranno di tutto per trascinarti nel fango e dimostrare che la tua promiscuità ha un impatto negativo su Lola.»

«Non sono promiscua.»

«Come ti ho detto fin dall'inizio, è tutta una questione di percezione. Smetti di vederlo, anche solo come amico, finché non avrai concluso il divorzio. Non dare a Greg nulla su cui lavorare, e ti prometto che otterrai tutto quello che vuoi.»

42

Greg

«Mamma è in casa» dice Lola, con evidente disappunto, quando arriviamo.

«Questa non è una visita di cortesia. Prendiamo Blob e ce ne andiamo.» Quella di Madeline è l'unica auto sotto la tettoia. Antonio si è sbagliato? È possibile che Tarek non sia con lei?

Quando finalmente ho richiamato Antonio, non è stato per accettare la sua raccomandazione di ulteriori ricerche; ciò di cui avevo bisogno era la sorveglianza. Dovevo sapere a cosa andavo incontro, se Madeline si stava effettivamente scopando lo sherpa. Antonio ha fatto un buon lavoro, facendomi sapere delle visite di Madeline nell'appartamento di merda in cui vive Tarek. Ho aspettato questa occasione per beccare Tarek in casa. In casa mia. Anzi, in casa di Lola. Che razza di madre è Madeline?

«Va bene, andiamo.» Io e Lola scendiamo dalla Tesla a noleggio. Ho fatto in modo che fosse identica alla mia, che al momento è dal carrozziere, perché non posso permettermi che Madeline mi veda su un altro tipo di auto e inizi a fare domande. Hugh Warshaw mi ha detto che è meglio nascondere tutte le prove dell'incidente, perché potrebbero farmi sembrare irresponsabile. Mentre io e

Lola ci dirigiamo verso la porta, le dico: «Non devi bussare. È casa tua».

Lola non sembra nemmeno un po' sospettosa e, mentre si avvicina alla maniglia, mi si stringe il cuore. È così giovane. Questo la farà crescere di colpo.

Però deve sapere chi è veramente sua madre. Madeline mi ha ingannato per anni, facendomi credere di essere una persona buona e amorevole. Se Lola capisce la verità, può proteggersi di conseguenza. Madeline ha un cuore di ghiaccio. Non ci si può fidare di lei. Quante possibilità le ho dato, nelle sessioni di cogenitorialità, nei colloqui e nella mediazione? Quanti rifiuti, quanti abbandoni e quanta mancanza di rispetto può sopportare un uomo prima di reagire?

Anche se ho ragione su questo e su Madeline, mi viene ancora voglia di dire a Lola: "Fermati, torniamo indietro, puoi dormire senza Blob per una notte, oppure ci fermiamo al negozio e ti compro un nuovo Blob".

Ma ormai sono andato troppo oltre. Non si può fare marcia indietro.

Entriamo, e il silenzio è totale. Potrebbe significare che sono al piano di sotto, in camera da letto. Ho progettato la casa in modo che sia perfettamente insonorizzata. Visto che il pianterreno è un open space, lo controllo con un solo sguardo e non vedo prove della presenza di Tarek: niente bicchieri di vino sul bancone della cucina, per esempio, o scarpe da uomo vicino alla porta. Lei non lo farebbe mai entrare in casa con le scarpe. Quindi non è qui. Sono deluso e sollevato allo stesso tempo.

«Vado a prendere Blob» dice Lola. Si toglie le scarpe.

Io la imito. «Vengo con te.»

Mi guarda in modo strano, ma non protesta. È una ragazzina così buona. Per questo so che non farebbe mai la prepotente con nessuno. La sua sincerità è naturale, ed è una qualità che intendo incoraggiare appieno. Uno dei miei compiti principali sarà quello di evitare che si trasformi in sua madre.

Quando arriviamo in fondo alle scale, riesco a sentirli, debolmente. Il che significa che devono fare un sacco di rumore, tanto da superare l'insonorizzazione. Sembrano due scimmie in calore. È disgustoso.

E il rumore proviene dalla mia camera da letto.

La bile mi entra in bocca e penso davvero di essere sul punto di vomitare. Lola non ha sentito nulla e si sta dirigendo in corridoio verso la sua stanza. Che cosa faccio? La richiamo e le faccio notare la situazione? Oppure la lascio andare avanti, ignara?

Sono propenso a preservare la sua innocenza, quando si gira e vede l'espressione del mio viso. Torna indietro da sola. «Cosa c'è?» chiede. Io non rispondo, ma lei si blocca, finalmente lo sente. Ha fatto lezioni di educazione sessuale e Madeline le ha parlato degli uccelli e delle api, ma forse non collegherà quei suoni al loro significato.

Non voglio che capisca. Voglio che prenda Blob e andiamo via, lasciando la sua ignoranza intatta. Non avrei mai dovuto portarla qui.

I rumori cessano. Madeline e Tarek devono aver percepito la nostra presenza.

Lola studia il mio viso, con gli occhi spalancati. Mi rendo conto che è preoccupata per me. Pensa che io sia incappato in questa situazione per caso.

La mia dolce bambina. Le lacrime mi riempiono gli occhi. «Va tutto bene» dico. «Prendiamo Blob e andiamo via.»

«No.» All'improvviso è piena di rabbia e determinazione. Marcia lungo il corridoio fino alla stanza di Madeline, bussando con decisione alla porta. «Mamma, sono io! Cosa stavi facendo?»

«Stavo solo facendo un pisolino.» Da dietro la porta,

la voce di Madeline è frenetica. È un'eccellente bugiarda se deve omettere qualcosa, ma è pessima quando deve inventarsele, le balle.

«Lola ha dimenticato Blob» dico. O meglio, l'ho tolto di nascosto dalla sua borsa quando sono passato a prenderla. «Lo prendiamo e ce ne andiamo.»

«Mamma! Cosa stai facendo? Chi c'è lì dentro?»

Madeline tace. Con mio grande stupore, mi sento davvero male per lei.

Non avrei dovuto farlo. Non avrei dovuto metterci tutti in questa situazione. «Mi dispiace» dico a Madeline. «Ci togliamo dai piedi.»

Lola si rivolta contro di me. «Smettila di cedere a lei» sibila. Poi a Madeline: «So cosa stavi facendo. Ti ho sentito».

«Sono un'adulta nell'intimità della mia casa» risponde Madeline.

Per un attimo mi aveva quasi convinto. Ma ora la mia rabbia è tornata. Casa sua? Davvero?

«Vaffanculo, mamma» dice Lola. Sorrido tra me e me, solo un po', perché è esattamente quello che stavo pensando.

Dopo una lunga pausa, Madeline dice: «Capisco che tu sia arrabbiata, Lola, ma non puoi parlarmi così. Non conosci tutta la situazione».

«No, non la conosco. Perché tu hai sempre dei segreti. Papà mi dice la verità. Per questo voglio vivere sempre con lui.»

«Non puoi parlare sul serio.» Madeline lotta per tenere la voce bassa. «Dammi un minuto per venire a parlarti, faccia a faccia. Posso spiegarti.»

«No» ribatte Lola. «Ce ne andiamo.» Mi prende la mano e ci dirigiamo verso le scale. Non sono sicuro di chi conduca chi.

In cima, le chiedo se è sicura di non volere Blob.

«Non ho più bisogno di lui» risponde. «Andiamo, papà.»

Papà? Di solito mi chiama paparino.

All'improvviso sembra così adulta, così responsabile, proprio come Madeline.

Che cosa ho fatto?

43

Madeline

«È successo davvero?» Sono sotto shock e quasi in iperventilazione e mi accascio sul pavimento, ancora nuda. «Cosa devo fare? Devo correrle dietro?»

Tarek viene a sedersi accanto a me. Anche lui è nudo. Scuote la testa. «Prenditi un po' di tempo per riordinare i tuoi pensieri.»

«Ma in questo momento è con Greg. Chi sa cosa le starà dicendo?» Provo un impeto di furia. «Mi ha teso una trappola.»

«Non credo. Sembrava disorientato.»

«Era solo una recita. Era quello che voleva far credere a Lola.»

Stavo pensando di seguire il consiglio di Esther e di rinunciare a Tarek, almeno per un po', finché il caso giudiziario non sarà concluso o finché non avrò ottenuto informazioni che demoliscano completamente la credibilità di Greg e lo mettano in ginocchio. Così sarebbe finalmente costretto a sedersi al tavolo delle trattative e firmare un accordo.

Ma prima volevo che io e Tarek ci vedessimo un'ultima volta. Doveva essere abbastanza intensa da saziarci per un po'. Sono stata prudente. Ho visto Greg allontanarsi con Lola e, solo dopo quasi un'ora e dopo aver scrutato a fondo le colline intorno per assicurarmi che nessuno stesse sorvegliando la casa, ho mandato un messaggio di via libera a Tarek.

Lui è arrivato in taxi (dice che è più etico di Lyft o, per carità, di Uber) e siamo corsi di sotto, lui ancora vestito e persino con le scarpe - io non volevo fermarmi nemmeno un secondo - e poi sono sprofondata in un estatico oblio che si sarebbe rivelato di breve durata.

È vero, c'era un elemento di vendetta nel farlo qui. In un certo senso, volevo sfidare Greg e deturpare la casa dei suoi sogni. Ma soprattutto, Greg non c'entrava nulla. Volevo vivere l'esperienza con Tarek in un luogo pieno di luce e di aria, invece che nel suo tugurio. Non siamo squallidi, siamo belli.

Tarek sarebbe dovuto rimanere per l'intero fine settimana e sarebbe stato memorabile, abbastanza da compensare tutto il tempo che non avremmo potuto trascorrere insieme nel prossimo futuro. Doveva essere una garanzia. La nostra relazione è qualcosa per cui vale la pena di aspettare.

Ma Greg aveva altri piani.

Chiunque mi stesse spiando si era nascosto bene. E non può avermi spiata solo una volta, perché questa è la prima e unica volta che Tarek è venuto a casa mia. Greg deve aver pagato ore di appostamenti per cogliermi sul fatto. In modo che Lola potesse sorprendermi.

Prima di questo momento, non avevo capito che Greg è costituzionalmente incapace di essere un padre decente. È disposto a sacrificare sua figlia per punirmi. Narcisista è un termine troppo debole.

Povera Lola, nelle grinfie di un uomo come quello.

«Devo andare a cercarli.» Mi alzo in piedi e comincio a infilarmi i vestiti. «Devo dirle cos'ha fatto suo padre. Così lo vedrà per quello che è.»

«Aspetta» dice Tarek. «Pensi davvero che sia l'approccio giusto?»

«Parla di vivere con lui tutto il tempo. E se andasse a dirlo al giudice?»

«Non c'è ancora un giudice. Rallentiamo e pensiamoci bene. Non devi fare la mossa sbagliata. E se Greg non ti avesse incastrato e si trattasse semplicemente di un errore?»

Impossibile. «Ho cercato in tutti i modi di fare la mossa giusta. Sono stata riflessiva e determinata. Ma Greg gioca secondo le sue regole. Lola vuole sapere di più? Benissimo, non ci sono problemi.»

«È di tua figlia che stai parlando.»

«Le dirò semplicemente la verità.»

L'espressione di Tarek è di disapprovazione, al limite dell'orrore. «Stai parlando di suo padre. Un uomo che lei ama molto.»

«Lui sta cercando di sminuirmi ai suoi occhi. Di minare l'amore e la fiducia che mia figlia prova per me. Per questo l'ha portata qui.» Ora sono completamente vestita, ma non sono affatto pronta. Niente, nella vita, può prepararti a un momento come questo.

«Fattelo scivolare addosso. Sii migliore di lui.»

Non lo capisce: questa è una lotta per la sopravvivenza. O Greg o me. «Non sono una santa. Non ce la faccio a sopportarlo, a fare la superiore.»

«E quindi preferisci scendere ancora più in basso?»

«Nessuno potrebbe mai scendere più in basso di quanto ha appena fatto Greg.»

Sostengo lo sguardo di Tarek. «Non capisci cosa sta facendo? Sta deliberatamente sabotando la mia relazione con Lola. Vuole che lei mi odi.»

Tarek abbassa gli occhi. Infine dice: «No. Non riesco a capire».

Lo amo anche per questo. Per il suo animo generoso, per la sua incapacità di odiare. Ma io non sono come lui, purtroppo.

Mi getto tra le sue braccia e piango. Solo per qualche minuto, perché c'è del lavoro da fare. Non so più quando e come dirlo a Lola, ma devo chiamare Sidney e dirle che cosa ha fatto Greg. Le chiederò di decidere: o deve tagliarlo fuori, lasciandolo completamente isolato, o deve diventare la mia spia, procurandomi ciò che mi serve per sconfiggerlo una volta per tutte. Dopo ciò che ha fatto, non solo a me, ma anche a Lola, non c'è più spazio per essere neutrali. Sidney dovrà capirlo.

Mi rendo conto che, se Lola e io troviamo un modo per risolvere la questione, potrebbe non essere la cosa peggiore. In effetti, Greg potrebbe avermi fatto un favore.

Ora che la mia relazione con Tarek verrà comunque usata contro di me, non ha senso prendersi una pausa. Andrò nella direzione opposta. Lola dovrebbe conoscere Tarek. Anche il tribunale dovrebbe conoscerlo. Esther potrà dimostrare che non sono una sgualdrina, ma una donna innamorata di un uomo dalla fibra morale altissima e dal carattere impareggiabile.

Tarek è un grande passo avanti rispetto a Greg. È il patrigno che Lola merita. Alla lunga, lei (e io) ne usciremo molto avvantaggiate.

44

Greg

Vorrei quasi che Lola fosse arrabbiata con me, o che mi avessero scoperto. Dev'essere così che ci si sente quando si commette un crimine ma si sfugge alla giustizia. Vieni scorticato vivo dalla tua stessa coscienza.

Da quando ho fatto in modo che Lola scoprisse la relazione tra Madeline e Tarek, mi guarda comprensiva, con devozione. Ha detto chiaramente che è al cento per cento dalla mia parte e contro sua madre. Non vuole affatto vivere con Madeline, e sarebbe felice di dirlo a un giudice. Ma io conosco la verità: non sono in grado di occuparmi di Lola a tempo pieno.

Se confessassi ciò che ho fatto, il sollievo sarebbe solo temporaneo. Il tribunale penserebbe che sono un mostro e assegnerebbe immediatamente a Madeline la custodia esclusiva. Lola finirebbe per sentire di non avere dei buoni genitori. Ora pensa di averne almeno uno. Ho cercato di mitigare il danno, dicendole che ogni storia ha più di un lato e che dovrebbe ascoltare quello di sua madre. «La mamma ti vuole bene» le ho detto. «Non ne ho alcun dubbio.»

Purtroppo, la mia difesa di Madeline mi si è ritorta contro. Il viso di Lola si è indurito e ha detto: «Papà, devi smetterla di pendere dalle sue labbra». Ma cosa imparano a dieci anni? «Non puoi fare sempre come dice lei. Non è giusto. Devi essere più forte.»

Non avevo mai capito che Lola mi vedesse come un debole, e questo mi fa mettere in discussione tutto. So che Madeline mi sta manipolando da quando mi ha chiesto di andarmene di casa, ma ora penso che la cosa vada avanti da molto più tempo. È anche per questo che non ammetterei mai con lei quello che ho fatto, e cioè che non è stato un caso che io e Lola l'abbiamo sorpresa con Tarek.

Ma immagino che lo sappia. Non ha affrontato l'argomento, ma tutte le nostre comunicazioni da allora sono brusche e via app. È solo una questione logistica. Non potrò mai scusarmi o ammettere la mia colpa in alcun modo, perché il giorno dopo Esther Kahn presenterebbe un documento legale. Ma mi sento malissimo, mi sembra di aver messo Lola contro Madeline, cosa che lei temeva da tempo e io avevo sempre detto che non sarebbe mai successa. La mia intenzione, la mia speranza, era che una volta beccata, Madeline sarebbe tornata in sé. Sarebbe tornata dalla sua famiglia. Non avevo pensato a tutte le varie possibilità.

Non devo dimenticare, però, che in gran parte se l'è cercata. Nessuno l'ha costretta a scopare con Tarek nel nostro letto. E nessuno l'ha costretta a parlare con lui in segreto sul suo cellulare segreto. Nessuno l'ha costretta a tradirmi.

Tuttavia, non avevo mai sospettato quanto fosse doloroso fare del male a una persona che ami, in modo cattivo e intenzionale. Questo ha fatto emergere in me un qualcosa di oscuro e brutto. Se io e Madeline fossimo rimasti insieme, avrei potuto vivere tutta la vita senza che venisse mai a galla, o era solo questione di tempo?

Sono dolorosamente consapevole di non aver perso solo Madeline; ho perso il suo effetto stabilizzante su di me. Forse ho perso per sempre la sua opinione positiva di me, e questo rende più difficile vedere il buono che c'è in me. Ma non riesco a vedere molto di buono nemmeno in lei, in questi giorni. Forse eravamo davvero una coppia perfetta: due brutti esseri umani che riuscivano a essere decenti in presenza l'uno dell'altra, o almeno a mascherare i rispettivi difetti.

Sono un cliché, bevo per evadere. Hugh vuole aggiornamenti e ulteriori informazioni e io ho ignorato le sue chiamate e le sue email. È un viscido figlio di puttana ed essere il suo compagno di squadra, il suo partner nel crimine, mi disgusta.

Ho dato a Lucas un grosso aumento di stipendio e sto firmando ogni bozza che mi presenta perché, per la prima volta da quando sono diventato architetto, non mi importa della mia vita o della mia reputazione. Ho mandato un messaggio a Peter per chiedergli un'altra settimana di tempo, dopodiché lo sorprenderò, e tutto quello che mi ha risposto è stato Ok. La brevità non mi ha rassicurato. Avrei preferito che avesse scritto qualcosa di più, o addirittura che mi avesse strapazzato. Ora si aspetta davvero che io lo sorprenda con un progetto, e non ho idea di come riuscirci.

Sidney è preoccupata per Lola e, per estensione, è preoccupata per me. Vede che sono tormentato dal senso di colpa e dalla vergogna per aver portato per sbaglio Lola a casa senza aver prima telefonato. Mi ha detto che non è colpa mia; come potevo sapere che Tarek era lì?

Stranamente la sua assoluzione mi aiuta, anche se non conosce il mio vero crimine. Ha confermato che Madeline pensa (giustamente) che l'abbia fatto di proposito.

Quando le ho chiesto se Madeline mi odia, ha risposto: «No, non nel profondo». Ma per lo più cerchiamo di non parlare di mia moglie.

So che Sidney si sente in colpa perché continua a vedermi. Non ha detto esattamente che Madeline gliel'ha proibito, ma riesco a leggere tra le righe. Il nostro tempo insieme non è mai romantico, anche se è clandestino. Entrambi lo teniamo nascosto a Madeline. Ma Madeline non aveva detto a Sidney che si scopava Tarek, quindi forse va bene così. Il loro bilancio amicale è in pareggio.

Ho l'impressione che Sidney pensi che io e Madeline siamo entrambi impazziti, o come ha detto lei: «Le vostre bussole morali sono fuori uso, in questo periodo». In un certo senso mi fa piacere avere la conferma che, a suo modo, Madeline è diventata stravagante come me.

Ieri sera Sidney si è lasciata sfuggire che Madeline ha documentato ogni mia presunta malefatta fin dall'inizio della separazione. Ne sono rimasto turbato, allora ha aggiunto: «Pensavo lo sapessi. Voglio dire, Maddie è fatta così. È sempre preparata».

Avevo voglia di versarmi un bourbon, ma Sidney mi ha fatto promettere di non bere in sua presenza. Ho accettato, perché mi rendo conto che dovrei bere meno. Sidney e Lola sono diventate le guardiane della mia sobrietà.

«È normale proteggersi in una battaglia per la custodia» ha detto Sidney, nel tentativo disperato di fare marcia indietro. Non aveva intenzione di tradire Madeline.

«Non avremmo mai dovuto fare una battaglia per la custodia» ho risposto. «Lei avrebbe dovuto fidarsi di me, e io di lei.»

Sidney sembrava sconvolta. «Devi frenare, Greg. Per il bene di Lola.»

«Dillo a Madeline.»

«L'ho fatto.»

Ho provato una scintilla di soddisfazione. È Madeline quella che continua a schiacciare sull'acceleratore. C'è lei alla guida di questa macchina. Qualsiasi cosa accada, sarà colpa sua, non mia.

45

Madeline

Piuttosto che fare la spia, Sidney ha scelto di escludere Greg dalla sua vita. Il suo impegno per il benessere di Lola è saldo, quindi loro due continuano a passare una gran quantità di tempo insieme. Lo apprezzo molto, visto che le cose tra me e Sidney sono un po' incerte. Non è niente di grave, niente di irreparabile, direi. Sidney è solo ferita dal fatto che non le abbia confidato di essere andata a letto con Tarek fino a quando sono stata costretta, perché Lola mi ha colto in flagrante e io sapevo che probabilmente si sarebbe rivolta alla zia Sidney per parlarne.

Le ho spiegato che avevo mantenuto il segreto con tutti, compreso il mio avvocato. Sidney l'ha trovata una difesa insoddisfacente: «Sono la tua migliore amica. Dovrei saperne di più dell'avvocato che ti sta guidando verso l'Armageddon».

Sono rimasta sorpresa di sapere che Sidney abbia un'impressione così negativa di Esther. «Chi te l'ha detto? Greg?» Sidney ha scosso leggermente la testa, non proprio una smentita ma l'accenno di una smentita. Ero di nuovo sorpresa. Non l'avevo mai vista così schiva. «È un bene che tu non veda più Greg. Lui ti avvelena la mente.»

«Sono una donna adulta» ha ribattuto, pur sapendo quanto odio questa espressione. «Decido da sola. Si dà il caso che io abbia delle perplessità su alcune delle decisioni che hai preso ultimamente.»

«Ha iniziato lui.»

«Sei tu che hai chiesto il divorzio.»

«Perché merito di essere felice!» L'ho fissata, sbalordita. «Ho il diritto di porre fine al mio matrimonio senza che il mio ex marito mi dichiari guerra.»

«Lui pensa che sia stata tu a dichiararla.»

«Be', si sbaglia. Si è sbagliato su molte cose.» L'ho guardata in faccia. «Pensi sia stato un caso che abbia portato qui Lola quando c'era Tarek?»

«Probabilmente non sapeva che Tarek era qui. Lola non riesce a dormire senza Blob.»

Non stavamo arrivando da nessuna parte. Sidney si rifiuta di credere che Greg si stia comportando con cattiveria, nonostante tutte le prove. Non crede che mi abbia fatto pedinare da qualcuno, anche se ha fatto quel commento sullo chignon di Tarek, e non riconosce che il tempismo della sua visita a casa per prendere Blob è molto sospetto.

Abbiamo dovuto accettare di non essere d'accordo. Ma almeno lei ha accettato di non vederlo più.

Sono ancora grata per il coinvolgimento di Sidney nella vita di Lola. Mia figlia ha bisogno del sostegno emotivo di un adulto responsabile, per contrastare l'influenza di Greg. In questo momento mi sta escludendo completamente. Ho provato in diverse occasioni a raccontarle la mia versione della storia (che Tarek non è il motivo del divorzio, che era solo un amico fino a quando io e papà non ci siamo lasciati, eccetera), ma una volta Lola è andata via dalla stanza, un'altra volta si è tappata le orecchie con le mani e la terza ha urlato: «SMETTILA DI PARLARMI!». È stato scioccante, dato che non siamo una famiglia di urlatori, ma una famiglia che reprime le emozioni. Ma forse questo è un progresso. Stiamo diventando più autentici.

Non sono sicura che il mio punto di vista sia stato recepito da Lola, quindi ho chiesto a Sidney di rinforzarlo ove possibile. Lei ha detto che è un'operazione delicata, visto quanto è arrabbiata Lola, ma che farà del suo meglio. Sa che mia figlia ha bisogno di avere rapporti positivi con entrambi i genitori, anche se Greg crede il contrario.

Ho elaborato la fase successiva del mio piano, anche se non l'ho ancora detto a Sidney. Sospetto che non approverebbe. Lei pensa che dovrei ritirarmi. Togliere spazio a Tarek, come lei sta facendo con Greg, ma le situazioni non sono affatto analoghe. Inoltre, ritirarsi farebbe il gioco di Greg e Hugh Warshaw.

Sto aspettando il momento giusto. So che Lola cambierà idea quando passerà del tempo con Tarek e vedrà che persona straordinaria è. Conoscerlo significa amarlo, dico sul serio. Voglio dire, io ho provato a resistere ed è stato impossibile.

Mi concederò una settimana o poco più, lascerò che Sidney ammorbidisca Lola per me, e poi tornerò all'attacco.

46

Greg

Peter Tramboni è in fibrillazione.

Il suo volto si staglia sullo schermo del mio computer, le sue grosse sopracciglia nere si agitano in un modo che sarebbe comico se non fosse terrificante. In realtà mi aveva convocato nel suo ufficio nella Silicon Valley, ma che io sia dannato se ho intenzione di passare un'ora e mezza nel traffico per sentirgli dire che razza di stronzo sono. Lo so già.

Inoltre, la mia unica regola, per quanto le cose possano andare male, è: non guidare mai ubriaco. E ora bevo bourbon a colazione.

«Fammi capire bene.» Le sopracciglia sembrano fissarmi con astio. Sono in netto contrasto con la sua pelata lucida. «Non hai nulla da mostrarmi. *Nada*.»

«È vero» rispondo. «Ma...»

«Data la nostra storia, non ho insistito per avere un modello in 3D. Sono un ingegnere. So leggere un progetto. Diamine, so leggere anche uno schizzo su un tovagliolo. Ma tu te ne stai lì seduto e non mi dai *niente*?»

«Non voglio farti perdere tempo con un progetto che non sia totalmente ispirato.»

«Mi hai *già* fatto perdere tempo.»

«Mi dispiace moltissimo.» Mi vergogno, ma so bene

che non è il caso di svilirmi. Con tipi come Tramboni, ogni tanto bisogna strisciare, ma bisogna sempre mantenere una parvenza di dignità. Altrimenti perderanno ogni briciolo di rispetto. «Con lo stress del mio divorzio, ultimamente mi sono trovato in una sorta di deserto creativo. Un deserto di ispirazione. Ma come ti ha detto Lucas, ho viaggiato per rinvigorirmi. Una volta che avrò la visione, mi ci vorrà pochissimo tempo per realizzarla. Il tuo progetto è in cima alla mia lista. In cima ai miei pensieri.»

«In cima alla tua lista, eh?» Peter mi fissa con scherno. «Allora come mai Clayton Jenks ha ricevuto i suoi progetti la settimana scorsa?»

Merda. Mi ero dimenticato che Clayton e Peter sono amici o, meglio, amici nemici. Ho a malapena guardato i progetti di Lucas per Clayton prima di approvarli. Poi sono riuscito a presentarli a Clayton in un modo che è ben lontano dal mio meglio, ma lui non sembra essersi accorto della differenza. Questo mi aveva fatto riflettere. Forse ciò che la gente ama non è il mio lavoro, ma il clamore che lo circonda. Vedono quello che vogliono vedere. Peter mi ha consacrato, quindi forse gli altri vedono quello che vede lui.

«Quello che ho fatto per Clayton è ottimo,» spiego «ma per te deve essere superlativo.»

Peter emette un grugnito.

«So che non accetti scuse né un lavoro al di sotto dei tuoi standard. Per questo oggi non ti darò nessuna delle due cose.»

«Quello che dovresti darmi è un progetto. Eri già in ritardo di oltre un mese quando mi hai implorato per avere un'altra settimana. Ora vuoi un'altra proroga? È questo che stai chiedendo?»

«È quello di cui ho bisogno.»

Scuote la testa, il disgusto glielo si legge in faccia. «Chi ti credi di essere?» Io resto in silenzio. «No, davvero, chi?»

«Sono un architetto.»

«No. Sei il mio lacchè. Come diceva un comico a proposito dei suoi figli: io vi ho messi al mondo, io posso toglievi dal mondo.»

La rabbia mi ribolle dentro, ma trattengo la lingua. Le parole non possono distruggermi, dice il proverbio.

«Sei licenziato.»

«Non puoi licenziarmi. Mi hai già portato sull'isola. Ho visto il posto, ho annusato l'aria. Tutto questo ispirerà il più bel...»

«Chiudi la bocca. Sei inaffidabile e perciò sei fuori.»

Fisso lo schermo. «Non puoi farlo» insisto, sconvolto dall'ingiustizia della situazione. Dal suo tradimento. «Non dopo tutto quello che abbiamo passato insieme. Tutto quello che abbiamo costruito insieme.»

Mi fissa, con la faccia di granito.

«Come posso sistemare le cose?» chiedo, disperato. «Dimmi solo cosa devo fare.» Ma già mentre lo dico, so che è un grave errore. Non lecchi i piedi a un uomo come Peter Tramboni per tirarti fuori dai guai. Li lecchi di tanto in tanto per rimanere nelle sue grazie. «Abbiamo fatto tanto, insieme.»

«L'hai già detto. Forse se avessi portato il tuo culo nel mio ufficio, avremmo potuto avere una conversazione diversa.»

Pensavo che il Tramboni Center e le quattro ville che gli ho costruito significassero qualcosa per lui e, per estensione, che *io* significassi qualcosa. Ma io non significo niente per nessuno. «Se ora scegli un nuovo architetto, andrai incontro a grandi spese ed enormi ritardi. Sarà un disastro.»

«Sei tu il disastro.»

«E tu sei un impostore. Non costruisci nulla di nuovo. Ti limiti a rubare e riconfezionare la tecnologia degli altri. Non hai stravolto nulla e tutti lo sanno.»

Sorride. «Questo è il tuo miglior monologo di insulti? Mi sa che non sai nemmeno cosa sia la creatività.»

Interrompe la videochiamata e io rimango a fissare il mio riflesso al centro dello schermo, pieno di rabbia impotente. Probabilmente ha portato sull'isola un architetto di riserva settimane fa, e ora il nuovo arrivato sta per avere l'opportunità della sua vita. Sta per nascere una nuova *archistar*.

Non so per quanto tempo rimango lì a fissarmi con una sorta di stupore. Come ho fatto a incasinare tutto così in fretta?

Poi arriva una nuova videochiamata: Lucas.

Rispondo, ma spengo il video. In questo momento preferisco rimanere in incognito. Se solo potessi scomparire davvero.

Lucas sembra molto preoccupato. «Ho appena ricevuto un messaggio da Peter dove dice che rescinde il contratto» dice. «Abbiamo qualche strumento legale, secondo te?»

«Cioè, vorresti fare causa a Peter Tramboni?» Faccio una risata che sembra un latrato. «Il suo team di avvocati ci seppellirebbe. Non posso permettermi di pagare un altro avvocato.» Posso a malapena permettermi Hugh. Sto già intaccando i miei risparmi e non ho un cuscinetto come ci si aspetterebbe, visto il tipo di commissioni che ho avuto negli ultimi anni. Non so davvero dove siano finiti tutti i soldi. Ma il contabile forense che Madeline ha assunto lo scoprirà senza dubbio.

«Com'è andato il colloquio con lui? Voglio dire, so che non lavora più con noi, ma vi siete almeno lasciati in buoni rapporti?»

«No. Direi di no.»

«Potresti richiamarlo e sistemare le cose?»

Scuoto la testa. «Ormai avrà già bloccato il mio numero.»

«Ma potresti almeno provarci, no?» Lucas è passato dalla preoccupazione al panico. «Abbiamo delle commissioni da parte dei suoi amici...»

«Peter non ha amici.»

«Sai cosa intendo. Se si ritirano anche loro, avrai un grosso problema di liquidità.»

Ho notato che i suoi pronomi sono appena cambiati da "noi" a "tu". Ho già un problema di liquidità, visto che ha approfittato del mio stato di debolezza per chiedermi un aumento del cinquanta per cento. «Ce la faremo» dico brevemente.

«Forse potresti chiamarli tutti e tentare di contenere i danni?»

«Fantastico. Lo metterò nella mia lista di cose da fare: dare una leccata di culo non richiesta ai miliardari. Fatto.»

«Perché il tuo video è spento, Greg?» chiede a bassa voce.

«Perché a volte un uomo vuole un po' di privacy» ringhio. «Non dovrei essere io a fare le domande e a dare i suggerimenti, visto che sei il mio lacchè?» Lucas fa una faccia ferita e sembra incapace di reagire, e mi pento subito. «Mi dispiace. È solo... è il divorzio. Non ho mai pensato che Madeline potesse essere così brutale. Pensavo davvero che mi amasse.» Con mia grande mortificazione, sento il pianto nella mia voce.

«Vi ho visti insieme» dice Lucas. «Penso davvero che anche lei ti ami.»

Mi viene un brivido di vergogna. Lucas è un brav'uomo e fa affidamento su di me. «Mi rimetterò in sesto, va bene? Certo, Peter mi ha reso famoso e mi ha mandato tanti clienti nel corso degli anni, ma il mio lavoro parla da solo. Sono una star a tutti gli effetti.»

«Lo sei.» Gli occhi di Lucas brillano. È così giovane e impressionabile. Così pronto a credere.

Mi sento così vecchio. Così consumato. Ma devo tirare su il morale e tenerlo alto. Sono un leader, in un certo senso. Lucas e Lola mi chiedono di dar loro una direzione, e non posso deluderli.

«Sai a cosa stavo pensando?» chiede Lucas. «Che questo potrebbe essere il momento per te di allontanarti, solo per un po'. Forse potresti andare tu stesso su un'isola? O in un ritiro di meditazione?»

«Non faccio meditazione» rispondo.

«Potresti imparare. Sarebbe un reset, una disintossicazione. Torneresti rinfrescato e più simile a te stesso.»

È rassicurante che Lucas non pensi che questo sia il mio vero io. «Sono nel bel mezzo di una battaglia per la custodia, Lucas. Non posso andare da nessuna parte.»

L'unica luce in questi giorni è il mio rapporto con Lola. È più stretto che mai. Se mi allontanassi, cederei questo territorio a Madeline.

Non voglio che Lola odi Madeline, voglio solo che ami di più me. In fondo, non è quello che vogliono tutti i genitori?

Non posso controllare ciò che Lola pensa e sente. Certo, quel giorno ho aperto la porta quando probabilmente non avrei dovuto; ho dato a Lola accesso a informazioni da adulti che non avrebbe mai dovuto avere, su Madeline e Tarek. Ma il fatto che Lola non abbia voluto parlare con Madeline nel periodo successivo, la dice lunga sul tipo di genitore che è. È sempre stata più a suo agio nell'organizzare le attività e nel rispettare gli orari, che nell'esprimere le emozioni. Mi rendo conto solo ora che Madeline è sempre stata un pezzo di ghiaccio, ma Lola lo sapeva da anni.

Non ho mai voluto tutto questo. Avrei fatto qualsiasi cosa per salvare la mia famiglia. Alla fine, ognuno si scava la propria tomba.

47

Madeline

Quando vedo Tarek entrare nel ristorante e avvicinarsi, non posso fare a meno di sorridere. È arrivata la cavalleria.

I silenzi di Lola non sono più saturi di ostilità, anche se il tempo che trascorriamo insieme consiste in una serie di domande da parte mia a cui lei risponde a monosillabi. Ma non posso immaginare che si comporti così anche in occasioni sociali, e si dà il caso che Tarek sia fantastico con i bambini. Lo so da quando ci siamo incontrati per la prima volta in una clinica pediatrica, dove ha conquistato i bambini (e i loro genitori) in ogni stanza in cui è entrato. Lo ha fatto senza sforzo. Tarek è incapace di sforzarsi troppo. Con il tempo, spero che questo si trasmetta anche a me. A differenza di quello che è successo con Greg, il matrimonio con Tarek mi cambierebbe in meglio.

Non che io e Tarek abbiamo ancora parlato di matrimonio. Ma visto quanto sono intensi i miei sentimenti per lui, è una fantasia naturale. Anzi, è la naturale evoluzione.

Lola segue i miei occhi, e stringe i suoi a fessura. Sta mettendo insieme i pezzi e comprende che Tarek deve essere l'uomo misterioso che si trovava dietro la porta della mia stanza, e non le piace quello che vede. Cosa la infastidisce di più, mi chiedo? È la mia felicità?

Quando Lola si innamorerà di lui, e lo farà, si ammorbidirà di nuovo nei miei confronti. Vorrà passare più tempo a casa mia, visto che Tarek è così evidentemente superiore a Greg sotto ogni punto di vista. Sono sicura che Greg e Hugh Warshaw vorranno mettermi in cattiva luce in tribunale per aver avuto una relazione con Tarek, ma la cosa si ritorcerà contro di loro. Tarek farà un'impressione incredibile sul giudice. Sarà la mia arma segreta.

Esther potrebbe non essere d'accordo con questo piano, perciò non gliel'ho detto. Ed ecco perché non ha ancora conosciuto Tarek. Volevo iniziare con Lola.

Tarek si ferma al nostro tavolo, confermando i sospetti/paure/antagonismi di Lola. Ho scelto apposta un ristorante affollato, con tanti rumori di disturbo, nel caso in cui la situazione diventasse... be', non lo so esattamente, con Lola che si acciglia in quel modo. Siamo in un territorio inesplorato e mi si stringe il petto per la paura. Per la prima volta, mi permetto di pensare che forse non è stata l'idea migliore. All'inizio Tarek si era opposto, non gli sembrava il momento adatto, ma io ero così convinta (e convincente) che alla fine aveva detto: «Be', sei sua madre».

«Lola, lui è Tarek» dico. «È l'uomo che sto frequentando.»

Lola fissa il tavolo con uno sguardo duro. Mi ricorda Greg, in questo periodo: sempre irritata, sul punto di esplodere. Ho già detto che lui non è più l'uomo che ho sposato? E questa non è la figlia che ho cresciuto.

«Ciao, Lola» dice Tarek in tono gentile e amichevole, ma senza pretese. C'è un sorriso nella sua voce, il che è utile, visto che lei non lo guarda in faccia. «È un piacere conoscerti.»

«Siediti» dico. «Non abbiamo ancora ordinato. Io prendo il *souvlaki* di pollo e Lola probabilmente prenderà la *spanakopita*, come al solito. È quello che vuoi mangiare, giusto?»

Lola scuote la testa e non capisco se è perché non vuole la *spanakopita* o rifiuta di interagire con me.

«Lola, so che è difficile per te» le dico. Lei continua a fissare il tavolo. «Non ti piace immaginarmi con qualcuno che non sia papà, ed è comprensibile. Ma non sto facendo nulla di male se...»

«Se fai sesso con un altro quando sei sposata con papà?» grida, a un volume che supera il frastuono.

Non guardo i tavoli vicini, per non darle soddisfazione, ma arrossisco. «Non si tratta di sesso.» Cosa ne sa lei del sesso? Le ho comprato dei libri e ho cercato di parlarle, usando i termini anatomici corretti, della meccanica e dell'importanza del consenso, ma non ha mostrato alcuna curiosità. Non ha nemmeno amici maschi, figuriamoci un fidanzatino.

«Io e tua madre stiamo solo passando un po' di tempo insieme» dice Tarek. «Tutto qui.»

Gli lancio un'occhiata di rimprovero. Avevamo concordato che avrebbe seguito le mie indicazioni.

Lola lo guarda con la coda dell'occhio e lo valuta con attenzione. Lui non si sottrae, non si muove e non sorride. Dimostra solo di essere all'altezza dell'esame, di non avere paura, e noto che ora lei è meno sicura del suo odio immediato per lui. Il suo sistema di fare le cose senza sforzo è come un'erba gatta per i bambini. Questo suo superpotere mi mette in soggezione, e ne sono anche un po' gelosa. Io non ci riuscirei mai. Ma è molto più facile quando non ci si deve preoccupare troppo, quando si può semplicemente tornare a casa nel proprio appartamento alla fine della serata.

Ora Lola mi guarda. «State solo passando del tempo insieme, come se niente fosse?»

Sono un po' confusa. Potrei dirle quello che vuole sentire, ma sarebbe una bugia, per non dire un insulto alla mia relazione. Ma forse minimizzare è la strategia migliore, finché Lola non si scongela?

Lei sembra esasperata. «Ecco perché mi piace parlare con papà e non con te.» Ora è petulante, incrocia le braccia sul petto.

So che Greg ha avvelenato la sua mente contro di me, facendole credere che io sono calcolatrice e subdola e lui è sincero e spontaneo. Il bravo ragazzo.

Quello che non capisco è come possa credergli così facilmente, nonostante tutto quello che ho fatto per lei. Mi sono occupata di lei per tutti questi anni, eppure mi ha voltato le spalle. Non mi ha concesso il beneficio del dubbio e nemmeno la possibilità di spiegarmi. Ha solo pensato al peggio, prendendo la parola di suo padre come Vangelo.

«Hai ragione» dico, con un filo di voce. «Non sono come papà. Tuo padre ti dice un sacco di cose inappropriate. So che non ti piace, ma ci sono cose che una persona della tua età non è pronta a capire. Se tu parlassi a un bambino di cinque anni, parleresti di sesso? Certo che no, perché non saprebbe cosa fare con queste informazioni.»

«Non sono una bambina di cinque anni.» Ora i suoi occhi vagano per il ristorante. Si comporta in modo annoiato, con me. Annoiato e disgustato. Mi sentirei in imbarazzo se non sapessi che Tarek non mi giudica. Be', sono lo stesso un po' imbarazzata. Ma sono soprattutto in collera.

«Quello che tua madre vuol dire è che a volte ci vuole tempo per capire le situazioni complicate» dice Tarek. «Non è una questione di età. Ci sono cose che sto ancora cercando di capire, e ho trentotto anni.»

«Quindi sei più giovane della mamma» dice Lola.

«Sì.»

«Sei il suo toy boy.» Sono le parole di Greg? A me sembra proprio di sì.

Tarek ride. «Qualcosa del genere, sì.»

Dovrei essere contenta che stiano sviluppando una sorta di rapporto. Lola si sforza di non sorridere. Come ho detto, lui è irresistibile. Allora perché mi sento infastidita?

Perché la sta conquistando a mie spese. Mi ha appena contraddetto, dicendo che non è una questione di età, mentre in realtà è così. Inoltre, le sta facendo credere che non siamo una vera coppia, che lui non è una minaccia per suo padre quando, in realtà, lo è. Sono stanca di uomini che collaborano con mia figlia contro di me. È ora che Lola affronti la realtà.

«Noi stiamo insieme» dico, indicando me e Tarek. «A tuo padre non piace, ma visto che siamo separati non ha diritto di voto.»

«Io posso votare?» chiede Lola. «Perché voto no.»

«Mi dispiace, ma no, nemmeno tu puoi votare. Sono tua madre e ho il diritto di prendere le mie decisioni...»

«Sei proprio un'ipocrita!» dice con rabbia. Greg deve averle insegnato questa parola, o per lo meno mi ha chiamato ipocrita quando lei poteva sentire. Documenterò tutto questo quando torneremo a casa. «Dici "mi dispiace", ma quello che intendi è: "non m'interessa quello che pensi".»

«A me interessa quello che pensi.»

«Vuoi solo che io pensi quello che pensi tu. Vuoi che pensi che vada bene così. E io non lo penso. Non lo penserò mai.» Spinge indietro la sedia e si alza in piedi. Dal tavolo accanto la stanno fissando, probabilmente fin da quando ha urlato che ho fatto sesso con un altro uomo mentre ero sposata con suo padre.

«Siediti, per favore» dico, a voce bassa ma in tono di comando.

Esita, non sapendo fino a che punto può spingersi, e come io potrei reagire. Non deve essere pronta a scoprirlo, perché si siede, ma sul bordo della sedia. La sua espressione è distante e chiusa. Mi sta dicendo che posso controllare il suo corpo, ma non la sua mente.

«Ti chiedo solo di dare una possibilità a Tarek» dico, con le lacrime che mi pungono gli occhi. «È una persona a cui tengo molto e, quando lo conoscerai, capirai perché. I miei sentimenti per lui non cambiano quello che provo per te, Lola. Ti amo più di ogni altra cosa e ti amerò sempre.»

Sembra che non si accorga di quello che dico. A tutti gli effetti, è andata via.

Sospiro e mi volto verso Tarek, aspettandomi comprensione o almeno sostegno. Mi sorprende scoprire che anche il suo volto è chiuso, come se mi stesse rimproverando. Aveva detto che era troppo presto; io avevo risposto che dovevamo colpire ora, prima che Greg la rivoltasse completamente contro di noi.

La reazione di Lola dimostra che non era affatto troppo presto. È già troppo tardi.

48

Greg

«Non è una bella sensazione stare fuori al sole, e fare un po' di movimento?» mi chiede Sidney. In risposta, emetto un gemito. Non è divertente, ma lei ride. È grazie a lei che sono in grado di fare dell'umorismo. «Forza, Dracula. Accelera il passo.»

Non è una brutta cosa essere sobri a mezzogiorno, con la tuta da ginnastica che stava solo prendendo polvere, sul sentiero del lungomare che mi sono rifiutato di usare fino a ora. Madeline ne aveva fatto un punto di forza della zona, sottolineando la percorribilità (e la possibilità di correre) del mio nuovo quartiere, in contrasto con il vecchio. Il quartiere dove vivevamo come famiglia.

«Oh, oh» dice Sidney, notando che ho cambiato espressione. «Dov'eri?»

«In un posto poco salutare per me.» In questi giorni Sidney punta tutto sulla salute. La mia, in particolare, che ha decisamente sofferto negli ultimi due mesi. Ecco perché ha insistito perché facessimo questa passeggiata, oggi.

Ha anche insistito perché ricominciassi ad allenarmi. Le ho detto che non posso, che la mia palestra è rimasta in casa di Madeline, ma lei mi ha guardato incredula. Mi ha fatto chiamare il mio allenatore, il quale domattina mi raggiungerà nella palestra del mio condominio.

Se voglio ricominciare ad allenarmi? Cazzo, no. Mi ha commosso il fatto che a lei interessi se lo faccio o meno? Cazzo, sì. È stata una cosa da Madeline, prendersi cura di me in questo modo. La Madeline che conoscevo e amavo.

Sidney mi ha anche convinto a iscrivermi a un servizio di consegna pasti a domicilio, di cui non avevo mai sentito parlare, che si occupa di alimentazione salutare. Quando me ne ha parlato, eravamo seduti sul divano e lei ha accarezzato la mia pancia crescente. Avrei dovuto sentirmi offeso o imbarazzato, ma invece ho apprezzato quel gesto intimo. Chi poteva prevedere che io e Madeline saremmo arrivati ai ferri corti e che la sua migliore amica sarebbe diventata la mia àncora di salvezza? Sicuramente non io.

Mentre camminiamo lungo il litorale e Sidney chiacchiera del suo ultimo cliente, cerco di non pensare alla mia attività. Tre contratti imminenti sono già stati annullati e Lucas non ha ricevuto una sola nuova richiesta da giorni. Non sono mai stato un architetto per le masse; mi rivolgo all'élite tecnologica, l'un per cento dell'un per cento È ormai chiaro che Peter Tramboni ha intrapreso un'azione di sabotaggio professionale contro di me. Per le alte sfere della Silicon Valley, è come se fossi morto.

Quando mi sentirò abbastanza forte, e sarò di nuovo creativamente e socialmente vitale, mi creerò una nuova e diversa clientela che non dipenda da un'unica fonte di riferimento. Potrei anche chiedere a Sidney. Conosce persone ricche. O almeno, persone che sarebbero considerate ricche in qualsiasi altra città degli Stati Uniti, tranne che nella nostra.

Questa è la mia missione. Rimettermi in sesto e ritrovare il mio entusiasmo. Mi sento esausto solo a pensarci.

«Ci sediamo su quella panchina?» chiedo a Sidney, indicandola.

Ride. «Non abbiamo fatto nemmeno un chilometro!»

«Un viaggio di un chilometro inizia con un solo passo» rispondo.

«Un viaggio di *mille* chilometri inizia con un solo passo» mi corregge, con un'altra risata musicale. Ha una risata straordinaria e un'incredibile energia positiva. Ultimamente mi sono chiesto cosa sarebbe successo se avessi scelto lei, tanti anni fa, invece di Madeline. Quella sera ho avuto la sensazione che fosse molto più interessata a me di quanto lo fosse Madeline. Ma non c'è mai stata chimica tra noi. Sidney è attraente, ma io non sono attratto da lei. Inoltre, ho sempre voluto una famiglia, mentre lei no.

Quando tutto il tuo mondo esplode, è facile perdere un numero incalcolabile di ore a giocare al gioco dell'"E se", immaginando tutte le strade non percorse, tutte le vite diverse che avresti potuto condurre, tutte le potenziali trasmutazioni di te stesso. Chi sarei potuto diventare senza Madeline? È possibile che lo stia ancora diventando, alla mia età?

Be', non sono ancora morto, no?

Ci sediamo sulla panchina e guardiamo l'acqua blu fiordaliso punteggiata di barche a vela, kayak e tavole da SUP. Dall'altro lato c'è un quartiere metà industriale e metà residenziale: il classico eclettismo di Oakland. Questa è la vista di San Francisco che io guardavo dall'alto delle colline. Ma in realtà è solo un'illusione. Comincio a rendermi conto di quante illusioni mi sono fatto per anni.

In questo periodo non lavoro affatto, cosa di cui Sidney e Lucas si preoccupano più di me. C'è un'aria di irrealtà nella mia esistenza quotidiana. Voglio dire, so che ho bisogno di soldi e quindi devo lavorare. È una legge immutabile. Ma in qualche modo questa consapevolezza periferica non si traduce in azione.

Almeno ho ancora Lola a riportarmi con i piedi per terra. Il suo amore mi impedisce di andare alla deriva nell'etere. Lei è il mio unico scopo. Devo proteggerla.

«Ci credi che Madeline ha presentato Lola a Tarek?» chiedo a Sidney. «Quanto può essere egoista? È come se non avesse considerato l'effetto che questo avrebbe avuto su di lei.»

La postura di Sidney s'irrigidisce. È chiaro che, ancora una volta, deve scoprire le notizie su Tarek da me piuttosto che dalla sua presunta migliore amica.

«Anche con te non parla più?» le chiedo.

Sidney fissa l'orizzonte. «Ultimamente è un po' fredda. Ma in un certo senso la capisco. Voglio dire, io le direi di frenare con Tarek e lei ovviamente non vuole sentirselo dire. Né da me, né dal suo avvocato.»

«Esther Kahn le ha detto di frenare?» Cioè Tarek (detto anche l'Uomo Perfetto) è un problema per il caso di Madeline?

Sidney annuisce. «Il cuore ha le sue ragioni… non è questa la frase?»

«È una frase, sì.» Stringo i denti. Quindi il suo cuore non voleva preservare la nostra famiglia? «So solo che Hugh la metterà sotto torchio per questo. Madeline e io dovremmo consultarci su tutte le decisioni importanti che riguardano Lola. Incontrare l'uomo con cui tua madre ha una relazione è piuttosto importante.»

Qualcuno potrebbe dire che non dovrei lamentarmi, visto che sono stato io a fare irruzione in casa e a far conoscere a Lola la vita sessuale di sua madre. Ma posso sostenere che è stato un caso, mentre Madeline ha intenzionalmente presentato Lola a Tarek senza avvertirmi, e questo ha causato un disagio a nostra figlia. Lola stessa me lo ha detto e lo dirà anche al giudice. Madeline tiene più al suo fidanzato che a sua figlia? Sembra proprio di sì.

«Pensavo che Madeline fosse una specie di mamma orsa» dico. «Che avrebbe sempre messo Lola al primo posto, a qualunque costo. Che l'avrebbe difesa fino alla morte.»

«Lo è.» Ma il tono di Sidney manca di convinzione.

«Se smettesse di scopare con Tarek, pensi che tornerebbe in sé? O pensi che sia cambiata per sempre?»

«Basta» dice Sidney, ora visibilmente sconvolta. «Non puoi usarmi così. Devi trovare qualcun altro con cui parlare.»

Quindi, nonostante tutto, Madeline ha ancora la precedenza?

«Non possiamo continuare a parlare di Madeline. Vederti alle sue spalle è già una sensazione…» cerca la parola «…disgustosa. Sono qui per aiutarti a rimetterti in carreggiata e poi prenderò le distanze.»

«Fino a quando?»

«Finché tu e Madeline non avrete fatto pace.»

«Da come stanno andando le cose, potrebbe volerci moltissimo tempo.» Sono sorpreso da quanto mi sento triste e spaventato. Non mi ero nemmeno reso conto di quanto Sidney fosse diventata importante per me. Ci scriviamo più volte al giorno e ci vediamo spesso. Per quanto possa sembrare patetico, il solo fatto di sapere che una persona come lei si preoccupa per me mi rincuora. Madeline forse non pensa più che io valga qualcosa, ma Sidney sì.

«Basta con l'autocommiserazione» dice. «Smettila di compatirti. Non sarai richiamato sulla nave ammiraglia. Quello che stai vivendo non è il purgatorio. È la tua vita.»

Che pensiero ignobile.

«Esci dalla tua testa e attivati. Lavora, per l'amor di Dio. Hai contattato qualche altro tuo amico?»

«Non ho altri amici.»

«E le coppie che tu e Madeline frequentavate? Ad alcune di loro piacevi molto. Madeline credeva che tu piacessi molto più di lei.»

«Non me l'ha mai detto.» Anche quando mi incoraggiava a mandare messaggi ai mariti per giocare a golf o per praticare qualche altra attività virile, non includeva questa piccola chicca. Forse non voleva che la considerassi debole o vulnerabile.

Comincio a pensare che Madeline abbia passato la sua vita a gestire costantemente le impressioni, ancora prima di rivolgersi agli avvocati, anche con le persone che le sono più vicine, come Sidney e me. Sono sicuro che in questi giorni lo sta facendo anche con Tarek. Probabilmente lui non ha idea di chi sia veramente Madeline.

«Fin dai tempi dell'università, a volte risultava antipatica» spiega Sidney. «Ma non è colpa sua. Con il suo aspetto, il portamento e l'autosufficienza, può sembrare che si senta migliore degli altri.»

«Pensa davvero di essere migliore degli altri.» Se voglio mantenere l'appoggio di Sidney durante il divorzio, forse è il momento di essere brutalmente sinceri. «Pensa di essere migliore di te.»

Lei s'irrigidisce. Sembra che stia per cambiare argomento, ma poi non resiste e chiede: «Cosa vuoi dire?».

«Ha detto che la tua vita le sembra vuota e superficiale. Pensa sia strano che tu e Jared non abbiate mai bisogno l'una dell'altro, che andiate avanti in modo così indipendente. Una volta ha detto: "È come se fossero già separati, ma Sidney non vuol perdere il conto in banca in comune".»

Negli occhi di Sidney passa un lampo. «Crede che stia con lui per i soldi? Ma dici sul serio?»

«Lei non lo direbbe mai in questo modo.»

Dalla faccia di Sidney capisco che ha colto il mio pensiero: Madeline è troppo padrona di sé e contenuta per dire certe cose, ma può benissimo farle intendere.

Non mi sono mai lasciato andare completamente con Sidney; ho sempre mantenuto un certo decoro, visto il suo rapporto con Madeline. Ma ora forse anche Sidney è pronta a vedere finalmente la dolorosa verità.

È possibile che staremmo tutti meglio senza di lei: io, Sidney e Lola.

Il senso di colpa che avevo per aver fatto scoprire Tarek a Lola si è dissolto da quando Madeline ha fatto quella bravata al ristorante, presentandolo a nostra figlia senza avvertire prima né lei né me. A proposito di scelte losche.

Ma Lola non si è prestata alla farsa. Mi sono sentito orgoglioso quando mi ha raccontato come le ha tenuto testa. Come ha richiamato sua madre alle sue responsabilità. Sta davvero crescendo in fretta. So che non accetterà mai Tarek, non dopo quello che ha fatto Madeline.

Se Madeline avesse gestito il divorzio in modo onesto, tutto sarebbe potuto essere diverso. Ma la colpa è solo sua.

49

Madeline

«Sono stata paziente» sussurro con rabbia al telefono, sentendomi prigioniera nella mia stessa camera da letto. «Sono stata amorevole. Ma ci deve essere un limite. Devono esserci regole e confini chiari. Il comportamento di Lola è assolutamente inaccettabile. Non mi guarda, non mi parla, esce dalla stanza quando entro io. Continua a insistere che tutte le nostre comunicazioni avvengano via sms e che si tratti solo di organizzazione. Stasera ho ricevuto un suo messaggio in cui mi informava che sarebbe andata a casa di Bliss dopo la scuola e che sarei dovuta andare a prenderla lì. Sembra che non pensi più di aver bisogno del mio permesso, per qualsiasi cosa!»

«Hai mai detto di no al fatto che vada a casa di Bliss?» chiede Tarek, con un tono e un volume di voce ragionevoli. Vive in un quartiere dove ci sono sparatorie una notte sì e una no, ma almeno ha la sua dignità. Io sono quella barricata in camera mia, con la paura di essere ascoltata da mia figlia. Ho paura di quello che potrebbe trascrivere e mandare a suo padre, e di come lui potrebbe usarlo contro di me in tribunale.

Invidio Tarek. La cosa a cui nessuno pensa prima di avere figli? Che non sarà mai più libero. Per tutto il tempo in cui vivranno.

«Il punto non è se le permetto o no di andare a casa di Bliss.» Devo ricordare a me stessa che non è ottuso; è semplicemente ignorante. Non si è mai trovato in una situazione simile alla mia. Francamente, nemmeno io avrei mai immaginato di trovarmi in questa situazione. «Il punto è che non dovrebbe essere lei a dettare i termini del nostro rapporto. Se le permetto di farlo adesso, dove andremo a finire?»

«Cosa intendi quando dici "ci deve essere un limite"?»

«Cosa?» chiedo, confusa.

«Hai detto di essere stata paziente e amorevole, ma che ci deve essere un limite. Perché?»

«Hai capito male. Non c'è limite all'amore, ma ci devono essere dei limiti al tipo di trattamento che sono disposta ad accettare.» In questo momento Tarek sta mettendo a dura prova la mia pazienza. Di solito apprezzo il suo atteggiamento da Dalai Lama, che non ucciderebbe nemmeno un ragno perché crede che abbia un'anima. Ma pensa davvero che dovrei interagire con Lola esclusivamente via sms solo perché lo dice lei?

«In un momento come questo, non si tratta di regole o strutture. Si tratta di avere fiducia nel fatto che Lola sa di cosa ha bisogno.»

Mi sono sentita un po' giudicata e criticata dopo la cena fallita, ma qui siamo a un altro livello. «Sembra che ti sia più facile essere compassionevole con Lola che con me.»

«È vero» risponde, all'istante. «Lola non ha scelto nulla di tutto questo.»

«Io ho scelto di divorziare. Non ho scelto di essere coinvolta in una battaglia per la custodia. È tutta opera di Greg.»

Rimane in silenzio per qualche secondo di troppo. «Se fossi un bambino, nemmeno a me piacerebbe che mi venisse imposta la presenza di un estraneo. È naturale che Lola sia solidale con suo padre.»

«Non sei un estraneo. Sei l'uomo che amo.»

Un'altra pausa.

«E io sono la donna che ami, giusto?» Da quando siamo usciti dalla nostra bolla e siamo entrati nella fredda e dura realtà, non è più così prolisso nel parlare dei suoi sentimenti per me. Non posso fare a meno di chiedermi se non sono altrettanto desiderabile, ora che può vedere cosa sta acquistando, cioè il pacchetto completo che siamo io e Lola.

«Certo» risponde. Vorrei che fossimo in videochiamata per avere una conferma visiva.

«Io non credo che una bambina qualsiasi si comporterebbe come Lola. A me sembra che suo padre se la stia lavorando. Deve averle fatto credere che ha bisogno di scegliere tra noi due. Poi la autorizza a mancarmi di rispetto. E lei sa di poter contare sul suo appoggio.»

«A cena, i suoi problemi con te sembravano suoi personali. È intelligente e volitiva. Non darei per scontato che sia solo una portavoce del padre.»

Sembra che Tarek creda che stando con lui io stia rovinando Lola. Il che è strano, a pensarci bene. Dovrebbe essere interessato a vedere Greg nella luce peggiore. Invece, si schiera dalla parte di Greg e Lola. Sidney in questo periodo è particolarmente riservata e inaccessibile. Comincio a pensare che tutti si stiano rivoltando contro di me.

«Pensi che stiamo facendo la cosa sbagliata a stare insieme?» Mi è venuto in mente che la mia relazione con Lola potrebbe migliorare immensamente ponendo fine a quella con lui. Esther pensa che anche il tribunale mi guarderà con più favore.

«Me lo sono chiesto anch'io» dice, e mi si stringe il

cuore. Gli ho fatto questa domanda per sentirgli dire che siamo fatti l'uno per l'altra e che un amore come il nostro non potrebbe mai essere sbagliato, soprattutto perché ho cercato di agire nel modo migliore. Perché nessuno mi riconosce il merito di non aver avuto una relazione mentre stavo con Greg? Ho messo fine al mio matrimonio nel modo più giusto, eppure in qualche modo sono io la cattiva della storia.

«Sei ancora lì?» chiede.

«Sì» rispondo, brusca.

«Sei arrabbiata con me?»

«No, solo sconvolta. Mi sono sforzata per tutta la vita di essere una persona responsabile e perbene. In che senso sarebbe giusto che io rinunciassi a te?» Mi rendo conto che ho alzato la voce. Ma l'insonorizzazione in casa è eccellente e la stanza di Lola è lontana.

«La genitorialità è l'opposto dell'equità. C'è un'enorme disuguaglianza nel lavoro. Tanti sacrifici. Inevitabili lotte di potere. Ecco perché non mi è mai piaciuta l'idea di avere figli.»

«Ma la genitorialità adottiva è diversa» dico. «Si può influenzare un bambino senza sentirsi in obbligo.» Non risponde. «Be', io non voglio chiudere la relazione con te. Non è questa la lezione che voglio dare a Lola. Non ho mai ceduto ai suoi capricci quando era piccola e non comincerò ora.»

«Non sembrava un capriccio, a cena. È rimasta composta. È molto simile a sua madre.»

Pur apprezzando il complimento, mi sembra che Tarek stia sopravvalutando Lola. Si vede benissimo che lei è il burattino di suo padre. Greg non sopporta l'idea che io sia felice da sola o con qualcun altro. Sta cercando di mandare all'aria la mia relazione con Tarek e, se non sto attenta, potrebbe riuscirci.

Ci salutiamo. Mi infilo a letto e mi rigiro per un'ora. Non riesco a sfuggire alla sensazione di solitudine. Dopotutto, io sto lottando per rimanere con Tarek e lui invece sembra non avere problemi a gettare la spugna.

Alla fine, infilo gli auricolari e ascolto un podcast sulla cogenitorialità con un narcisista. Se non posso riposare, tanto vale essere produttivi e proattivi. Pianifico la mia prossima mossa.

Al mattino sono esausta e irritabile. In area break, tutti mangiano i crostini portati da un rappresentante farmaceutico e si raccontano a vicenda storie di bambini, non i nostri pazienti, ma i loro figli. Per la prima volta mi rendo conto di essere l'unica del personale che si è separata dal coniuge e, molto probabilmente, anche l'unica odiata da sua figlia.

Giro i tacchi e me ne vado senza dire una parola. Poi subentra l'imbarazzo. Per me questo è l'equivalente di un crollo totale. Ed è tutta colpa di Greg. È stato lui a fare questo a me e a Lola.

Torno nel mio ufficio e riprendo a guardare le dodici schede aperte sullo schermo del mio computer. Sono tutte sulla sindrome di alienazione parentale. L'ho appreso dall'abbuffata di podcast di ieri sera. L'alienazione parentale si verifica quando un genitore si comporta in modo tale da mettere il figlio contro l'altro genitore. Viene manipolato il bambino, ma spesso anche altri membri della comunità. La speranza è che queste altre persone amplifichino il messaggio secondo cui il genitore preso di mira è poco affettuoso, insicuro e non disponibile. È un bene che Sidney mi abbia promesso di stare lontano da Greg. Lui se la lavorerebbe per bene, perché Sidney ha il cuore tenero.

Le tattiche consistono nell'interferire con la comunicazione tra il genitore preso di mira e il bambino; nel cancellare e riscrivere la storia del bambino con quel genitore; nell'incoraggiare il bambino a tradire, spiare o mantenere segreti con il genitore preso di mira; nel far sentire al bambino che deve rifiutare il genitore preso di mira; nel minare l'autorità e le regole di quel genitore.

Non potrebbe essere più chiaro: sono io il genitore preso di mira. Greg mi sta deliberatamente allontanando da Lola. È l'unica spiegazione che ha senso; come altro potrebbe essere andato in malora così in fretta il mio rapporto con lei?

Inoltro a Esther una serie di link prima di precipitarmi in sala visite. Non mi permetterei mai di trattare bruscamente un paziente o un genitore, ma devo ammettere che sono distratta e smemorata. Piuttosto che fidarmi di me stessa ed effettuare una diagnosi complicata, dico a uno dei genitori che vorrei mandare il loro bambino da uno specialista. In genere, i genitori ne sono contenti: pensano di star ricevendo le migliori cure possibili. Nessuno immagina che sia una conseguenza del mio divorzio, un modo per coprirmi e assicurarmi di non fare pasticci.

All'ora di pranzo chiamo l'ufficio di Esther e lascio un messaggio, dicendo che è urgente. Mi richiama quaranta minuti dopo, quando non ho molto tempo a disposizione prima del mio prossimo paziente. Vado subito al sodo. «Hai letto gli articoli che ti ho inviato?»

«Non sei la mia unica cliente» risponde «e non ho bisogno di leggere quegli articoli. Conosco bene la sindrome di alienazione parentale.» Sembra disinteressata in modo esasperante. «Molti dei miei clienti hanno la sensazione che sia questo il problema, nei loro casi.»

«Be', nel mio caso è vero.»

«Che cos'ha fatto Greg, adesso? Qual è l'emergenza?»

«Sta mettendo mia figlia contro di me. Io e lei ora comunichiamo esclusivamente via sms, anche quando è in casa con me. Anche quando siamo in macchina.»

«È emerso qualcosa di nuovo? Puoi provare che dietro c'è Greg?» Esther non sembra esattamente impaziente, ma c'è qualcosa di strano nel suo atteggiamento.

«Come potrei provarlo? Lola non mi dice nulla!»

«La correlazione non indica per forza una causa.»

«Sei stata tu a dire che Greg è un narcisista!»

«La maggior parte degli uomini lo è. Ma sei stata tu a presentare Tarek a Lola senza consultare l'altro genitore. O il tuo avvocato. È stato bello venirlo a sapere da un gongolante Hugh Warshaw. Sai che ne parlerà nel suo prossimo fascicolo che inoltrerà al tribunale? Allora, c'è altro?»

«Credo di no.» Sul serio ho ricevuto una strigliata da Esther, quando invece dovrebbe essere in collera per il comportamento di Greg? Quando riattacco, mi sento di nuovo tradita. Non solo, mi sento abbandonata. Non riesco a credere di essere l'unica a vedere tutto questo, l'unica a sentirsi indignata. Non sono mai stata così sola.

Devo riuscire a tirarmi su, visto che nessun altro lo farà al posto mio. È quello che ho imparato crescendo, quando i miei genitori erano più consumati dall'odio reciproco che dall'amore per me. Ho dedicato a Lola tanti pensieri, energie e progetti, ma in qualche modo non è ancora abbastanza.

Penso a quello che ha detto alla cena con Tarek, a come mi ha fatto sembrare una persona completamente falsa. È vero che non racconto ogni mio pensiero e sentimento. Non ho mai pensato che ci fosse qualcosa di sbagliato in questo, ma a quanto pare per Lola è così.

Qualcosa deve cambiare. Perché non posso perdere Lola. Non perderò Lola.

Ma non posso nemmeno perdere Tarek.

Quindi devo vincere, a tutti i costi.

50

Greg

È una vera e propria guerriglia, e Lola è nel mio bunker, non in quello di Madeline.

Non le ho mai chiesto di sbirciare, ma farle le piace molto. L'iPhone che Madeline le ha comprato senza il mio permesso si è rivelato incredibilmente utile. Lola ama mandarmi aggiornamenti via sms. Ha espresso il forte sospetto che Madeline e Tarek abbiano dei problemi e che Madeline non stia riuscendo a lavorare in questi giorni perché non riesce a concentrarsi, con tutto lo stress. Anch'io ho il forte sospetto che Lola ascolti dietro la porta della camera da letto di Madeline, o forse addirittura che legga i messaggi della madre. In ogni modo, scrivo tutto. Lasciamo che siano Hugh e il giudice a decidere cosa è rilevante.

Ho dei rimorsi di coscienza, di tanto in tanto? Certo, ma ho capito che Madeline farebbe la stessa cosa a me in un batter d'occhio. Solo che non ne avrà l'occasione, perché ha commesso così tanti errori che la sua stessa figlia non la sopporta più.

«Lola è il mio angelo, sa?» dico a Hugh. «È la mia salvezza. Glielo dico sempre.»

«Sicuro che sia una buona idea dirglielo?» I capelli di Hugh sono particolarmente esplosivi, oggi, il che rende difficile prenderlo sul serio.

«È una buona idea dire a una persona quanto la ami?» È una domanda retorica, ma in realtà mi si è ritorta contro quando l'ho fatto con Madeline per tutti questi anni. «Voglio solo dire che io e Lola siamo più vicini di quanto non siamo mai stati, e forse perché Madeline è sempre stata d'intralcio. Lei diceva che era colpa mia se non passavo abbastanza tempo con Lola visto che lavoravo così tanto, ma in realtà preferiva così. Voleva nostra figlia tutta per sé.»

«Ah.» Hugh ha lo sguardo velato e gioca con una graffetta. È una cosa che ha già sentito.

«A Lola non interessa il dolore di Madeline. Il che significa qualcosa. È me che sostiene. Sa che io sono nel giusto e Madeline ha torto.»

Hugh sembra svegliarsi. «Faccia attenzione a questo tipo di discorsi. Non dica cose del genere davanti a sua figlia e sicuramente non davanti al giudice.»

«Perché?»

«Sembra che lei apprezzi la frattura tra Lola e sua madre. Che addirittura la incoraggi.»

Scuoto la testa. «Non è affatto così.»

«Lo spero vivamente. Deve presentarsi in tribunale come se tenesse molto al rapporto tra Lola e sua madre. Come se odiasse il fatto che la battaglia per la custodia iniziata da sua moglie abbia avuto un effetto negativo sul loro rapporto. Lei ha cercato di mitigare il danno ma, be', Lola pensa con la sua testa.»

«Ho capito.»

«E non faccia capire al giudice che si è fatto vedere triste da sua figlia, inducendola a credere di doverla salvare.»

Lo fulmino con lo sguardo. «Come le è venuta questa idea?»

«Me l'ha appena detto un uccellino di nome Greg. Non metta in mezzo Lola, capito? Non è quello il suo posto.»

Non sono venuto qui per farmi fare la predica. Ho informazioni importanti. «Ho ridotto le mie ore di lavoro. Visto che io e Lola andiamo così d'accordo, il tempo in più con me le farà bene. E fa bene anche a me.»

«Mi spieghi meglio. Questa riduzione è stata volontaria?» Dalla sua faccia, ha già intuito la risposta.

«Lavoro per delle teste di cazzo di livello galattico. Era solo questione di tempo prima che nascessero dei problemi. E la colpa è del più stronzo di tutti, Peter Tramboni.»

Hugh mi guarda a bocca aperta. «Ha litigato con Peter Tramboni? Lui è praticamente il padrino della Silicon Valley.»

«Sta esagerando. Nessuno verrà fatto affondare in acqua con i piedi ricoperti di cemento.». Mi aspetto che sorrida, ma non lo fa. «Ero un po' in ritardo su alcuni progetti per la sua quarta casa di vacanza e lui è andato fuori di testa. Deve averlo detto a qualcuno dei suoi amici, ma è solo un contrattempo passeggero. Mi riorganizzerò e intanto potrò trascorrere un po' di tempo in più con mia figlia. Ne sono felice, a dire il vero. Può dire alla corte che sono uno stacanovista in via di recupero.»

«Esther Kahn dirà al tribunale che lei è instabile e che non riesce a mantenere un lavoro.» Scuote la testa, in collera. «Da quanti anni lecca il culo a questo tizio? Non poteva farlo ancora per un po'?»

«Sono bravissimo in quello che faccio. Posso crearmi una nuova clientela in poco tempo. Lo consideri un cambiamento del mio modello di business, per il bene di mia figlia.»

«Io non le dico come progettare edifici, giusto? Lei non mi dica come fare il mio lavoro.» Batte le mani sulla scrivania, con aria seccata. «Dovremo affrontare questa situazione, questo è certo.»

Non mi piace il suo atteggiamento. Non sono io il

problema. «Senta,» dico «il motivo per cui soffro di stitichezza creativa è Madeline, ed è per questo che non sono riuscito a rispettare la scadenza di Peter Tramboni. È a causa sua se non sono riuscito a mantenere la calma quando ho parlato con Peter. In altre parole, è a causa sua che il mio reddito non è quello che dovrebbe essere. Facciamo in modo che la paghi, va bene?»

«Lasci fare a me» dice Hugh, con decisione.

«Forse dovrei lasciare che Antonio faccia una ricerca su Madeline, come mi aveva suggerito. Magari può trovare qualcosa di peggio di questo. Non ha trovato nulla su Tarek, ma non è da Tarek che sto divorziando.»

«Chi è Antonio?»

«Sono sicuro di avergliene parlato.» *Ops*. Non glielo avevo detto. Perché non volevo che Hugh o chiunque altro sapesse dell'appostamento davanti casa di Madeline, che ha portato Lola a scoprire Tarek.

«Chi è Antonio?» ripete Hugh, in tono minaccioso.

«Un investigatore privato con cui mi sono consultato.»

«Si è consultato con lui o l'ha assunto?»

«Forse l'ho assunto. Cioè, sì, l'ho assunto.» Potrei distogliere gli occhi, ma invece guardo Hugh con aria di sfida. «Madeline ha mentito per tutto questo tempo e io avevo bisogno di sapere la verità. Antonio ha confermato che Madeline e Tarek avevano iniziato ad andare a letto insieme.»

«Un momento, quindi sapeva che andavano a letto insieme prima di irrompere in casa sua senza bussare?»

Merda, è più perspicace di quanto sembri. «È casa mia.»

«Ci vive sua moglie, è casa sua.» Hugh mi guarda storto. «Sapeva che Tarek era lì il giorno in cui è piombato in casa con sua figlia al seguito?» Poi chiude gli occhi. «No, non me lo dica. Non voglio saperlo.»

«Antonio ha svolto solo poche ore di lavoro. Non è che abbia frugato nella sua spazzatura. Ma forse dovrebbe iniziare a farlo?»

«Ha sorvegliato la casa di Madeline? È possibile che i vicini l'abbiano visto e glielo abbiano detto? O che lei lo abbia visto?»

«Se lo avesse saputo, mi avrebbe affrontato.»

«Questo è il suo stile, non quello di sua moglie.» Sembra disgustato. «Madeline sta giocando a scacchi. Lei, amico mio, è a malapena capace di giocare a dama, in questo periodo.»

Mi alzo in piedi. «Se ama tanto Madeline, vada a fare il suo avvocato.»

«Mi ascolti attentamente. La sua capacità di giudizio è compromessa, e deve sottopormi ogni cosa prima di farla. Prima di assumere un investigatore privato, avremmo dovuto parlare di come questo può aiutare la nostra strategia. Se così fosse stato, l'avrei assunto io. Allora sarebbe stato protetto, in quanto parte del lavoro dell'avvocato. Si rende conto che se Madeline lo scopre, il suo legale potrebbe servirsene contro di noi? Il giudice non apprezzerà che lei abbia pagato un professionista per pedinare sua moglie. Sembrerà uno squilibrato. Lo è?»

«Certo che no.»

«Io non ho mai sentito parlare di Antonio, è chiaro? E se fossi in lei, mi libererei di ogni traccia della sua esistenza. Come lo ha pagato?»

«Contanti.»

«Quindi non ci sono tracce cartacee? Nessun modo in cui il contabile forense o Esther Kahn possano risalire a lei?» Scuoto la testa. «Be', almeno non è un completo idiota. In futuro deciderò io se abbiamo bisogno di un investigatore privato e, in tal caso, me ne occuperò personalmente. Assumerò qualcuno la cui testimonianza reggerà in tribunale. Si sbarazzi di questo tizio, capito? E riprenda il controllo di sé, entro ieri.»

«Non è così terribile come lo fa sembrare. Lola vuole me, non Madeline, e ora ho molto più tempo da dedicarle. Può portare Lola davanti al giudice?»

«Lasci a me la strategia, va bene?» lo dice quasi ringhiando.

51

Madeline

Greg ha un bell'aspetto, devo ammetterlo. Indossa uno dei suoi abiti da mille dollari, ben stirato. Finalmente si è tagliato i capelli. Anche la sua pelle è più luminosa; immagino che abbia fatto una pulizia del viso e un ciclo di filler.

Ma anch'io sono in forma. Ho fatto una pulizia del viso (senza filler) e il mio trucco leggero è perfetto. Indosso un tubino di Balenciaga con un blazer. Se il giudice deciderà solo in base alle apparenze, probabilmente sarà un vero e proprio testa a testa. E forse deciderà per un affidamento 50/50. Speriamo che sia disposto a grattare la superficie e a vedere chi è veramente Greg. Di cosa è davvero capace.

Ah, ma se ci sono dei punti bonus per l'avvocato di parte, li daranno a me. Hugh è arruffato e stropicciato in un modo che sembra intenzionale. Vuole comunicare che non è preoccupato di nulla. E quei capelli elettrici da scienziato pazzo? Inoltre, o ha la rosacea o i capillari rotti da alcolizzato. Al contrario, Esther è impeccabile in un tailleur pantaloni su misura e con quell'incredibile cascata di capelli neri.

Stamattina non è stata molto cordiale con me. Credo non sia soddisfatta delle scelte personali che sto facendo, scelte che ora le tocca difendere. Ma è per questo che la pago. Devo seguire il mio istinto, anche se lei o Tarek hanno dei dubbi. Devo fidarmi di me stessa, anche se sono l'unica a farlo.

L'ufficiale giudiziario chiama il nostro caso e noi prendiamo posto: Greg e Hugh a un tavolo color bronzo, Esther e io all'altro. Il giudice non ci ha ancora detto una parola. Sta esaminando le carte. Ha più di sessant'anni, capelli grigi e radi e occhialini. Sembra uscito direttamente dal casting per un film.

Alza lo sguardo. «Siamo qui oggi perché il convenuto ha presentato una mozione d'urgenza per avere più tempo da dedicare alla genitorialità con la figlia minorenne.»

«Vostro Onore» interviene Esther, con voce morbida. «Non si tratta di una situazione di emergenza. Il convenuto ha un lavoro che gli rende milioni di dollari e risparmi adeguati, il che significa che non avrebbe difficoltà ad aspettare che questa mozione passi attraverso i normali canali, e inoltre non ci sono rischi per la sicurezza sua o della minore. In altre parole, non si tratta di una questione urgente. La mozione mira a stabilire una posizione dominante, cosa che il convenuto e il suo avvocato hanno cercato di fare fin dall'inizio della procedura. Ecco perché si è arrivati a questo punto, nonostante il fervente desiderio della mia cliente di raggiungere un accordo equo e rapido.»

«Vostro Onore» dice Hugh. «C'è un rischio di danno psicologico per la minore, come ho esposto nella memoria. Il giudizio della ricorrente è compromesso. Sta agendo nel suo interesse, piuttosto che in quello della figlia minorenne. L'averle presentato il suo nuovo fidanzato senza consultarsi e senza nemmeno avvisare il mio cliente, ha provocato alla minore un disagio emotivo.»

«Sì, un divorzio prolungato è angosciante» ribatte Esther. «La calunnia di un genitore da parte dell'altro è angosciante. Anche se non sono ancora pronta a presentare un caso completo, ci sono i primi indizi di una sindrome di alienazione parentale. La minore è sempre stata più vicina alla madre che al padre, ma dopo la separazione c'è stato un netto cambiamento.»

«A causa del comportamento della madre» interviene di nuovo Hugh. «Si raccoglie ciò che si semina.»

«Basta» dice il giudice, anche se il tono è mite. «Manteniamo al minimo i riferimenti biblici e le iperboli. Mi interessano le prove. Signor Warshaw, quali sono le sue prove che la minore è in difficoltà emotiva e che questa è stata causata dalla ricorrente?»

«Ho una registrazione della minore che descrive il trauma di aver sentito la ricorrente compiere atti sessuali con il suo fidanzato e di essere stata poi presentata a lui senza alcun preavviso, nonché l'ansia di essere testimone della relazione sempre più turbolenta tra la ricorrente e il suddetto fidanzato. Mentre la mia mozione chiedeva una divisione della custodia al 50/50, ora vorrei modificarla. Alla luce dell'estremo impatto psicologico che la negligenza e il cattivo giudizio della ricorrente hanno avuto sulla figlia minorenne, il mio cliente chiede ora la custodia esclusiva.»

Trauma? Estremo impatto psicologico? Negligenza? Cattivo giudizio? È come se stessero parlando di un'altra famiglia.

Resto a bocca aperta. Guardo verso Greg, il quale guarda dritto davanti a sé. Per una volta, è lui quello senza espressione.

«Vostro Onore, si tratta di un'azione poco ortodossa e diffamatoria» dice Esther. «Non ci è stato dato alcun preavviso sulla richiesta di custodia esclusiva o sull'esistenza di questa registrazione. Non è stata autenticata. Non abbiamo nemmeno idea di come sia stata ottenuta, di quale tipo di coercizione o forza possa essere stata esercitata. Anzi, direi che questa registrazione avvalora l'idea della sindrome di alienazione parentale. È chiaramente una manipolazione.»

«Non so se direi "chiaramente", ma lei è sul filo del rasoio, signor Warshaw» dice il giudice. «Non ascolterò quella registrazione in questo momento.»

Cioè, sta dicendo che in un altro momento l'ascolterebbe?

Non posso credere a quello che sento. Anche se effettuare la registrazione è un suggerimento di Hugh, è stato Greg a decidere che era opportuno chiedere a Lola di parlare di me mentre veniva registrata. O l'ha fatto senza il suo consenso? Ho un sacco di domande, ma mi è stato detto senza mezzi termini che io e Greg non possiamo parlare. Dobbiamo affidarci esclusivamente ai nostri avvocati.

Vedendo Hugh in azione, mi rendo conto che tutti i miei timori sono fondati. Ha l'etica di un depredatore di tombe.

Ma è Greg quello che mi preoccupa. No, sono preoccupata per Lola. Se suo padre l'ha usata in questo modo, se l'ha spinta a parlare male di me addirittura registrandola, cosa non è disposto a fare?

«Nella registrazione,» dice Hugh «la minore esprime il desiderio di vivere esclusivamente con il convenuto. Questo è certamente rilevante per il procedimento odierno, dal momento che il mio cliente ha ridotto il suo orario di lavoro con l'esplicito scopo di aumentare la sua disponibilità nei confronti della minore nel momento del bisogno. Questo è il suo livello di dedizione al benessere della bambina.»

E la mia dedizione? Guardo Esther. È meglio che mi difenda, a gran voce.

«La mia cliente ha sempre mantenuto orari che le permettono di trascorrere tempo di qualità con la minore» spiega Esther. «Non aveva bisogno di un procedimento di divorzio per ricordare quanto sia importante il benessere di sua figlia. Le sue priorità non avevano bisogno di essere cambiate.»

«Attenzione» dice il giudice. «Sono parole forti.»

«Mentre io sto cercando di andarci piano» interviene Hugh «e naturalmente accetto la decisione di Vostro Onore di non ascoltare la registrazione in questo momento. Ma voglio sottolineare che il presunto impegno genitoriale della ricorrente era precedente al coinvolgimento con il suo attuale fidanzato. La minore parla di questo nella registrazione, di quanto sia cambiata la madre e quindi quanto sia cambiata la loro relazione dopo l'arrivo sulla scena di quell'uomo.»

«Poiché non ho intenzione di ascoltare la registrazione, non posso convalidare nulla di tutto ciò» risponde il giudice. «Per favore, smetta di fare riferimento a fatti che non sono stati dimostrati.»

«Il fatto è che c'è un nuovo fidanzato» insiste Hugh. «Il fatto è che la minore è estremamente infelice di questo stato di cose, e la relazione è diventata così tesa che la minore si rifiuta di parlare con sua madre. La minore ha chiesto che lei e la madre comunichino solo via sms anche quando sono nella stessa casa.»

«È vero?» chiede il giudice a Esther.

Lei annuisce e aggiunge subito: «Un'ulteriore indicazione della sindrome di alienazione parentale».

«Non so bene cosa indichi tutto questo, ma sono preoccupato. Stiamo parlando di una bambina di dieci anni, giusto?» Entrambi gli avvocati annuiscono. Il giudice torna a guardare i documenti, poi alza gli occhi su Hugh. «C'è qualcos'altro che devo considerare, in questo momento?»

«Se la minore vivrà a tempo pieno con il mio cliente,» dice Hugh «ovviamente chiederemo una riduzione proporzionale del mantenimento. In altre parole, il mio cliente non dovrebbe più pagare alcun mantenimento.»

«Vostro Onore, come potrebbe la mia cliente permettersi...» esordisce Esther.

Ma è Hugh a concludere. «Senza il mantenimento fornito dal mio cliente, la ricorrente non sarebbe in grado di permettersi la casa familiare in cui vive attualmente. Per questo motivo, chiedo che le venga ordinato di lasciare la suddetta casa, in modo che il mio cliente possa viverci a tempo pieno con la minore.»

Sono sconcertata. Forse non mi piace molto la casa, ma essere sfrattata è scandaloso.

«È scandaloso» dice Esther, leggendomi nel pensiero.

«Ciò che è scandaloso è il modo in cui la ricorrente ha inizialmente manipolato il convenuto per poter rimanere lì» dice Hugh. «È scandaloso anche il fatto che la ricorrente abbia pagato il mutuo dell'ultimo mese e tutte le bollette della casa con una delle loro carte di credito comuni e poi abbia continuato a usarle anche per le spese personali.»

«Perché il convenuto aveva dimezzato il mantenimento concordato per la figlia» interviene Esther.

«L'avvocato della ricorrente sta argomentando a mio favore. Come ho detto, la ricorrente non può permettersi la casa di famiglia in cui risiede, una casa che, a detta di tutti, non le piace nemmeno, quindi, una volta concessa la custodia completa al mio cliente, non avrebbe motivo di restare. Se lei se ne va e il mio cliente ne prende possesso, è una vittoria per tutti.»

«È una follia!» Non posso più rimanere in silenzio. Certo, Lola è arrabbiata con me in questi giorni, ma è impossibile che voglia passare il cento per cento del suo tempo con Greg. «Stanno distorcendo tutto! Com'è possibile che sia lecito mentire in questo modo?»

Esther mi fa cenno di tacere e si rivolge al giudice. «Mi

scuso per lo sfogo della mia cliente.» Non posso credere di essere stata io a perdere il controllo mentre Greg è seduto lì con assoluta compostezza. C'è forse un lieve sorriso sul suo volto? È difficile esserne certi di profilo. Guarda ancora dritto davanti a sé. «Poiché questa è la prima volta che io o la mia cliente veniamo a conoscenza di tutto ciò, non siamo pronte a rispondere in questo momento. Chiedo di rinviare la questione, insieme a tutte le altre della mozione del convenuto. Non si è mai trattato di un'emergenza, Vostro Onore, e il convenuto dovrebbe essere sanzionato per aver trattato la corte con una così palese mancanza di rispetto.»

«Non so se sia palese» replica il giudice. «Quello che so è che le accuse sono rapide e furiose da entrambe le parti, e sono preoccupato che la minore venga presa nel fuoco incrociato. Perciò non mi pronuncerò in questo momento e non riterrò nessuno colpevole di oltraggio alla corte. Ma in futuro, se le emergenze non saranno vere emergenze, ci sarà un prezzo da pagare. Ordinerò una valutazione dell'affidamento. La partecipazione di entrambe le parti è obbligatoria,» dice guardando severamente prima me, poi Greg «e mi aspetto una piena collaborazione. Voglio andare a fondo di ciò che sta realmente accadendo.»

Annuisco solenne, tornando a controllarmi o almeno a dare l'impressione di farlo. Non avrei mai dovuto lasciare che Greg e quel cretino del suo avvocato mi spingessero a comportarmi male in tribunale. Spero che il giudice non me lo rinfaccerà. Ma sono stata colta di sorpresa. Pensavo che fossimo qui per discutere dell'affidamento al cinquanta per cento. Non immaginavo che Greg chiedesse l'affidamento esclusivo e provasse a giustificarlo sostenendo che ho abusato di Lola, con tanto di registrazione a supporto. Ogni volta penso che non possa scendere più in basso, ma guardatelo, ormai striscia.

Greg e Hugh escono per primi dall'aula; Esther mi trattiene per un braccio. «Lasciali andare» sussurra. «Non affrontare tuo marito. Non dargli quello che vuole.»

Potrebbe avere ragione. Greg cerca di provocarmi fin da quando è iniziata questa storia. Ma sono stanca di seguire la strada maestra.

Dopo che io ed Esther ci siamo separate, mi dirigo a passo spedito verso il parcheggio. Decido che non farò uno sforzo per trovare Greg, che se è già andato via, amen. Ma se sono fortunata e mi capita di vederlo...

Sì, eccolo lì, davanti a me. Tutto contento. Deve sentirsi euforico all'idea della valutazione della custodia. Pensa che Lola ripeterà esattamente quello che le dirà di dire e che, di conseguenza, ne uscirà vincitore. Ciò di cui non sembra rendersi conto è quanto siano trasparenti le sue tattiche di alienazione. Sta per smascherarsi da solo.

Trattare con i professionisti è il mio campo. Ora lui è nel mio territorio.

Ma non ho intenzione di dirglielo. Lo voglio carico e sicuro di sé. «Ehi» lo chiamo. Si ferma e si gira. L'espressione presuntuosa sul suo viso non la vedevo da tempo. Mi ero abituata al cucciolo maltrattato.

«In tribunale non è andata così male» dice.

«Ti piace davvero giocare così sporco? Vuoi davvero gettarmi in mezzo a una strada? Sono la madre di tua figlia.»

«Non essere così drammatica.» Ora sta decisamente sorridendo, ma un attimo dopo il suo volto si raggela in modo allarmante. «Hugh ha detto la verità. Quella casa non ti è mai piaciuta.»

«È la mia casa. È la casa di Lola.»

«E quando te ne sarai andata, sarà ancora la casa di Lola. Mi hai convinto con l'inganno a lasciartela.»

«Non ti ho mai ingannato.» Quindi, quando Hugh

parla di me che ho costretto Greg a fare qualcosa, non è solo un'iperbole. È davvero quello che Greg è arrivato a pensare. Se n'è convinto. «E non farei mai del male a Lola di proposito. Tu puoi dire lo stesso?»

Scuote la testa come se non avesse nemmeno bisogno di rispondere alla mia domanda, come se la sua dedizione a Lola fosse scontata. «Per quella casa ho versato sangue, sudore e lacrime» dice. «Non è un bene come un altro.»

«Non ho mai detto che lo fosse.»

Si avvicina a me e dice: «Non porterai il tuo toy boy nella casa che ho costruito io. Lo capisci? La raderò al suolo prima che questo accada».

Sono sbalordita. Dal suo sguardo capisco che è convinto che io sia veramente malvagia, e io penso lo stesso di lui. Non avrei mai immaginato che arrivasse a tanto: è chiaro che pensa che se non può avere una cosa, allora non la deve avere nessun altro.

Sussurra: «Perché ho creduto che mi avresti rispettato? Non te ne frega un cazzo dei padri. Guarda cosa hai fatto al tuo».

No. Non è possibile che intenda...

Se lo sapesse, sarebbe già venuto fuori. Greg è troppo emotivo per avere dei segreti.

Ma se gli ultimi mesi hanno dimostrato qualcosa, è che io non lo conosco affatto.

52

Greg

Sidney e io siamo sul mio divano con le tende chiuse. So che avrebbe preferito il balcone, ma non possiamo rischiare in questo momento. E se Madeline avesse un suo investigatore privato? Non voglio mettere Sidney nei guai. Dice che mi starà vicino solo finché non mi sarò rimesso in piedi, ma chi vogliamo prendere in giro? Non succederà presto.

«La mozione di Hugh non era maliziosa» spiego. Bevo un sorso del frullato che Sidney ha preparato, fingendo che sia un liquore. «Lola vuole passare più tempo con me, e anch'io lo voglio. Questa storia di Peter Tramboni è capitata proprio al momento giusto. E sappiamo entrambi che Madeline non ha mai apprezzato quella casa. Non come me. Non come l'apprezzi tu.» Sidney annuisce. Ecco una donna di vero discernimento. «Non so perché si sia comportata in modo così sconcertante. Sarebbe ingiusto che rimanesse lì quando mi concederanno la custodia esclusiva.»

«Era solo sotto shock, credo.» Sidney è chiaramente a disagio. Non la costringerò a parlarne troppo a lungo, ma è importante che conosca tutti i fatti.

«Sto cercando di fare ciò che è meglio per Lola. Questo» dico sventolando il mucchietto di fogli «è malizioso.

Madeline non ha paura di me. Fa la debole per ottenere quello che vuole.»

Sidney non dice nulla. Non può nemmeno tentare di difenderla, perché è indifendibile. Le carte sono una bozza di mozione preparata da Esther Kahn. Un tentativo di ricatto da parte di Madeline.

Dice che tutti i passaggi di consegne che riguardano Lola devono avvenire in un luogo sicuro e neutro piuttosto che a casa nostra, perché Madeline non si sente sicura a stare da sola con me, dopo la mia minaccia di bruciare la sua casa. Quella è casa mia! O lo sarà di nuovo presto. Perché dovrei bruciare una casa che voglio recuperare? Non ha senso. Madeline sa che era solo uno sfogo.

Esther ha detto a Hugh che se non accetterò la condizione di avere contatti con Madeline solo in luoghi pubblici, presenterà questa mozione e sottoporrà al giudice il materiale di supporto, cioè la registrazione che Madeline ha fatto della nostra conversazione nel parcheggio. Madeline mi ha ingannato, facendomi dire qualcosa che non intendevo dire per potermi registrare.

Ho detto a Hugh che mi ha teso una trappola e che questa è un'estorsione. Lui ha risposto: «Sì, ma è tutto legale». Mi ha consigliato di cedere subito e di non dare a Esther alcun motivo per inserire quella registrazione tra le prove. «Anche se cercherà di trovare lo stesso un modo. Questi sono i suoi colpi di avvertimento.» Così ho ceduto, anche se tutta questa storia serve agli interessi di Madeline, non a quelli di Lola.

È impossibile che quello che ho sussurrato a Madeline nel parcheggio si senta nella registrazione, e sto pensando se dire a Hugh quello che lei ha fatto a suo padre. In questo momento, ci sono ancora alcuni limiti che non voglio oltrepassare. Ma le cose potrebbero cambiare, quindi è meglio che si muova con cautela.

«Forse spera davvero che io dia fuoco alla casa» dico a Sidney. «Così potrà avere Lola tutta per sé e i soldi dell'assicurazione.»

«Non posso crederci.»

«Quindi pensi che dica la verità? Ha davvero paura di rimanere sola con me?»

Sidney sembra turbata. «Non so più cosa sia reale.»

Conosco la sensazione. Le lacrime mi riempiono improvvisamente gli occhi mentre fisso i suoi, e chiedo: «Con tutto quello che ho fatto, che tipo di uomo pensi che io sia?».

Lei sostiene il mio sguardo e accade qualcosa di sorprendente. In tutti questi anni non c'è mai stato un accenno di romanticismo tra noi. Nelle ultime settimane, tutte le mie energie sono state convogliate verso la sopravvivenza; non c'era spazio per la libido. Ma in questo momento è come se Sidney e io fossimo magnetizzati, le nostre teste si avvicinano l'una all'altra, così lentamente che è come se ognuno sfidasse l'altro a fermarsi. Quando siamo a pochi millimetri, lei esce dalla trance, si tira indietro e poi balza in piedi.

«Scusami» dice, prendendo la borsa e dirigendosi verso la porta.

«No, scusami tu.» Mi sento in preda al panico. E se lo dicesse a Madeline? «Non so cosa mi sia preso. Possiamo far finta che non sia mai successo, giusto? Per favore, non andare...»

Si rifiuta di guardarmi. Poi se ne va.

53

Madeline

«Non parlare, se non vuoi,» dico a Lola «ma ho bisogno che mi ascolti.»

Lola è seduta sul divano, con uno sguardo impudente. È più o meno quello che mi aspettavo, ma almeno non è peggio del solito.

È incredibile quanta inimicizia abbia accumulato nei miei confronti, quando sono stata così attenta a essere corretta e a non parlare male di Greg. Ma lui ha alzato la posta in gioco. Non so esattamente cosa sappia di mio padre, ma devo agire in fretta. È un attacco preventivo. Devo danneggiare la sua credibilità con Lola, prima che distrugga completamente la mia.

«C'è un cambiamento di cui devi essere informata» dico. «Tuo padre non può più venire a casa a prenderti o accompagnarti. Ci incontreremo in luoghi pubblici e tu passerai dalla sua macchina alla mia e viceversa. Io e lui non interagiremo affatto.»

Intuisco che muore dalla voglia di chiedere il perché o di fare un commento ironico. Ma è testarda, quindi non dice nulla. Nemmeno: "Posso andare, ora?". Potrei essere colpita dal fatto che abbia saldi princìpi, se non fosse che il suo principio è quello di mettermi il più possibile a disagio e in difficoltà a casa mia.

«Il motivo è che non mi sento più sicura con tuo padre» continuo. Lo sguardo di Lola si sposta su di me, incredulo e derisorio. «Lo so, nemmeno io me lo sarei mai aspettato. Non avrei mai pensato che potesse essere così aggressivo, ma devo affrontare la realtà. Ho bisogno che anche tu affronti la realtà.»

Si sposta sul divano per allontanarsi da me.

«Ti ho sempre protetta dagli argomenti da adulti, ma è ora di dirti la verità. Tuo padre sta cercando di mettere zizzania tra te e me. Ecco perché ti ha riportato indietro quel giorno per prendere Blob. Sapeva che Tarek era qui. Voleva che ci trovassi. Voleva che ti mettessi contro di me.»

Non muove un muscolo. Può significare che sta davvero ascoltando?

«Tuo padre è diventato pericoloso. In qualche modo, credo che anche lui lo sappia. Per questo ha accettato di effettuare i passaggi di consegne in luoghi pubblici invece di aspettare un'ordinanza del tribunale. Non si fida a stare da solo con me. È molto arrabbiato e vendicativo. Vendicativo significa che vuoi vendicarti di qualcuno.»

Scuote la testa, stringendo gli occhi come se stesse cercando di non vedere quello che ha davanti. Vorrei non doverle fare questo, ma lui l'ha fatto per primo.

«Mi dispiace. L'ultima cosa che voglio è farti del male.» Vedo le prove della sindrome di alienazione parentale nella postura di Lola, nel modo in cui si allontana. Prima Greg ha distrutto la sua fiducia e il suo rispetto per me, e ora vuole limitare fortemente il mio tempo con lei, in modo che non ci sia alcuna possibilità di ricostruire il nostro rapporto. Non mi importa cosa dovrò fare, non otterrà la custodia esclusiva.

«E Tarek?» Il tono di Lola è così cattivo e beffardo che quasi non lo riconosco. Inoltre, sono giorni che non sento la sua voce. «Ti ha già lasciata?»

Impallidisco di fronte all'accuratezza della sua crudeltà. L'ultima volta che ho visto Tarek è stato come una brace morente. Non abbiamo nemmeno fatto sesso e abbiamo evitato di parlare di tante cose. Lui non è d'accordo con le mie scelte e le sue simpatie sono chiaramente per Lola e, forse, anche un po' per Greg. Lo amo ancora e non abbiamo parlato di una rottura, ma non sono sicura che riusciremo a sopravvivere alla sua slealtà.

Lola però non dovrebbe saperne nulla. Di certo non ne ho parlato con lei. In realtà, ho fatto di tutto per evitare di essere ascoltata. Questo accresce la mia sensazione di avere una spia in casa.

Ma sono pur sempre sua madre. Devo fare ciò che è meglio per lei, anche se mi odia, almeno per il momento.

Devo allentare la presa di Greg su di lei in qualche modo, ed è per questo che le faccio ascoltare la registrazione del parcheggio. Chiunque può appurare che non ho fatto nulla per provocare un'aggressione così estrema. Non si riesce a sentire alla fine il suo commento sul fatto che non rispetto i padri.

A proposito, si sbaglia di grosso. Io rispetto i padri, finché non perdono la testa.

La registrazione termina. Lola si volta verso di me, con gli occhi pieni di meraviglia, come se non riuscisse a credere a ciò che ha appena sentito. E penso che sia la volta buona, finalmente riavrò la mia bambina. Mi guarda in faccia e dice: «Sei il peggio del peggio». Fa una pausa per lasciarmi il tempo di digerire il commento, poi chiede: «Posso andare, ora?».

Riesco solo ad annuire. Poi, quando scompare in fondo alle scale, scoppio a piangere. Perché è possibile che abbia ragione.

54

Greg

Lola ha bisogno di un terapeuta. Ti ho mandato una lista di nomi.

Ah, Madeline. Pensa ancora che, dopo tutto quello che è successo, continuerò a inchinarmi quando mi dice di cosa ha bisogno Lola? Che mi fiderò di un'altra delle sue liste?

È Madeline che ha bisogno di un terapeuta. È andata completamente fuori di testa. Quando Lola mi ha descritto la loro conversazione, quella in cui Madeline ha cercato di metterla contro di me, dicendo che io stavo cercando di mettere Lola contro di lei, non mi sono nemmeno arrabbiato. Era un tentativo troppo disperato. Troppo patetico. Non fraintendetemi, non mi dispiace affatto per lei. A questo punto, si merita tutto quello che ottiene, compreso l'odio di Lola.

Non c'è nulla di sbagliato nella salute mentale di nostra figlia. Ha gestito tutto questo come una campionessa. Capisce al volo ogni cosa e ha assolutamente ragione: Madeline è il peggio del peggio.

Mi ha dato del manipolatore, quando ovviamente era il contrario. Mi ha punzecchiato intenzionalmente in quel parcheggio per poter fare una registrazione e poi costringere Lola ad ascoltarla. È stato un atroce, ignobile errore di calcolo che le si è ritorto contro in modo spettacolare. Madeline si è smascherata da sola.

E ora, poiché non le piacciono i pensieri e i sentimenti di Lola, vuole mandarla da un terapeuta per cambiarli. Non permetterò a nessuno di fare il lavaggio del cervello alla mia straordinaria bambina.

Per fortuna, negli ultimi mesi ho imparato alcune cose sul sistema legale e sull'importanza della percezione. Se mi rifiuto categoricamente, Madeline sembrerà il genitore più preoccupato e io darò l'idea di essere poco collaborativo. Quindi, invece, mando un messaggio attraverso l'app:

Inizierò a cercare terapisti da solo.

Va bene. Inviami le tue tre scelte principali e io ti invio le mie. Possiamo parlare con i terapisti scelti dall'altro e poi ci riuniamo di nuovo per uno scambio di idee.

Certo, riuniamoci ancora, se vuoi.

Dovremmo concordare una scadenza. Quanto tempo ci vorrà?

Tre settimane.

Due.

È sempre stata così rompiballe? Non so perché pensa di poter dettare lei le scadenze. Le propongo due settimane e mezza e finalmente è d'accordo.

Siamo la parodia della coppia amareggiata che vuole divorziare. L'ironia della sorte è che Madeline mi ha finalmente trasformato in una persona capace di fare piani. Ad esempio, in questo momento pianifico di scegliere tre nomi con lunghe liste d'attesa, poi mi prenderò il mio tempo per vagliare i suoi nominativi e infine mi assicurerò che sia impossibile trovare un accordo. Così dovremo tirare fuori degli altri nomi. A un certo punto immagino che interverrà il suo avvocato per farci uscire dalla situazione di stallo, ma di contro Hugh a quel punto potrà proporre un nuovo ed elaborato processo di selezione. Questa storia può sicuramente trascinarsi fino all'anno nuovo.

Non ho più intenzione di puntare i piedi per riavere quella donna. Ora combatto per la mia vita e per quella di Lola.

La valutazione dell'affidamento sarà stata completata molto prima di allora. Sono chiaramente il genitore migliore e, se i miei impegni di lavoro lo consentono, sarebbe vantaggioso per Lola trascorrere più tempo con me. Una volta che avrò sviluppato una nuova rete di clienti e avrò più commissioni di quante riesca a gestirne, assumerò Lucas come socio a tutti gli effetti. Forse aggiungerò anche altri associati. A un certo punto, dovrò assumere qualcuno che mi aiuti a prendermi cura di Lola, ma un professionista retribuito sarà un grande passo avanti rispetto a Madeline.

Insomma, ho grandi progetti. Quello che non ho deciso, è come c'entri Sidney. Negli ultimi giorni c'è stato un po' d'imbarazzo tra noi. Non ci siamo visti e non abbiamo parlato di vederci; i nostri messaggi sono stati impersonali e scarsi. Ultimamente sono stato assorbito da me stesso, o meglio, dalla distruzione della mia famiglia, quindi probabilmente mi sono perso molti segnali. È possibile che Sidney provasse qualcosa per me da un po' di tempo. Non sono sicuro di quello che io provo per lei.

Pur non essendo bella come Madeline, è più divertente. A differenza di Madeline, è sinceramente gentile. Sarebbe un'ottima matrigna e Lola le vuole già bene. E se potessi amarla anch'io? Se noi tre potessimo diventare una famiglia?

È un'idea allettante, perché apprezzo molto il suo sostegno e mi farebbe comodo avere una persona al mio fianco, in tempi brevi. Ma ci sono alcuni inconvenienti. Ovviamente Madeline si sentirebbe tradita, e mi è difficile immaginare noi tre seduti in tribuna per le partite di calcio di Lola. Noi quattro, se Tarek rimane. Ma Madeline e Sidney non hanno più una vera amicizia da tempo, se mai l'hanno avuta. Madeline forse non ne ha la capacità. Le migliori amiche non si mentono, non si nascondono cose e non si usano a vicenda.

Poi c'è la questione del marito di Sidney. Io e Jared ci conosciamo appena, ma mi ha sempre dato l'impressione di essere una persona a posto e, da quello che so, ha sempre trattato bene Sidney. Voglio davvero distruggere il matrimonio di qualcun altro, dopo quello che ho passato con l'infedeltà di Madeline? Jared non se lo merita.

Quello che sto imparando, però, è che non si tratta di ciò che meriti, ma di quello che devi accettare. Io non meritavo quello che Madeline mi ha fatto, e di certo non lo merita Lola. Ma stiamo sopravvivendo, e anche per Jared sarebbe lo stesso. Non è che il suo stile di vita cambierebbe di molto. Lui e Sidney si vedono a malapena, ed è per questo che io ho avuto campo libero per inserirmi.

Più ci penso e più sento che sì, tra me e Sidney potrebbe funzionare. Gli impedimenti non sono poi così grandi e c'è un grosso incentivo.

Il responsabile della valutazione sulla custodia mi ha già chiesto un elenco di contatti, e Sidney è uno dei nomi che ho fornito. Sicuramente anche Madeline l'ha inclusa tra i suoi. Se la migliore amica di Madeline da vent'anni dovesse dire che Lola sta meglio con me, Madeline non avrà alcuna possibilità. Questo potrebbe mettermi al posto di comando una volta per tutte.

55

Madeline

«Ciao, Lucas» dico. Il mio sorriso si tinge di diffidenza, visto che sono in guerra con il suo datore di lavoro. Lucas mi è sempre piaciuto. In realtà mi ricorda me stessa. È un vero lavoratore ed è una persona piacevole, pur non essendo un estroverso.

«Posso entrare, per favore?» chiede. «Solo per qualche minuto. Vorrei parlare con te in privato.»

Non mi piace molto che qualcuno si presenti alla porta senza preavviso, ma noto che è divorato dall'ansia. Mi dispiace per lui, che deve ancora sopportare Greg ogni giorno. «Ti ha mandato Greg?»

«No. Non sa che sono qui. Questa visita potrebbe restare tra noi due?»

«Dipende da quello che hai da dire.» Ma sono abbastanza curiosa da farmi da parte e lasciarlo entrare.

Resta senza fiato a guardare il panorama. «Mi colpisce ogni volta» dice. «Questa casa è un capolavoro.»

Non deve conoscere molti dettagli sul divorzio o su di me, se pensa che i complimenti per la casa siano un buon punto di partenza. «Grazie» rispondo, prendendo posto al tavolo della sala da pranzo invece che sul divano. Mi chiedo se sia il caso di offrirgli qualcosa da bere, ma decido di non farlo. Non sono più la moglie padrona di casa di Greg.

Lucas si siede di fronte a me, con un sorriso nervoso. «Non sono sicuro che venire qui sia stata una buona idea, ma non so cos'altro fare. Greg ha un talento straordinario, è un vero artista, il che significa che ha un temperamento artistico. Capisci cosa intendo?»

«Vuoi dire che è volubile?»

Lui china la testa in segno di assenso. È quello che intendeva, solo che non voleva dirlo.

«È per questo che eri perfetta per lui. Lo tenevi in equilibrio. Senza di te...»

«Non sei qui per suggerirmi di tornare insieme a Greg, così che possa continuare a progettare i suoi capolavori, vero?» Lucas evidentemente non ha idea di cosa stia succedendo tra me e Greg.

«No, no, nulla del genere.»

«Allora?»

«So che sei una brava persona. Anche Greg lo è, anche se può essere un po'...» si interrompe. «È un artista, tutto qui.»

«Non ho ancora capito cosa mi stai chiedendo.»

«Questa situazione con Peter Tramboni è stata una sfortuna, è una battuta d'arresto, ma non sarà la fine della carriera, non per uno come Greg. Potrebbe costruirsi una nuova clientela senza problemi, se ci mettesse la testa e il cuore.»

Annuisco lentamente. Non voglio fargli capire che ero completamente all'oscuro della "situazione con Peter Tramboni", visto che Lucas ne parla come se fosse una cosa risaputa.

Greg deve aver mentito, in tribunale. Hugh ha presentato la riduzione delle ore come qualcosa che Greg stava facendo per il benessere di Lola quando, in realtà, sembra che Greg abbia combinato un gran casino. Da quello che dice Lucas, è sull'orlo di un precipizio, dal punto di vista professionale.

«Ha un grande potenziale» ammetto.

Lucas sembra sollevato. «Sono felice che tu sia d'accordo. Pensavo che forse, se ci andassi piano con Greg, o se gli dicessi che credi ancora in lui, nonostante tutto, questo potrebbe aiutarlo a ricentrarsi.» Che Dio lo benedica, non ha davvero la minima idea. «Greg non è come te o me. È molto più fragile.»

«È proprio vero» rispondo. Ha un ego fragile e una vena di cattiveria lunga un miglio, ma ha convinto Lucas a prendere il suo posto. Lucas mi ricorda l'atteggiamento con cui Greg si è presentato alla dottoressa Vaughn, il modo in cui si è comportato come un uccello ferito quando, in realtà, è un avvoltoio. Per tanti anni ho avuto anch'io lo stesso punto cieco.

Lucas prende un'aria più ottimista. «C'è anche Lola da considerare. Se l'attività di Greg dovesse fallire, ci saranno meno soldi per gli alimenti e il mantenimento dei figli. Probabilmente sarebbe difficile rimanere in una casa come questa, con il mutuo e le spese di manutenzione.»

Che tragedia sarebbe dover vendere questo posto. «Pensi che ci sia la possibilità che Greg torni da Peter Tramboni con la coda tra le gambe?»

«Era quello che speravo. Ho anche contattato io stesso Peter. Ho cercato di spiegare come funziona Greg, che è come Picasso, ma Peter dice che una volta persa, la sua fiducia non può essere riconquistata. Non conosco i dettagli, ma immagino che il loro litigio sia stato piuttosto spiacevole.»

«Sembra che Greg si sia fatto un nemico.» È difficile per me mantenere una faccia impassibile.

«Penso di sì, ed è per questo che tutti i membri della cerchia di Peter hanno annullato i loro contratti.»

La situazione si fa sempre più interessante. Forse possiamo citare Peter Tramboni come testimone? Sono sicuro che Esther sarebbe solleticata dall'idea di chiamare a deporre l'erede di un impero.

Lucas mi ha confermato che Greg è mentalmente instabile, ha uno scarso controllo degli impulsi e, per quanto ne so, ha mostrato aggressività nei confronti di Peter Tramboni. Lucas ha praticamente detto che hanno avuto una lite violenta.

Mi dispiace per lui, però. È un ragazzo dolce e mi ha appena consegnato il suo capo su un piatto d'argento. Cercherò di tenere il suo nome fuori da questa storia, se possibile.

Sono stata così giù in questi ultimi giorni, visto quello che sta succedendo con Lola e con Tarek. Sidney è sparita. Questa settimana ho un incontro con il valutatore dell'affidamento e, pur sapendo come presentarmi a un collega professionista, i risultati sono tutt'altro che scontati.

Ma ora le cose stanno migliorando.

«Grazie di essere passato» dico sinceramente.

56

Greg

«Mi fa piacere che tu sia venuta» dico a Sidney. È seduta lontano da me sul divano e sembra nervosa. «Sono un po' stressato per l'incontro di domani con il responsabile della valutazione sulla custodia. Si chiama Wilfred von Holten. Che nome, eh? Sembra un candidato fallito alla presidenza del 1912.»

«Cosa comporta la valutazione?» chiede Sidney.

«Von Holten parlerà separatamente con Madeline, Lola e me. Inoltre osserverà Lola con ciascuno di noi. Credo che voglia farsi un'idea dei bisogni di Lola e poi valutare quanto io e Madeline siamo in grado di soddisfarli. Parlerà anche con i nostri contatti, per esempio con te. Poi scriverà una relazione con le sue raccomandazioni sull'affidamento e la presenterà al tribunale.»

«Non hai nulla di cui preoccuparti. Sei un padre incredibile. Tu e Lola potete parlare di tutto, mentre con sua madre parla a malapena.»

Sorrido. «Dalla tua bocca alle orecchie di Wilfred.» Naturalmente spero che Sidney possa influenzare Wilfred a mio favore, ma non glielo chiederei mai direttamente. Dopo che avrò detto quello che ho da dire, però, probabilmente vorrà fare tutto il possibile.

«Smettila di guardarmi così» dice.

«Così come?» Ovviamente so cosa intende. È passato molto tempo dall'ultima volta che ho cercato di sedurre una donna, ma posso ancora reggere il gioco.

«Non dovrei essere qui. Continuo a pensare a quello che è successo l'altro giorno.»

«Quello che è *quasi* successo.»

«Io volevo che accadesse, questo è il problema. Sono stata molto vicina a dire a Jared la verità, quando ci siamo scritti su FaceTime.»

«Cosa te lo ha impedito?» Scruto il suo viso. Mi rendo conto di non averla mai vista senza trucco. Ciò nonostante, in realtà, è molto più genuina con me di quanto lo sia stata Madeline ultimamente. O forse è sempre stata così.

Sidney sospira e si guarda le mani. «Non voglio fargli del male, se non è necessario.»

A proposito di gioco, ha appena gettato la palla nella mia metà campo. Mi avvicino a lei sul divano. «Credo che dovrai farlo.»

Fissa gli occhi nei miei. Brillano di eccitazione e paura. «Da un po' di tempo io e Jared non siamo più in sintonia. Ho iniziato ad avere dei ripensamenti. Sai, riguardo a quello che mi sono persa. Credo di aver scelto Jared e questa specie di mezzo matrimonio perché non avevo il coraggio di impegnarmi fino in fondo. Ma passare tutto questo tempo con Lola mi ha fatto capire che mi sarebbe piaciuto essere madre.»

«Puoi ancora esserlo. Forse anche con Lola.» Sorrido. Lei ricambia il sorriso con esitazione.

«Io amo Lola. Ma pensi che sia troppo tardi per avere dei figli miei?»

«Quanti anni hai, quaranta?»

«Quarantuno.»

«Per la Bay Area, saresti una giovane mamma. Una bambina che fa bambini.» Ride. «No, davvero, hai l'energia di una venticinquenne. Puoi fare tutto quello che vuoi.»

«Jared è deciso a non avere figli.»

Sinceramente non ho mai pensato di volere un altro figlio. Madeline ha posto il veto anni fa. «A volte le persone iniziano con un'intesa perfetta e poi uno dei due inizia a crescere.»

«Come in quel libro di Shel Silverstein, *Alla ricerca del pezzo perduto*.»

«Esattamente. Adoro quel libro.» In realtà non l'ho mai sentito nominare, ma lei mi sorride come se non potesse credere alla sua fortuna.

Poi il sorriso le si cancella dal viso. «Vorrei che le circostanze fossero diverse. Voglio dire, desidero essere felice e vorrei che Madeline fosse felice. Cosa penserebbe se sapesse che io e te proviamo qualcosa l'uno per l'altra?»

«Poteva essere più chiara nel farmi capire che non le piaccio più? Che non vede assolutamente un futuro con me?» Nonostante tutto, mi ritrovo a sperare che Sidney non sia d'accordo. Chiamatemi pure pazzo, ma se c'è ancora un briciolo di possibilità con Madeline, forse dovrei coglierla. Ammesso che lei faccia molta penitenza e che insieme facciamo molta terapia.

«È vero» dice Sidney. «Lei ti ha abbandonato da molto prima che vi separaste.»

Cerco di nascondere il dolore e devo esserci riuscito, perché all'improvviso Sidney mi è addosso. Le sue mani, le sue labbra, la sua lingua. Se solo fossi travolto dalla stessa intensità di desiderio, ma Dio mi aiuti, quello che penso è: spero solo che questo serva per la valutazione della custodia.

57
Madeline

Finora sta andando alla grande. Wilfred è un vero gentiluomo, dalla voce dolce, che indossa un gilè di maglia in un ufficio dai colori oceanici. Ho l'impressione che abbia coltivato intenzionalmente la sua somiglianza con l'attore e scrittore televisivo Fred Rogers. Questo non vuol dire che sembra affettato. Più che altro gioca sui suoi punti di forza, cosa che posso assolutamente rispettare.

Sono molto tesa, ma so come apparire a mio agio, mentre mi fa domande sulla mia infanzia e sul passaggio all'età adulta. Fortunatamente mi lascia parlare a grandi linee della brutalità del divorzio dei miei genitori, senza insistere sui dettagli, e sembra capire la distanza che ora mantengo da entrambi. Una volta all'anno torno sulla East Coast per permettere a Lola di vedere i nonni, e questo è tutto.

«Alla fine ho scelto mia madre,» dico «ma ho sempre provato risentimento per il fatto che mi avesse costretta a scegliere. Non ho mai potuto fidarmi completamente di lei perché sapevo che, se fosse stato necessario, avrebbe messo i suoi interessi davanti ai miei.»

«Questa è la triste eredità del divorzio per troppi bambini» replica Wilfred.

«Non farei mai una cosa del genere a Lola. Voglio che abbia un attaccamento sano a me e a Greg.» O meglio, era quello che volevo, tanto tempo fa.

«Ha avuto la sensazione che i suoi genitori si odiassero più di quanto amassero lei?» Quando me lo chiede, mi ritrovo a trasalire come se mi avesse colpita. Non l'avevo mai sentito dire ad alta voce.

«Sì» rispondo. «È esattamente quello che ho provato.» Dovrei fermarmi qui, io ed Esther ci siamo esercitate a mantenere le risposte brevi, ma con sorpresa scopro che non voglio farlo. «Ero poco più grande di Lola quando i miei genitori annunciarono che stavano divorziando. In realtà, non me lo dissero nemmeno insieme. Me lo disse mia madre e poi mio padre, come se non potessero coordinarsi nemmeno per darmi quella notizia. Mi sentii sollevata. Li avevo sentiti litigare per tutta la vita e pensai che finalmente sarebbe finita.»

«Ma non andò così.» Il volto di Wilfred è tutto compassione.

«No, infatti.» I miei occhi si annebbiano di fronte a ricordi che ho soppresso da tempo. «Fu la fine di una lotta e l'inizio di un'altra. Quando erano insieme, in privato, non c'era un arbitro che potesse dichiarare un vincitore. Ora ciascuno dei due voleva essere vendicato pubblicamente. Volevano che io prendessi parte e dicessi chi aveva ragione, e volevano che lo dicesse anche il giudice. Non potevano decidere da soli. Tornavano continuamente in tribunale, come dei tossicodipendenti che avevano bisogno di una dose. Era estenuante anche solo assistere a tutto questo. Li consumava. A volte mi chiedo se avrebbero potuto migliorare la loro vita, e anche la mia, se avessero incanalato tutta quell'energia in qualcosa di produttivo.»

«Lei è molto perspicace. Le persone possono essere così prese dalla foga della battaglia da non riconoscere l'impatto delle scelte che stanno facendo. Smettono di essere attive e diventano reattive.»

Annuisco lentamente. «Forse è quello che è successo con i miei genitori. Scattavano per ogni cosa che l'altro faceva. Amavano darsi la colpa a vicenda. Mia madre, ad esempio, aveva un quaderno che portava con sé ovunque per scrivere tutto ciò che mio padre faceva di male. Le piaceva leggerlo ad alta voce in tribunale.»

Come ho fatto a dimenticare mia madre e il suo quaderno? Mi sento a disagio pensando a quanto somiglia al mio modo di documentare tutto.

Ma io non provo piacere nel cercare di battere Greg. Sto facendo solo ciò che è necessario.

I miei genitori avrebbero detto la stessa cosa?

«Non è facile per lei ricordare» osserva Wilfred.

«Ho sofferto molto nella mia infanzia.» Mi vengono le lacrime agli occhi.

«E non vuole questo per Lola.»

«No, certo che no.» Sono tentata di dichiarare che non sono io il motivo per cui si è arrivati a questo punto, è Greg, ma dare a lui la colpa mi farebbe solo sembrare l'ipocrita che lui pensa che io sia. L'ipocrita che anche Lola pensa che io sia.

Wilfred la smette con le domande difficili. Salta in avanti nel tempo, interrogandomi su altre relazioni nel corso della mia vita. Ora sono in una posizione più solida e mi addentro in aree sulle quali mi sono esercitata con Esther.

«Ora capisco che ho usato i criteri sbagliati per scegliere i partner sentimentali» spiego. «Sono cresciuta con una sensazione di instabilità e di disagio e devo aver pensato che la sicurezza economica avrebbe risolto tutto. Così ho sempre scelto uomini con un alto potenziale di guadagno.» Fino a Tarek, cioè.

«Non è un criterio insolito, visto quanto costa vivere nella Bay Area» dice Wilfred.

«Ho cercato di fare il meglio per Lola, di darle tutto quello che io non ho mai avuto. So di aver commesso degli errori, ma ancora non riesco a credere di essere in questa posizione. La amo tantissimo, eppure in questo periodo sembra che mi odi.»

«Credo che "sembra" sia la parola chiave.»

Non ha ancora incontrato Lola, quindi non può saperlo. Vorrei poter spiegare il ruolo di Greg in questo odio, ma Esther mi ha avvertito di non gettare troppe ombre su di lui e di non parlare della sindrome di alienazione parentale. Devo essere consapevole e riflessiva, perché so che Greg non lo sarà, e seminare abbastanza briciole di pane perché Wilfred possa seguire la pista.

Mi chiede la storia dello sviluppo di Lola, le tappe fondamentali, gli interessi e gli hobby. Sono in grado di parlare in modo autorevole ma anche tenero, mentre rievoco i ricordi degli anni precedenti. Ho lavorato part-time per i primi cinque anni di vita di Lola, quindi non mi sono persa quasi nulla, al contrario di Greg. Questa è la parte in cui posso brillare. Penso di sottolineare l'assenza di Greg, ma poi decido di non farlo. Deve essere lui a impiccarsi con le sue mani.

Wilfred inizia a chiedermi del mio stile genitoriale rispetto a quello di Greg e di come sia stato il rapporto di cogenitorialità dopo la separazione. Esther mi ha preparato bene. Abbiamo fatto un gioco di ruolo in cui mi ha posto molte di queste domande. Mi sono esercitata a dare risposte che non tradiscano un pensiero in bianco e nero, senza esagerare e senza diffamare Greg. Al contrario, uso un linguaggio moderato ed equilibrato e sostengo le mie affermazioni con storie ed esempi. Mi assicuro di trasmettere emozioni appropriate ma non eccessive, con espressioni facciali e linguaggio del corpo adeguati. Sono coerente e non divago mai. «I valutatori della custodia sono come tutti gli altri» mi ha detto Esther. «Gli piacciono le persone che rendono facile il loro lavoro.»

La chiave, secondo Esther, è dimostrare chiari modelli di comportamento e rimanere concentrata su come i comportamenti negativi di Greg hanno influenzato o potrebbero influenzare Lola, non su come questo mi fa sentire. Non lancio accuse su come Greg abbia fatto irruzione in casa di proposito quando c'era Tarek, ma parlo di ciò che è successo durante la sedute di cogenitorialità, della disparità tra le sue promesse e le azioni del suo avvocato, in pratica di tutte le bugie che possono essere documentate. Condivido i miei timori su conversazioni inappropriate tra lui e Lola, aggiungendo: «Anche se naturalmente potrei sbagliarmi».

Wilfred ha le sopracciglia aggrottate in segno di preoccupazione, il che è incoraggiante.

Man mano che proseguiamo, ricevo sempre più segnali positivi. Mi trova affidabile, persuasiva e anche attraente, posso dire. Ma in realtà non è mai stata questa la parte che mi preoccupava. Ho paura di quello che Lola gli dirà alle mie spalle e di quello che mi dirà in faccia quando lui sarà lì a osservare.

«Be', è stato molto illuminante» dice Wilfred. «Apprezzo la disponibilità e la volontà di ammettere le sue difficoltà e i suoi difetti. Troppo spesso le persone cercano di presentare una versione perfetta di sé stesse. Io invece voglio assicurarmi che lei sappia chi è e quali sono i suoi limiti.» Sorride. «Ora possiamo iniziare il test psicologico?»

Ricambio il sorriso e sposto la sedia in avanti, abbastanza vicino da permettergli di sentire il mio profumo. «Sì, certo.»

58

Greg

È difficile per me fidarmi di un professionista con un ufficio che sembra essere stato preassemblato all'IKEA. Ma non ho scelta. Il giudice ha selezionato Wilfred e ha ordinato a me e a Madeline di incontrarlo il prima possibile.

La tempistica non è un problema. Voglio che tutto questo sia fatto e finito il prima possibile. Voglio la mia vittoria.

Lo chiamo Wilfred perché non ha una laurea. Non è un medico. Ha un MSW, una credenziale da assistente sociale dal suono dubbio. Volevo cercare su Google cosa significa, ma poi me ne sono dimenticato.

«Ascolti, so qual è il suo ruolo» esordisco. «E lo capisco. Vuol sapere tutto della mia infanzia e dei miei genitori per capire che tipo di modelli ho avuto. Il fatto è che i miei non erano il massimo. Non c'era molto amore in casa nostra. Più che altro, si tolleravano a vicenda. Erano molto stressati, lavoravano fino a tardi e riuscivano a malapena ad andare avanti. Io ho giurato che avrei fatto un lavoro che amavo, un lavoro ben pagato, e avrei avuto una moglie adorabile, e alla fine ho ottenuto quello che volevo. Ho usato la mia infanzia come ispirazione e motivazione.»

Wilfred mi guarda come se stesse aspettando altro.

«Papà era solo leggermente alcolizzato. Anche mamma lo era. Si può dire che si davano una mano a vicenda.» Ho ripassato i miei discorsi di psicologia pop, dopo aver visto come Madeline ha usato bene le sue conoscenze durante le sedute con la dottoressa Vaughn. Continuo a pensare di piacere più di lei alla dottoressa, ma è tutto da vedere. Wilfred parlerà anche con lei.

«Come sarebbe a dire che si davano una mano a vicenda?» Ha un modo di parlare lento e irritante. E indossa un gilè di maglina. In sua presenza mi sento come un bambino di dieci anni.

«Non si impedivano a vicenda di prendere decisioni sbagliate, ma non si giudicavano nemmeno per i loro problemi. Io non ho mai giudicato Madeline. Né per le sue manie di controllo, né per il suo modo di essere, così irreggimentato. Sarei rimasto sposato con lei per sempre, ma si è innamorata di un altro. Lo sa, vero? Della sua relazione?»

«I suoi genitori sono rimasti sposati?»

«Sì, e lo sono ancora. Forse è da questo che deriva il mio senso dell'impegno matrimoniale. I genitori di Madeline hanno avuto il più brutto divorzio di cui abbia mai sentito parlare, quindi potrebbe essere da lì che lei ha preso i suoi comportamenti attuali, capisce?» Sorrido. Lui non ricambia il sorriso. Ho cercato di parlargli da uomo a uomo ma, a quanto pare, vuole relazionarsi su un altro livello. «Dico solo che è cresciuta nel clima di guerra provocato dal divorzio dei suoi genitori, e ciò nonostante non ha adottato nessuna misura per proteggere sua figlia dalla stessa esperienza. Non sono uno psicologo, ma credo che questo sia significativo.» Neanche lui è uno psicologo; è un assistente sociale.

«Quando le chiedo di lei, spesso riporta il discorso a Madeline.»

«Credo che sia perché tutto alla fine riguarda lei. Ha voluto lei questo divorzio, e vuole controllarne ogni aspetto. Vuole decidere come dividere i nostri beni e come dividere il tempo con Lola. È sempre sicura di saperne di più. L'ha già incontrata?»

«Parliamo di Lola.» Wilfred mi fa una serie di domande sulle tappe fondamentali della vita di Lola che sembrano fatte su misura per Madeline. Vorrei quasi domandargli se è stata lei a chiedergli di farle, ma non sarebbe una buona idea. Io e lui non ci troviamo molto simpatici a vicenda.

Ma non importa, perché io e Lola siamo molto legati. Se ne accorgerà quando ci osserverà insieme, e anche quando la incontrerà in privato e Lola gli dirà solo cose positive su di me. E sosterrà anche tutto quello che dico sul fatto che Madeline è una falsa, una bugiarda e un pessimo modello di comportamento, che antepone la sua vita sessuale ai bisogni emotivi di sua figlia. Inoltre, dopo la notte che ho passato con Sidney, anche lei mi sosterrà.

Rispondo alle domande di Wilfred facendo del mio meglio, che però non è abbastanza. «Immagino che Madeline avrà superato questo piccolo esame a pieni voti» dico. «Ma l'importante è connettersi con Lola nel presente. È una cosa che io so fare e mia moglie no.»

Wilfred vuole sapere delle donne con cui sono stato prima di Madeline. Mi sembra strano, ma va bene, starò al gioco. Gli spiego che Madeline era diversa da tutte le altre, che mi era piaciuto il modo in cui mi aveva fatto faticare per ottenere i suoi favori, che non era un'artista svampita. Aveva la testa sulle spalle e sapeva come sostenere i sogni di un uomo. Devo ammettere che, senza di lei, sarei ancora nel mio piccolo studio di architettura e non sarei mai diventato ricco. Be', devo molto anche a Peter Tramboni, ma non ho intenzione di menzionarlo.

«Io e Madeline avevamo un accordo che ha funzionato per molto tempo» dico. «Ma il fatto è che lei è molto riservata. Non ho mai saputo quando ha smesso di funzionare, per lei. O forse non si trattava affatto del nostro accordo, ma solo del fatto che voleva un altro uomo.»

Wilfred sembra a disagio.

«Senta, lo so che il fatto che abbia una relazione non fa di lei una cattiva madre. Ma la sua preoccupazione per un altro uomo l'ha resa una cattiva madre. Basta chiedere a Lola.»

«Lei parla con Lola delle attività di sua madre?»

«Solo quando Lola ne parla per prima, e solo nei modi più appropriati. Mi mantengo molto neutrale. Ma Lola è turbata, ed è comprensibile. Sua madre ha fatto saltare la nostra famiglia. Madeline non ha voluto nemmeno fare terapia di coppia, lo sapeva?»

«Credo che dovremmo limitarci a...»

«Non dico di essere stato un marito perfetto. Lavoravo fino a tardi, è vero, ma lavoravo in casa, al pianterreno. Ero sempre disponibile. Se mi avesse chiesto aiuto, glielo avrei dato. Se mi avesse chiesto di cambiare, l'avrei fatto. Non l'avrei mai abbandonata come ha fatto lei con me. Ho costruito la famiglia che ho sempre sognato e l'ho amata.» Maledizione, sono scoppiato in lacrime. «Mi passerebbe quella scatola di fazzoletti?»

Me la passa. A differenza della dottoressa Vaughn, sembra indifferente alla mia vulnerabilità. Anzi, lo mette ancora più a disagio. Forse è per questo che fa valutazioni e non terapia.

«Non volevo che finisse così, capisce?» dico, soffiandomi il naso.

«Non lo vuole nessuno.» Consulta la sua cartellina. «Ho altre domande da farle e le sarei grato se limitasse l'ampiezza delle sue risposte.»

«In che senso?»

«Risponda a ciascuna domanda senza ulteriori commenti.»

Caspita. Questo tizio è un vero esempio di compassione. Gli guardo la mano. Non ha la fede nuziale. «Anche lei ha divorziato?»

«Limiti anche la portata delle sue domande.»

Ho l'impressione che quello che dico non abbia importanza. Madeline lo ha conquistato per prima.

È come se dentro di me stessero esplodendo dei fuochi d'artificio. Hugh mi ha detto che nessuno vuole sentir parlare di quello che ha fatto una sedicenne dopo aver passato un inferno per via del divorzio dei suoi genitori, che semmai il giudice potrebbe provare empatia per Madeline, a causa di quello che ha vissuto da ragazza. Ma Hugh non può sapere tutto e Wilfred è un tipo molto chiuso. Una volta che gli avrò raccontato ciò che Madeline ha fatto a suo padre, prenderà con le molle tutto ciò che gli ha detto. Capirà che lei non è come sembra.

«Prima di tornare alle domande» dico «ho una storia da raccontarle.»

59
Madeline

Tarek viene a casa mia solo quando Lola è con Greg, ma anche così la situazione è tesa. Sembra persino più preoccupato di me che ci interrompano di nuovo. Quando siamo a casa di Tarek, sono altrettanto distratta. Sono più consapevole della sua povertà (lo so, è una scelta di principio, ma ultimamente mi sembra più bigotta che romantica). E quando siamo in pubblico, mi guardo costantemente alle spalle. Non voglio che chi conosceva Greg e me come coppia inizi a fare ipotesi sull'altro uomo.

In altre parole, nessun posto è più sicuro o confortevole. Per colpa di Greg.

Stasera io e Tarek siamo andati in una bettola. Tutti hanno almeno dieci anni meno di me e mi sento un po' fuori posto. Tarek, invece, si adatta perfettamente. Ha persino messo delle monetine nel jukebox hipster, che sputa canzoni che non ho mai sentito.

Almeno l'illuminazione è fioca, così da nascondere le mie zampe di gallina, che sono diventate più pronunciate da quando è iniziato tutto questo. I drink costano cinque dollari. Io prendo un rum e coca, che era il mio preferito al college. Un eccitante più un calmante: la ricetta perfetta per l'euforia.

Sono al secondo. Ancora nessun effetto.

«È stato così umiliante» dico. «Quell'assistente sociale seduto sul divano a prendere appunti, mentre io e Lola eravamo sedute al tavolo da pranzo. Prima che lui arrivasse, ho dovuto minacciarla per convincerla a giocare con me a un gioco da tavolo, la dama cinese, che prima adorava. Quando l'assistente sociale è arrivato, lei ha detto a voce alta: "Sei stata tu a dire che se non avessi giocato con te, non avrei potuto vedere Bliss per un mese". Era una bugia, avevo detto una settimana, ma se l'avessi corretta, avrei dimostrato che l'avevo effettivamente minacciata.»

«Ma perché l'avevi minacciata?» Beve un sorso di sangria. Questo bar è orgoglioso della sua sangria e la filosofia di Tarek è quella di prendere sempre la specialità della casa o la prelibatezza locale. È così che ha affrontato il suo soggiorno in Gambia. O era il Gabon? Non posso chiederglielo, perché penserebbe che sono razzista.

«Perché altrimenti lui ci avrebbe visto sedute al tavolo in totale silenzio, oppure con me che facevo domande e lei che mi ignorava.»

«Ma questa è la realtà. Questo è il tuo rapporto con lei in questi giorni.»

«Sto cercando di fare colpo, Tarek.» Scuoto la testa esasperata. «Sto cercando di tenermi mia figlia. Devi per forza criticare ogni mia mossa?»

«Ho criticato?» Il suo tono è mite.

«Non lo fai mai in modo palese. È un pensiero tra le righe. Sento sempre il tuo giudizio.»

«Potrebbe essere solo la tua coscienza.»

«Vedi? Questo è un giudizio.» O forse ha ragione, e lo sto facendo diventare la voce della mia coscienza, il mio personale grillo parlante. Non c'è da stupirsi se non voglio più scopare con lui. Francamente, non voglio più fare niente con nessuno. «Credo di essere depressa.»

«Anch'io lo sarei, al tuo posto.»

Bevo il resto del mio drink, perché l'alternativa è gettarglielo in faccia.

«Ehi.» Mi tocca leggermente il braccio. Mi rendo conto che è la prima volta che lo fa in tutta la serata. Non è passato molto tempo da quando non riuscivamo a toglierci le mani di dosso. «Volevo dire che sarei depresso anch'io se la mia ex e mia figlia mi trattassero così.»

Mi salgono le lacrime agli occhi. Volevo solo che qualcuno mi capisse. «Non ho idea di cosa abbia detto Lola al valutatore, ma so cosa ho visto. Quando eravamo sedute a quel tavolo, era felice di vedermi a disagio.»

«Non riesco a credere che sia vero.»

«È vero! È vero!» Altro che capirmi. «Nel frattempo, sto lottando con le unghie e con i denti per la custodia di mia figlia. Perché lotto così tanto? Forse è arrivato il momento di lasciare andare Lola. Forse lei e Greg si meritano a vicenda.»

Tarek trasalisce. È come se non avesse mai sentito nulla di così spregevole in tutta la sua vita.

«Ovviamente non dico sul serio. Mi sto solo sfogando.»

Guarda il bancone del bar come se volesse sparire. O volesse che sparisca io. «A volte, quando ti ascolto, riesco a malapena a riconoscere la donna di cui mi sono innamorato.»

«Be', sai una cosa? Il divorzio ti cambia. Prova e vedrai.»

«Ti sei allontanata molto da quello che dicevi all'inizio. Allora si trattava solo di collaborare e di fare in modo che la cosa rimanesse amichevole, per il bene di Lola.»

«Era quello che volevo. Ma Greg sta cercando di portarmi via mia figlia. Devo reagire.»

«Non sono più sicuro di chi sia l'aggressore.»

«È Greg. È sempre stato Greg.»

Tarek sembra poco convinto. «Ho paura che sia tu ad allontanare Lola. Che lei veda cosa ti ha fatto il divorzio e non ne voglia sapere.»

Non ce la faccio più. Non ho più voglia di sforzarmi di essere compresa. Mi alzo in piedi. «Vado a casa.»

«Non puoi guidare.»

«Certo che posso.» Quello che non posso fare è stare con lui un altro minuto, soprattutto perché sta cercando di tenermi qui solo per impedirmi di guidare ubriaca, non perché vuole stare con me. «Non sono nemmeno ubriaca.»

Ho bisogno di un uomo che mi sostenga e di una figlia che mi parli. Ho bisogno di una migliore amica che risponda ai miei messaggi e di un ex che non cerchi di rovinarmi la vita. O sono io che cerco di rovinare la sua?

Penso a ciò che Wilfred ha detto sull'essere attivi o reattivi. Vorrei sapere quale delle due sono. Tarek non è l'unico a non riconoscermi più.

Il mondo intero è impazzito? O sono davvero solo io?

60

Greg

Il sesso con Sidney è una rivelazione, ma non nel modo in cui avevo sperato.

Nei momenti dopo l'amplesso, come ora, mi riporta alla mente ricordi dolorosi di quando stavo con Madeline. Abbiamo fatto l'amore pochi giorni prima che mi dicesse che era finita. Quando si era avvicinata a me ero rimasto sorpreso, perché era passato così tanto tempo dall'ultima volta che mi era sembrata anche lontanamente interessata, per non parlare di fare lei il primo passo. Naturalmente, come poi si è scoperto, per lei non era stato fare l'amore, ma un modo di darmi il benservito. Per chiudere in bellezza, probabilmente. Questo è sempre stato importante per lei. Le convenienze sociali, le carinerie. Mi sono sempre detto che non era capace di vera passione, e per questo venire a sapere di Tarek è stato un colpo così duro.

Ma volete la verità? Finché lei rimaneva, finché faceva le cose, benché senza convinzione, io stavo bene. Mi sentivo fortunato ad avere una moglie che adoravo. Nessun altro che conosco ce l'ha, tranne forse Jared, e lui e Sidney sono riusciti a mantenere la loro fase di luna di miele solo perché fanno praticamente solo sesso da luna di miele. Si incontrano in luoghi esotici per mantenere la situazione piccante e a casa si guardano a malapena.

Durante le conversazioni a letto con Sidney, scopro ogni sorta di chicche come questa.

Mi piacciono le chiacchiere a letto. Mi piace anche il sesso a livello puramente fisico. Ma l'emozione non c'è. Non ancora, almeno. Spero che si sviluppi col tempo. Potrei imparare ad amarla. Perché non la sto solo usando. Sono un tipo che ragiona a lungo termine.

La apprezzo già moltissimo. Voglio dire, con Wilfred si è fatta valere alla grande. Da quello che mi ha detto, durante il colloquio ha orientato le cose a mio favore senza penalizzare Madeline. Voleva essere sicura di apparire allo stesso tempo combattuta e imparziale. «Se fossi stata troppo dalla tua parte, avrei destato sospetti» ha detto. Per certi versi, è più intelligente di me, proprio come Madeline.

È sollevata su un gomito e mi sorride con una tale devozione che mi sento un po' sporco per tutti questi pensieri su Madeline. Mi sposta i capelli dal viso. «Mi piacevano un po' più lunghi» commenta. «Ti facevano sembrare dissoluto.»

Rido. «Dissoluto? Non coltivo una pianta d'erba da quando ero ragazzo. Vivevo sopra un pendio, ricordi?»

Anche lei ride. È così facile tra noi. È bello non avere tanti pesi. «Mi sono sempre chiesta come sarebbe stato con te. Madeline mi aveva detto che eri tecnicamente fantastico.»

Mi sorprende che Sidney possa parlare di Madeline con disinvoltura, come se tutti i suoi sensi di colpa fossero già svaniti, come se Madeline fosse la mia ex di un tempo e non la sua recente migliore amica. Mi sorprende anche che non si renda conto che sentire cose del genere può ancora ferirmi.

Tecnicamente fantastico. È come dire che Madeline non provava nulla.

Sidney si china per un bacio e io l'accontento. Poi si accascia contro il cuscino con un'espressione estasiata. «Sei fantastico in tutti i sensi! Dammi un pizzicotto, devo sapere se sto sognando.»

«Non stai sognando.» Mi sento un po' male, in realtà. Avevo iniziato con il morale alto, festeggiando la mia imminente vittoria. Il pomeriggio non poteva andare meglio di così. Persino il vecchio Wilfred ha dovuto sorridere guardando me e Lola insieme. Lola ha avuto il suo colloquio privato ieri, e mi ha raccontato nei dettagli tutte le cose positive che ha detto su di me e tutte le cose negative che ha detto su Madeline. Non è che l'abbia istruita io; si dà il caso che veda in Madeline quello che vedo io. Ha visto com'è davvero sua madre.

Non sono sicuro che la vittoria sarà dolce. Potrò anche vincere, ma non avrò riconquistato Madeline. Lei è sempre stata il premio finale.

Può affermare che la sua intransigenza non è dovuta a Tarek, che tutto questo è un viaggio alla scoperta di sé stessa, ma andiamo. Secondo Lola, Tarek sta ancora con lei. Anche se a quanto pare non approva il modo in cui Madeline sta gestendo il divorzio, stanno andando avanti. Quindi Madeline è disposta ad accettare critiche costruttive da Tarek? Non le avrebbe mai accettate da me.

Vorrei poter rinunciare a Madeline una volta per tutte, ma in tutta la mia vita non ho mai trovato nessun'altra donna in grado di reggere il confronto con lei. Chiamatemi pazzo, ma a volte penso ancora che se Tarek non ci fosse, io e Madeline potremmo avere una possibilità. Non ho paura di fare tutto il lavoro necessario. Ho supervisionato demolizioni e ricostruzioni complete. Ci sono tantissime coppie che si risposano. Madeline e io dovremmo salire sui nostri bulldozer e sulle nostre ruspe, dire ciò che ci siamo sempre tenuti dentro e iniziare a costruire nuove fondamenta. Se dopo tutto quello che mi ha fatto, riesco ancora ad amarla tanto, è la prova che siamo fatti l'uno per l'altra.

Sidney non l'ha ancora detto a Jared, quindi non ha superato il punto di non ritorno. Forse, per quanto riguarda Tarek, devo solo diventare creativo.

61

Madeline

«Ho davvero bisogno di te» dico. Volevo che non si arrivasse a questo, volevo non essere costretta a riversare il mio cuore in un messaggio vocale. «Comincio a chiedermi se non hai bloccato il mio numero, visto che non rispondi ai miei messaggi. So che sono difficile da sopportare, in questo periodo. So che parlo troppo di me. Ma voglio davvero sapere cosa ti sta succedendo. Deve essere qualcosa di grosso, altrimenti saresti qui per me come lo sei sempre stata. Ti ho dato per scontata e mi dispiace.

Siamo amiche da vent'anni, Sid. Ultimamente sono stata egocentrica, ma sai che in realtà non sono così. Posso fare di meglio. Ti prego, richiamami. Possiamo parlare di tutto. Se sei arrabbiata con me, dimmelo. O se si tratta di qualcos'altro, di Jared, del lavoro o altro, ne parleremo. Io per te ci sono sempre.»

Sto per riattaccare, quando mi travolge un'ondata di disgusto per me stessa.

«Non ti biasimo se ti sei semplicemente stancata di me. Anch'io sono stufa di me. Sono stufa di tutti i miei discorsi su Greg e Lola e sulla nostra battaglia per la custodia. E in tutti i miei discorsi, non sono stata onesta con te.» Faccio un respiro profondo. «Avrei dovuto dirti tutto su Tarek. Prima di andare a letto con lui e anche dopo. Forse non volevo che mi giudicassi. No, non volevo che cercassi di impedirmelo. E ora che tutto sta andando a rotoli, ora che lui mi ha deluso o forse io ho deluso lui, non lo so nemmeno più… mi vergogno tantissimo.»

Mi sfrego gli occhi, sorpresa di trovarli asciutti. «Per mesi ti ho detto che il fatto di aver lasciato Greg non aveva nulla a che fare con Tarek. Mi sono persino convinta che fosse una dichiarazione di indipendenza; di auto-realizzazione. L'ho detto davvero? Invece era proprio per Tarek, e lui si è rivelato inaffidabile.» Tarek risponde ai miei messaggi più di Sidney, negli ultimi tempi, ma non vuol dire molto.

«Non volevo essere così superficiale da spaccare la mia famiglia per un altro uomo. Ma la verità è che lo sono. Ero troppo debole per porre fine al mio matrimonio senza una zattera di salvataggio. Ero troppo debole per stare da sola. Ma dovrò diventare molto più forte, perché Tarek sta per uscire dalla mia vita e Greg probabilmente otterrà la custodia esclusiva. Lola mi odia, e la persona che ha valutato l'affidamento deve averlo capito.» Finalmente scendono le lacrime. «Sto per rimanere completamente sola, Sid. Pensi che me lo meriti? È per questo che non ho avuto tue notizie?»

Vorrei poter singhiozzare, perché così Sidney saprebbe che sono un disastro assoluto e forse questo cambierebbe le carte in tavola. Ma nonostante ciò, non sono così.

«Non so come tutto mi sia sfuggito di mano» dico a Sidney, o meglio, alla sua segreteria telefonica. «Non so dove tu sia o cosa stia facendo, ma spero tanto di avere tue notizie. Altrimenti…» Non riesco a finire la frase, è troppo melodrammatica. Ma questo non rende la paura meno reale.

62

Greg

«Volevo dirglielo di persona» dice Hugh. I suoi capelli sono scomposti come non li avevo mai visti, mentre la sua scrivania è insolitamente ordinata. La sua espressione è imperscrutabile. «La legge dice che lei e Madeline non potete ricevere copie del rapporto di valutazione della custodia, che deve passare attraverso i vostri avvocati. Quindi ce l'ho qui, sul mio schermo.» Non lo gira verso di me. È solo per i suoi occhi.

Perché tutta questa preparazione? Perché non darmi semplicemente la buona notizia? Quando vedrà che l'accordo per il divorzio è tutto a mio favore, Madeline capirà senza mezzi termini quanto le costa davvero tutto questo. Voglio dire, ci è già costato migliaia di dollari, ma posso perdonarla. Madeline è una persona pratica, quindi penso che dopo la sentenza sarà aperta all'idea di una riconciliazione. Forse, dopotutto, non avrò bisogno di fare nulla riguardo a Tarek.

«Wilfred è sempre stato un tipo equo e imparziale.» Hugh sta guardando il computer, non me. «Non l'ho mai visto esaltare qualcuno in questo modo.»

«Madeline può dare fastidio alle persone.» Lo ha detto anche Sidney.

Scuote la testa. «Non Madeline. Lei.»
«Aspetti, cosa?» Avevo la situazione in pugno. Visto quello che ho rivelato a Wilfred sul passato di Madeline e con Lola e Sidney dalla mia parte, sono in una posizione tale che non posso perdere. «Ci dev'essere un malinteso.»
«Wilfred scrive in modo chiarissimo. Non usa un gergo da addetti ai lavori.» Hugh scruta lo schermo. «No, nessun malinteso. Ha stabilito che si tratta di un caso di alienazione parentale, che è praticamente l'ipotesi peggiore per noi.»
«Cosa significa alienazione parentale?»
«Ha scritto che non diagnostica con leggerezza la sindrome di alienazione parentale, ma che questo è un caso chiaro. Dice che lei è da manuale. Ha avvelenato Lola contro sua madre.»
Mi viene voglia di saltare sulla scrivania, e non so se per aggredire Hugh o il suo computer. «Sono tutte stronzate! Lola ha deciso da sola riguardo a Madeline.»
Hugh sfoglia il rapporto sullo schermo. «Wilfred dice che Lola si presenta inizialmente come molto matura per la sua età, con un vocabolario avanzato, ma dal punto di vista dello sviluppo fisico ed emotivo sembra più piccola. Secondo il test psicologico, l'ha trovata insolitamente suggestionabile. Ha detto che ripeteva le stesse identiche frasi che ha usato lei per descrivere Madeline, il che è un campanello d'allarme.»
«Non le ho mai detto cosa dire.»
«Forse no, ma immagino che lei possa averle parlato di Madeline in modi fortemente inappropriati.»
«È questo che dice il rapporto?» Sto per esplodere.
«È quello che le sto dicendo io. Per tutto il tempo, le ho ripetuto di non mettere di mezzo Lola. Non si racconta a una bambina piccola la propria sofferenza. Non si sottolinea tutto ciò che non va in sua madre.»

«Non mi ha mai detto nulla del genere.»
«Si vede che non mi ascoltava.»
Sento la rabbia salire fino al livello di guardia. «Non mi sono mai comportato in modo inappropriato con Lola. Mi sono comportato onestamente. Lei mi fa una domanda, io rispondo. Se non lo facessi, mi odierebbe come odia Madeline.»
«Allora avrebbe dovuto lasciarsi odiare per un po'. A volte succede con i bambini. A volte bisogna deluderli o dar loro cattive notizie. A volte bisogna fare fronte comune con l'altro genitore, invece di metterli alle strette.»
«Ma come le viene in mente, cazzo? All'improvviso è lei l'esperto di genitorialità?» È come se pensasse davvero che quel rapporto sia giusto.
«Ho fatto da cogenitore a quattro figli, dopo il divorzio. Non è stato sempre facile, ma sono diventati tutti adulti sani ed equilibrati.» Hugh piega le mani in modo sussiegoso. «Anche con Wilfred lei si è comportato in modo inappropriato, raccontandogli quella storia su Madeline e suo padre. L'avevo avvertita che ci sarebbe scoppiata in faccia, e così è stato.»
«Ho detto la verità!» ribatto. «Madeline è andata in tribunale a dire che voleva vivere con sua madre. Ma non si è fermata lì. Ha mentito, dicendo che suo padre continuava a fissare le tette delle sue amiche adolescenti, quando non era vero. Ha fatto passare suo padre per un predatore sessuale. Il giudice ha dovuto assegnare la custodia esclusiva alla madre.»
«Come fa a sapere se guardava o no le tette delle sue amiche? Era presente?»
«No, ma ho visto come era distrutto suo padre. Lo ha umiliato.»
«Oppure suo padre era distrutto dalla vergogna per le proprie azioni. A me ha detto di non aver mai chiesto

a Madeline quale fosse la verità.» Hugh mi fissa. «L'ha fatto? O ha semplicemente creduto a suo padre?»

«So capire quando qualcuno mente.»

«Tutti pensano di poterlo fare. Ma lei non ha capito quando Madeline mentiva a lei. Cosa le fa pensare che sarebbe in grado di capire se mentiva anche suo padre?» Scuote la testa. «Non ha importanza, comunque. La realtà è che siamo fregati. Questo rapporto è fortemente dannoso per noi e avrà molto peso presso il giudice. Wilfred raccomanda che Madeline riceva la custodia primaria e che, inizialmente, lei veda Lola solo ogni due fine settimana, durante visite controllate. Niente pernottamenti.»

«Cioè, con la supervisione di Madeline?»

«No. C'è una lista di agenzie approvate a cui ci si può rivolgere. Fa solo parte dell'industria del divorzio.»

«Quindi non mi sarà permesso stare da solo con Lola?»

«Non subito. Wilfred vuole assicurarsi che Madeline e Lola abbiano il tempo e lo spazio adeguati per cercare di ripristinare il loro legame.» Hugh deve aver notato il mio dolore, perché il suo sguardo si ammorbidisce. «Lo so, sarà difficile. Ma non è una condanna a morte.»

«Forse non per lei.» Lola è ciò che mi impedisce di crollare. Lei e Sidney. Solo che io non amo Sidney. Amo Madeline. Nel bene e nel male, a quanto pare.

«Non sarà una cosa rapida, ma se dimostra di essere affidabile, avrà più tempo da passare con Lola. A un certo punto, ci saranno di nuovo i pernottamenti e tutto tornerà come prima. Ma deve essere irreprensibile. Il tribunale la osserverà da vicino, e in futuro ci saranno altri rapporti su di lei. Le consiglio di rivolgersi immediatamente a un terapeuta.»

Sono ancora scosso. Non mi sembra possibile. «E quando Wilfred ha visto me e Lola da soli? Deve aver notato quanto siamo legati.»

«Ha scritto che voi due eravate come invischiati. Sembrava che Lola si esibisse per il suo bene, come se fosse fin troppo attenta all'impatto che poteva avere su di lei. Ha detto che questo tipo di comportamento si riscontra nei figli di genitori gravemente malati di mente. È Lola a sentirsi responsabile del suo benessere, invece del contrario.»

«Niente di tutto questo è vero. Io e Lola ci divertiamo insieme, e lo abbiamo sempre fatto. Non si comporta con prudenza verso di me.» Come ha fatto Madeline a ottenere questo? «Wilfred deve essere stato corrotto. Oppure ha un'antipatia personale per me. Come possiamo fare per toglierlo di mezzo?»

Hugh mi guarda come se pensasse che io abbia davvero una grave malattia mentale. «La soluzione è tenersi fuori dalla relazione tra Lola e Madeline. Si concentri sull'essere il miglior padre possibile. Come ho detto, sia irreprensibile e arriverà dove vuole.»

«Lei non crede sul serio a questo rapporto, vero?»

«Be', è piuttosto convincente.»

«Madeline è persuasiva. Ed è bellissima, non lo dimentichi. Wilfred deve essere caduto preda del suo fascino.» Per non parlare di quanto possa essere manipolatrice, cosa di cui Lola si è resa conto, ma Wilfred sembra pensare che le abbia messo io la pulce nell'orecchio.

«Le conclusioni di Wilfred non citano affatto Madeline. Ha detto che lei gli ha fornito un diario molto dettagliato degli ultimi mesi, rigorosamente basato sui fatti, evitando di trarre conclusioni, e che ha evitato di lanciare accuse durante il colloquio. Sembra che si sia comportata in modo perfetto.» Hugh sembra impressionato, suo malgrado. «Le sue conclusioni si basano sul colloquio con lei, sul colloquio con Lola e su quello che ha notato osservando Lola con ciascuno di voi. E sui test psicologici. Credo che ci siano state anche molte conferme da parte dei contatti.

Come l'insegnante di Lola, l'allenatrice di calcio, alcune babysitter, Peter Tramboni...»

«Ha parlato con Peter Tramboni?» Mi rendo conto di aver stretto i pugni. Come ha fatto Peter Tramboni a finire nella sua lista di contatti? Madeline non avrebbe dovuto sapere nulla del mio litigio con Peter.

«Chi avrebbe mai pensato che un titano dell'industria avesse il tempo di far fare brutta figura al suo ex architetto?»

Per la maggior parte di questa conversazione, sono stato tanto scioccato quanto arrabbiato. Ma ora provo rabbia pura.

Cosa c'entra un pezzo di merda senz'anima come Peter Tramboni con la mia idoneità genitoriale? Lola vuole stare con me! Mi ama più di ogni altra cosa, più di Madeline certamente, e ora sarà penalizzata per questo? Dovrà vivere a tempo pieno con la madre e vedere me solo durante visite sotto supervisione? Non è nell'interesse di Lola. Tutto questo è solo nell'interesse di Madeline.

Hugh dovrebbe essere arrabbiatissimo. Dovrebbe infuriarsi come me, inveire contro questo errore giudiziario. Ma a lui non importa nulla della giustizia. Lo fa solo per guadagno.

Sta ancora parlando, ma non riesco a sentirlo. Mi sono ritirato nella fantasia. Vedo Lola sul banco dei testimoni in tribunale, che mi indica e dice: "Ho scelto papà" mentre Madeline singhiozza in modo incontrollabile. Finalmente dovrà affrontare gli errori commessi. Sarà la sua resa dei conti finale.

«È da un po' che sono preoccupato per lei» dice Hugh. «Voglio dire, è così consumato dal desiderio di vendetta che sta per perdere la sua attività...»

«No. Non capisce. Non mi ha mai capito. Sono consumato dal desiderio di riavere la mia famiglia. Lei avrebbe dovuto farmela riavere.»

Scuote la testa. «Non l'ho mai promesso.»

«Ma sapeva che il piano era temporeggiare per avere più tempo per convincere Madeline.»

«Quello era il piano A. Ormai siamo al piano D.» L'espressione di Hugh diventa compassionevole. «So che è una situazione difficile da accettare e che non è il risultato che speravamo di ottenere. Ma la strada è lunga. Lei e Madeline dovrete avere a che fare l'uno con l'altra almeno fino ai diciotto anni di Lola. Questo potrebbe essere il campanello d'allarme di cui avevate bisogno.»

Doveva essere il campanello d'allarme per Madeline. Invece mia figlia mi è stata strappata via.

«Vada a casa e pianga tutte le sue lacrime. Poi sia uomo e faccia quello che deve fare. Tiri fuori un po' d'orgoglio per Lola e si sforzi di fare la migliore impressione possibile durante le visite di controllo. Con il tempo, porgerà un ramoscello d'ulivo a Madeline, perché se vuole accelerare tutto questo, sarà utile tornare nelle sue grazie.»

Oggi sono venuto qui pensando che la mia posizione di contrattazione stesse per migliorare in modo sostanziale, ma ora scopro che Madeline è tornata dove ama stare: al posto di comando.

Ho perso. Mi sento perso.

Il che significa che lei ha vinto. Certo che ha vinto. Perché non si ferma davanti a nulla. A quanto pare, è senz'anima come Peter Tramboni. Forse ora si scopa anche lui.

Lola non può crescere con quella donna. A qualunque costo, non posso permettere che accada.

Esco mentre Hugh sta ancora parlando. Senza pensarci o volerlo, mi metto alla guida e mi ritrovo proprio dove ho bisogno di essere.

Entro di corsa nell'ufficio, supero la sala d'attesa dove fortunatamente non c'è una segretaria a rallentarmi, e spalanco la porta del *sancta sanctorum*. Il tipo è troppo fiducioso. Non ha pensato di chiudere a chiave, ma avrebbe dovuto farlo. Non credo di essere il primo nemico che si fa.

Wilfred salta in piedi, ma è alto un metro e settantacinque al massimo. Non può competere con me.

«Non può stare qui» balbetta. La cliente con cui stava parlando mi fissa, con occhi da civetta spaventata.

«*Lei* non deve stare qui» dico alla donna, e intendo dire che nessuno dovrebbe avere a che fare con Wilfred, ma la prende come una minaccia, perché scappa fuori.

«Sta esagerando» dice Wilfred, con voce tremante.

«Ho tutto il diritto di affrontare il mio accusatore. Pensava di poter scrivere un mucchio di bugie senza doverne rendere conto?» Mi avvicino, godendo della paura nei suoi occhi. «La pagherà per questo.»

«Esca.»

Lo fisso. I miei pugni sono di nuovo serrati e vorrei scatenare un po' della furia che ho accumulato dentro di me per mesi.

Lui ricambia lo sguardo e sento che mi sta sfidando. Sto per dimostrare di essere l'animale che lui crede che io sia?

No, non lo sono. Non ancora, comunque.

Mi tiro indietro. «Fa schifo nel suo lavoro» gli dico.

«Lo scriva su Yelp» dice, e io quasi rido. Voglio dire, non immaginavo che Wilfred fosse capace di umorismo. Nemmeno io sono sicuro di cosa sono capace.

Torno a casa, perché è lì che si trova il bourbon. Ho appena varcato la porta d'ingresso quando ricevo una telefonata da Hugh. Parte con una sfilza di imprecazioni.

«Testa di cazzo! Le avevo detto di calmarsi! Avevamo delle opzioni. Avrei potuto chiamare Wilfred a testimoniare e farlo crollare. O avrei potuto trovare un esperto per confutare il suo rapporto. Ma ora non ha più senso.

Ha fatto la figura del pazzo. Ora è una minaccia per la società e un pericolo per Lola!»

Ho stappato il bourbon e bevo direttamente dalla bottiglia. «Non ha mai detto che avevamo delle opzioni.»

«Ci sono sempre delle opzioni. Ma cercarle non è più compito mio. Cominci a cercarsi un nuovo avvocato.»

Riattacca e non ho il tempo di dirgli che è stata la sua incompetenza a portarmi fino a questo punto, che lui ha fatto quasi quanto Madeline per distruggere la mia vita. E anche la vita di Lola.

Ma qualcuno la pagherà.

63

Madeline

«Congratulazioni.» Esther spinge i fogli sulla scrivania e mi guarda raggiante, come se avessi appena vinto alla lotteria. O meglio, come se avesse vinto lei. «Forse è il caso di incorniciarlo.» È un ordine del giudice. Ha seguito tutte le raccomandazioni della valutazione della custodia, proprio come aveva detto Esther, ma è andato persino oltre. Leggo rapidamente.

«Sapevo che ti avrebbe fatto piacere. Guarda solo tutte le umiliazioni che Greg dovrà sopportare.» È compiaciuta. «Dovrai tenere gli occhi e le orecchie aperte, in modo da poter documentare qualsiasi commento sprezzante o non favorevole nei tuoi confronti che Greg faccia davanti a Lola o a chiunque altro nella vostra comunità. In questo modo, potremo davvero fargliela pagare, visto che violerebbe esplicitamente un'ordinanza del tribunale. Vedi a pagina tre? Deve pagare la terapia familiare per te e Lola. Deve anche scrivere una lettera a Lola, riconoscendo di aver fatto e detto cose che hanno interferito con il tuo rapporto con lei.»

Scorro la pagina. Nella lettera Greg dovrà ammettere di aver sbagliato, ricordare a Lola che entrambi la amiamo allo stesso modo e soprattutto chiarirle che sono un genitore responsabile e amorevole.

«Non sembrerà lui. Lola saprà che il giudice lo ha costretto.» Anzi, penserà che l'ho costretto io. O che ho manipolato il giudice per costringerlo.

«È questo il bello di tutta la faccenda. Non ha scelta. Greg è obbligato. Se non sta attento lo portiamo di nuovo in tribunale e gli togliamo quel poco che gli resta.»

Esther è esultante, ma io no. «È davvero questo il modo per recuperare la mia relazione con Lola?»

«È l'unico modo! Questo è uno degli ordini del tribunale più severi che abbia mai visto. Il giudice sta mettendo Greg in guardia. Lo dice proprio a pagina sei. Se Greg viene trovato in violazione, sarà ritenuto colpevole di oltraggio alla corte e non ci sarà alcuna clemenza. Le sanzioni possono includere la revoca del suo tempo con Lola e sanzioni finanziarie pagate direttamente a te, oltre alle mie spese legali e alle spese processuali. Greg è in una morsa, Madeline. Il suo regno del terrore è finito.»

Perché non ne sono del tutto felice? Greg è stato privato di tutto e umiliato, gli sono stati negati quelli che riteneva essere i suoi diritti fondamentali. Ha cercato di distruggere la mia relazione con Lola, e ora è lui che…

Credo sia questo il motivo del mio disagio. Perché, anche con tutte queste restrizioni, pene e sanzioni, non c'è garanzia che io e Lola staremo mai bene. Potrebbe persino odiarmi di più, pensando che ho mandato all'aria il rapporto con il suo genitore preferito.

«Non ho chiesto nulla di tutto questo» dico. «Volevo solo che si attenesse al nostro accordo originale.»

«Ma è molto meglio. Lo vedrai, col tempo.» Esther sembra un po' delusa dalla mia reazione, come se fossi una bambina ingrata.

«C'è una cosa che voglio chiarire. Ci penso da quando hai condiviso con me la valutazione dell'affidamento.» È successo solo pochi giorni fa. Esther aveva esultato anche allora, rallegrandosi dell'imminente caduta di Greg. La mia reazione era stata più pacata. Non facevo che pensare alla possibilità che Greg avesse parlato con mio padre per poi riferire tutto a Lola...

Esther agita una mano. «Questa valutazione è perfetta. Non c'è niente da chiarire.»

«Ma la parte su mio padre e su come ho mentito al giudice...»

«Bisogna lasciare in pace il passato. È quello che ho imparato. Basta rimuginare su quello che non può più essere cambiato.» La sua espressione è sprezzante.

Pensa che sia vero, me ne rendo conto. Pensa che io abbia incastrato mio padre.

Ma non le importa. È possibile che non le sia mai importato di me o di Lola. Voleva solo la vittoria e ora l'ha ottenuta.

Mi alzo in piedi a fatica. Spero di non vedere mai più la sua faccia, ma non ho intenzione di dirglielo. Non posso tagliare i ponti, perché un giorno potrei avere ancora bisogno di lei. È chiaramente un ottimo avvocato.

Sorride. «È stato un piacere lavorare con te, Madeline. A parte il problema con il tuo fidanzato, sei stata una delle mie migliori clienti. Non sarebbe stato un successo così grande senza la tua documentazione di alto livello. Hai un vero occhio per i dettagli importanti.»

«Grazie.» Mi dirigo a passo malfermo verso la porta.

«Ti chiamo per decidere le prossime mosse!» mi grida dietro mentre mi affretto in corridoio.

In strada non riesco a riprendere fiato. Mi metto sotto la tettoia del palazzo e mando un messaggio a Tarek, per dirgli che ho bisogno di vederlo il prima possibile. Sto impazzendo. Ho vinto la causa, ho ottenuto la custodia esclusiva, Greg ha solo delle visite controllate, è più di quanto potessi sperare, più di quanto avessi chiesto.

Lui risponde con un sms:

Non possiamo più andare avanti.

Cosa significa? Mi stai lasciando con un messaggio?

Se preferisci, possiamo farlo di persona.

Guardo i messaggi, e mi rendo conto che deve aver pensato che stessi gongolando. Avrei dovuto spiegarmi meglio, senza dubbio.

Potrei provare a chiarire, ma a che scopo? Sono settimane che mi sfugge. Questa storia è troppo per lui. È bravo con i bambini, certo, ma questo non significa che voglia starmi accanto mentre cerco di riallacciare i rapporti con mia figlia. Se mai ci riuscirò. Ho fantasticato pensando che sarebbe diventato il patrigno di Lola, ma non mi ha mai detto che era quello che voleva.

Ho smantellato la mia vita, e per cosa?

Che cosa ho fatto?

Arriva un altro messaggio, stavolta da Greg, e naturalmente non sull'app:

Non finisce qui.

Guardo su e giù per la strada, in preda al panico. Non vedo nessuno, ma qualcuno potrebbe essere lì a osservarmi, ancora, forse lo stesso uomo che lo ha avvertito quando Tarek era a casa mia, quella volta.

Il mio respiro diventa ancora più affannoso. Mi sento soffocare dalla paura.

Greg è stato sonoramente sconfitto, questo è indubbio. Ma cosa succederà ora che non ha più nulla da perdere?

64

Greg

Non sono una mina vagante e posso dimostrarlo. Non ho continuato a girare a vuoto; sono diventato strategico. Sono andato da Antonio, l'investigatore privato, e gli ho detto: «Con il lavoro che fai, devi conoscere molti avvocati. Tra tutti, chi si fa meno scrupoli? Parlo di uno che non fa prigionieri, che non si ferma davanti a nulla?». Antonio mi ha dato una risposta immediata. E ora ho il mio nuovo avvocato, e di sicuro non è nella lista di quelli approvati da Madeline.

Indigo è giovane ma è molto acuta. Non è la dottoressa Vaughn, questo è certo. Ed è la persona meno moralista che abbia mai incontrato. Ho potuto raccontarle tutto, senza vergogna, e alla fine mi ha detto cosa dobbiamo fare. «Potrebbe sembrare crudele» ha esordito, e lì l'ho interrotta. Non c'è niente di più crudele di quello che ho già passato. Sono pienamente d'accordo con il piano che ha preparato. Indigo è l'attaccante di cui ho sempre avuto bisogno.

«Cosa ci fai qui?» chiede Sidney, aprendo la porta. I suoi occhi si spostano qua e là in un classico "cosa penseranno i vicini?". Poi mi fa cenno di entrare in fretta.

Vive in una casa da svariati milioni di dollari a Piedmont, un piccolo comune residenziale interamente circondato dalla città di Oakland. È strano che lei e Jared l'abbiano scelto, visto che praticamente tutti gli altri ci vivono per via delle ottime scuole. Sono gli unici del quartiere senza figli. Forse Sidney ha sempre saputo, nel profondo, cosa voleva davvero.

All'esterno, la casa è pittoresca e rivestita in pietra, con quattro sedie a dondolo sotto il portico (ognuna con un cuscino di colore diverso) su cui non si siede mai nessuno. All'interno, è stata completamente sventrata e modernizzata. L'estetica di Sidney è tutta bagliori e luccichii, tanta luce naturale e marmo bianco. Nell'ingresso c'è una scala curva che non ho mai salito. Sono stato qui solo qualche volta, per dei party.

«Jared è qui in città» sussurra, con aria leggermente impaurita.

«Ma è in casa?»

«No.»

«A meno che non abbia piazzato dei microfoni nascosti, non c'è bisogno di bisbigliare.» L'atrio è la cornice perfetta per quello che sto per fare. Mi metto in ginocchio.

«È una follia» dice Sidney, ma i suoi occhi si fanno rotondi e dolci.

«So che non posso chiederti di sposarmi ora, ma ho bisogno che tu sappia cosa provo per te. Ti amo, Sidney.» È una menzogna, perché a questo punto sono un guscio vuoto, incapace di amare, ma capace di molte, molte altre cose.

I suoi occhi si inumidiscono. «Oh, Greg. Anch'io ti amo. Credo di amarti da molto tempo. Solo che non volevo ammetterlo.»

«Voglio una vita con te. Saremo noi tre: tu, io e Lola. Finché non saremo in quattro.»

«Vuoi dire…?»

«Sì, voglio che facciamo un bambino. Costruirò una

nuova casa dei sogni, e questa sarà su un terreno molto più solido.»

Mi tira in piedi e mi stringe a sé. È in estasi e io dovrei sentirmi malissimo per averla illusa in questo modo. Ma sembra che non riesca a provare nulla.

Non ho intenzione di infangare la mia proposta di matrimonio facendo il nome di Madeline. Lascerò passare un po' di tempo, molto poco, e poi chiarirò che per avere il futuro che desideriamo, c'è una piccola questione da risolvere. Sidney mi aiuterà a sconfiggere Madeline una volta per tutte.

65

Madeline

Sidney è qui da cinque minuti, ma sembra un'ora. Ciascuna delle due aspetta che l'altra parli. Ma almeno possiamo intrattenerci con il panorama, visto che siamo fuori sul terrazzo principale.

«Sei sicura di non volere altro?» Indico l'acqua con una fetta di limone che ha davanti. Io preferirei qualcosa di più forte.

«No, sto bene così.» È uno strano mix di nervosismo e aggressività.

«Eri fuori città? È per questo che non hai risposto ai miei messaggi e alle mie chiamate?» Cerco di non assumere un tono accusatorio.

«Non si tratta di questo.»

«So di non essere stata molto piacevole ultimamente, ma pensavo che un'amicizia così lunga e solida come la nostra potesse sopportare un po' di... come dire... di benevolo abbandono?»

I suoi occhi si induriscono. «Non credo ci sia nulla di benevolo in quello che hai fatto a Greg.»

Sono sorpresa non solo dalle sue parole, ma anche dalla ferocia con cui le ha pronunciate. «Non lo sai ancora, ma la valutazione della custodia mi ha dato ragione su tutta la linea. Dice che Greg ha interferito intenzionalmente nel mio rapporto con Lola. Che l'ha messa contro di me di proposito.»

«Oh, so cosa dice la valutazione della custodia.» Non ho mai visto Sidney così fredda. «Lola ha diritto alla sua opinione.»

«Ma il punto è che non è la sua opinione. È quella di Greg. Lui gliel'ha ficcata in testa.»

Sidney tira fuori il telefono e inizia a guardare lo schermo, come se la stessi annoiando. Ferita e sconcertata, non sapendo cos'altro fare, la imito. In quel momento mi accorgo di aver perso un messaggio di Esther. È una sola parola: Emergenza.

«Scusami, torno subito» dico. Sidney non alza lo sguardo e io rientro in casa.

Per quanto mi piacerebbe evitare Esther per il resto della mia vita, non ho intenzione di ignorarla. La chiamo e lei risponde immediatamente.

«La mia giornata è iniziata con una telefonata da parte di Hugh Warshaw» esordisce lei. «Ha detto che non rappresenta più Greg. È chiaro che la loro separazione non è stata amichevole, ma non so se Greg abbia licenziato Hugh o se sia stato lui a mollare il colpo. Gli ho detto che, dal momento che il caso è risolto, era un buon momento per contenere le sue perdite. Lui si è dichiarato d'accordo, ma ha aggiunto che il nuovo avvocato di Greg ha altre idee. Mi ha chiesto se avevo mai affrontato Indigo Reger e gli ho risposto che no, non l'avevo mai sentita nominare. Lui ha detto: "So che pensi che io sia sporco. Lei la più sporca che abbia mai visto".»

«Ma non ha importanza, giusto?» Il responsabile della valutazione sulla custodia si è già espresso e il giudice ha deciso. Indigo Reger non ha nulla su cui lavorare.

«Ho contatti ovunque e ho passato il resto della mattinata a fare indagini discrete. Indigo Reger sta intentando una causa contro Wilfred per negligenza. Dato che Greg sta facendo causa a Wilfred chiedendo milioni di danni, è ovvio che Indigo contesterà la valutazione della custodia e ne chiederà una nuova. Probabilmente cercherà di ottenere un nuovo giudice e ricominciare tutto da capo.»

No. Non posso sopravvivere a un'altra battaglia. «Non ci riuscirà, vero? Verrà semplicemente respinta dal tribunale?»

«Avrei pensato di sì, se non fosse che lei non lascia nulla di intentato. Sta chiamando i tuoi contatti, minacciandoli di querela per calunnia. Alcuni di loro sono stati fondamentali per le scoperte di Wilfred e potrebbero decidere di ritrattare, piuttosto che rischiare di essere trascinati nel fango. Questa Indigo è proprio un bel tipino.» Esther sembra in egual misura disgustata e ammirata. «Ma non ti ho detto la parte peggiore.»

«Come può esserci qualcosa di peggio?» Guardo Sidney, fuori. Avrei proprio bisogno della mia migliore amica in questo momento, ma non so dove sia finita. È ancora al telefono e sta ridendo. Dovevamo fare il punto sulla nostra amicizia e lei guarda video su TikTok.

«Ecco, non chiedermi come, ma sono riuscita a ottenere una copia di una dichiarazione giurata rilasciata dalla tua più cara amica.»

«Sidney?» Il mio sguardo si sposta verso l'ampia vetrata. Fuori, Sidney ha ancora l'aria di chi non ha nessuna preoccupazione al mondo.

«Proprio lei. Sostiene di aver assistito a molteplici conversazioni inappropriate tra te e Lola, in cui eri tu a cercare di mettere vostra figlia contro Greg. Dice che c'era un tentativo di alienazione parentale in atto, ma perpetrato da te.»

«Non ha nessun senso! Lola non ha nulla contro Greg; ce l'ha solo con me.»

«Sidney sostiene che è successo perché non sei stata molto brava e il tuo piano ti si è ritorto contro.»

Faccio un respiro profondo. È possibile che stia accadendo davvero? «Cos'altro ha detto?»

«Che in passato non ti sei tirata indietro usando armi seduttive per approcciarti a uomini di potere e che in questo caso ti sei vantata di aver manipolato il responsabile della valutazione sulla custodia.»

«Non ho potuto nemmeno parlarle della valutazione sulla custodia, perché in tutto questo periodo mi ha evitato!»

«Be', c'è una dichiarazione rilasciata davanti a un notaio che afferma il contrario.» Il tono di Esther è asciutto. Forse vede questo tipo di cattiverie ogni giorno. «Ha anche detto che tendi a manipolare tutti coloro che fanno parte della tua vita, compresa lei, ed è per questo che ci ha messo tanto, prima di farsi avanti e dire la verità. Prima del decreto del giudice, provava una sorta di contorta lealtà nei tuoi confronti, ma quando si è resa conto che Lola sarebbe stata esposta alla tua influenza malevola per tutto il tempo, ha capito che doveva parlare. La sua coscienza glielo imponeva.»

«Quindi ha mentito sotto giuramento.» La guardo attraverso il vetro. So che quando lo shock sarà svanito, sarò più che furiosa, ma in questo momento è come se mi avessero tolto il fiato. «Perché l'avrebbe fatto?»

«Per aiutare Greg. Questo dà nuova linfa alle sue dubbie argomentazioni legali.»

«Forse pensa davvero che io sia una cattiva persona e vuole proteggere Lola?» Ora capisco perché mi evitava. Non riusciva a guardarmi in faccia. «Perché non è mai stata una grande fan di Greg.»

«Forse ha cambiato idea» dice Esther in tono ambiguo.

Non è possibile. Greg e Sidney? Lui ha preferito me a

lei la prima sera e non l'ho mai visto guardarla nemmeno con un briciolo di desiderio. Inoltre, lei è felicemente sposata. Ma quale altra spiegazione potrebbe esserci?

Niente di tutto questo ha senso. E sta per ricominciare tutto da capo.

«Dobbiamo fermarla» dico. «Dobbiamo fermarli entrambi.»

«Ci sto lavorando. Indigo presenterà presto una sorta di mozione *ex parte* che ci darà maggiori informazioni. So leggere tra le righe. Nel frattempo, raccoglierò quanti più dati possibili. Quello che devi fare adesso è non fidarti di nessuno. Tieniti per te ogni cosa.»

Sta dicendo che non posso affrontare Sidney, anche se lo vorrei. È Sidney che si è autoinvitata oggi. Devo scoprire perché. Scoprire il più possibile senza rivelare nulla.

È un'impresa ardua. Non sono una brava attrice e sto letteralmente tremando. Solo Greg e i miei genitori hanno suscitato in me tanta rabbia. Solo le persone che ami, le persone che dovrebbero amarti, possono farti provare questo tipo di odio.

Non riesco a smettere di guardarla. Beve la sua acqua e osserva placidamente il panorama. Forse pensa che il suo tradimento non sarà reso pubblico ancora per un po'. Ma deve pur sapere che presto lo scoprirò. Allora qual è il suo scopo?

Bevo due bicchierini di vodka e un sorso di limonata. Chiudo gli occhi e cerco di concentrarmi. Per prima cosa, visualizzo Lola. Ora sono la sua unica protettrice. Ma quell'immagine mi fa venire ancora più rabbia, perché so che Lola è dalla loro parte. Cerco di sostituirla con… niente. Mi comporto come se fossi a una lezione di yoga, scaricando tutte le tensioni e svuotando la mente.

Apro gli occhi e mi concentro su Sidney. *Namaste*, stronza.

Quando la raggiungo in terrazza, mi dice: «Mi dispiace».

«Per cosa?» Cerco un tono leggero, ma la voce mi esce strozzata. Avvicino un po' il telefono, per registrare tutto quello che dirà.

«Mi dispiace di averti ferito così tanto. Te lo leggo in faccia in questo momento. Ne hai passate tante e non avrei mai voluto aggiungere altri problemi a quelli che hai già.»

«Hai la tua vita. Non potevi essere sempre a mia disposizione.» Devo far finta che il suo unico crimine sia stato quello di avermi abbandonata, finché non confesserà. Il che potrebbe benissimo essere il motivo per cui è venuta qui oggi. Forse è venuta per avvertirmi della dichiarazione giurata, anche se non ho idea di come potrebbe anche solo tentare di spiegare tutte quelle bugie.

«Sono stata occupata, è vero.» Distoglie lo sguardo. «Mi sono innamorata.»

«Di Greg?» Mi viene fuori spontaneo.

Annuisce, senza guardarmi. «Purtroppo sì. Voglio dire, purtroppo per te, ammesso che ti interessi.»

«Come sarebbe a dire "ammesso che mi interessi"?»

«Non lo ami più da molto tempo. Onestamente, non credo che tu l'abbia mai amato.»

Scuoto la testa con disgusto. «Questa è una storia che ti racconti per giustificare quello che hai fatto. A proposito, cos'è che hai fatto, esattamente?»

«Come ho detto, ci siamo innamorati.»

«Quindi anche lui è innamorato di te?»

Annuisce, sembra quasi orgogliosa. È rivoltante.

«Quando ti ho chiesto di smettere di vederlo, hai iniziato a frequentarlo?»

«Non è stato premeditato. Volevo assicurarmi che si prendesse cura di sé per il bene di Lola e anche per il tuo.

Volevo aiutarlo a dimenticarti. Eri già completamente presa da Tarek, e mi hai anche mentito, su di lui.»

«Non ho mentito. Ho solo tenuto per me certe cose.»

«Be', anch'io.»

«È disgustoso.» Intendo lei, lui e tutta la situazione. Se davvero ci ritroveremo di nuovo al punto di partenza, stavolta dovrò fronteggiare due persone. Anzi, tre, se contiamo anche Lola.

Solleva il mento con aria di sfida, ma fissa il panorama, non me. «Greg e io siamo diventati finalmente amici. Per tutti questi anni, il nostro è stato un rapporto superficiale, ma all'improvviso è diventato profondo. Abbiamo davvero legato.»

«Sei venuta qui oggi per avere la mia benedizione?»

«È una visita di cortesia.» Sta giocherellando con uno dei suoi grossi anelli. In quel momento mi rendo conto che non indossa gli anelli che le ha regalato Jared.

«Jared lo sa?» Lancio un'occhiata discreta al mio telefono per assicurarmi che stia ancora registrando.

«Io e lui vogliamo cose diverse. Io voglio una famiglia e lui no. Abbiamo sempre detto che saremmo stati insieme finché questo ci avrebbe reso entrambi felici. È arrabbiato, ovviamente, ma capisce.»

«Quindi improvvisamente vuoi una famiglia, e vuoi prenderti la mia?»

«Be', tu non la volevi più.» Non mostra il minimo accenno di vergogna. Pensa davvero di avere diritto a prendersi i miei avanzi? So che il divorzio ha cambiato in peggio Greg e me, ma non avrei mai immaginato che avrebbe avuto lo stesso impatto su Sidney.

«Jared forse adesso si sta mostrando comprensivo, ma non sarà così clemente in seguito» dico. «Non pensi che il vostro divorzio prenderà una brutta piega quando scoprirà che ti sei scopata mio marito?»

«Il tuo ex marito. Non lo vuoi più da anni. Anzi, non lo hai mai voluto. Ricordi quando ti ho chiesto come andava il sesso tra voi e tu hai definito Greg "tecnicamente abile?"» Sento che mi sta prendendo in giro.

Mi alzo e vado verso il bordo del balcone. Il parapetto è di vetro e più basso di quanto dovrebbe, perché Greg non voleva ostruire la vista. Abbiamo litigato un po' per questo motivo, quando Lola era piccola. Alla fine, il nostro compromesso è stato non farla mai uscire su questo balcone; doveva usare quello al piano di sotto, con la ringhiera più alta. Questo è per la compagnia. Per i nostri preziosi ospiti.

Mi giro a guardare Sidney. «Non capisco. Mi hai detto per anni che Greg era un narcisista.»

«Non l'ho mai detto.»

«Egocentrico, allora. Credo che una volta tu lo abbia definito "assorbito da sé stesso."»

«È un artista. Gli artisti sono così.»

«Oh, per favore!» grido. «Questa è la sua propaganda. Anche Lucas è venuto qui a fare discorsi del genere. Greg è un burattinaio, mette le parole in bocca alla gente.» Come ha fatto con Lola. «Tu sei solo una dei suoi tirapiedi, che va in giro a eseguire i suoi ordini.» Come quella dichiarazione giurata. Forse dovrei dispiacermi per lei. «Farai tutto quello che ti dirà di fare. È patetico.»

Sidney si alza in piedi. Si avvicina lentamente a me come se fossi un animale selvatico che potrebbe aggredirla. La sua voce diventa bassa. «Posso assicurarti che non sono una tirapiedi.»

«E cosa sei?»

«Sono la sua prossima moglie.»

Non riesco a trattenermi e rido. «Ma dove vivi? Non hai visto quanto si è battuto perché non divorziassi? Nella migliore delle ipotesi, sei un ripiego. Un mezzo per raggiungere un fine, un modo per lui di vendicarsi.»

«Pensi di essere migliore di tutti gli altri, vero?» sogghigna. «Sei la più bella, la più intelligente e la più preparata. Ma sei anche molto più competitiva di quanto tu voglia ammettere. Se qualcuno ti dice di no, ti incaponisci. È per questo che ho cercato di convincerti a dare a Greg un'altra possibilità. Più ti dicevo di farlo, più sapevo che avresti fatto il contrario.»

La guardo, faticando a capire.

«Figuriamoci se avresti accettato la terapia di coppia. Vuoi essere tu la massima autorità in tutto. Ma eri disposta a fare sedute di cogenitorialità perché pensavi che avresti avuto la meglio; eri sicura di essere il genitore migliore. Solo che la dottoressa Vaughn si è rivelata imprevedibile, non è vero?»

Aspetta, Sidney potrebbe averci mandati di proposito da una terapeuta incompetente? La dottoressa Vaughn sembrava avere un debole per Greg. Sidney e Greg erano d'accordo fin dall'inizio?

«Il fatto è che Lola è un genio nel capire le persone. Ecco perché è sempre stata così scostante con te. Per anni ti ho difeso. Ma per quello che stavi facendo a Greg, non c'era davvero alcuna difesa.»

«Cos'hai detto a Lola del divorzio?» Sento la rabbia scaldarmi il viso.

«Non ho parlato molto; ho soprattutto ascoltato, ed è per questo che sono una madre di gran lunga superiore a te. Le ho detto di osservare attentamente e di fidarsi del suo istinto. È una ragazza intelligente.»

Quindi l'alienazione parentale era, in qualche misura, opera di Sidney? «Tu non hai mai voluto essere madre.»

«Le persone cambiano.»

«Quindi vuoi essere la madre di Lola?»

«Non solo. Voglio che abbia un fratello o una sorella. Spero un maschio.» All'improvviso ha un'aria beata, come se stesse immaginando un piccolo Greg che corre in giro per casa.

«Sei sempre stata così pazza?»

La sua espressione diventa furiosa. «È da pazzi desiderare una famiglia? Sei tu l'unica che merita di averla?»

«Stai parlando di mio marito e di mia figlia.»

«Del tuo ex marito. L'hai buttato via. Non avrebbe potuto coccolarti di più o impegnarsi di più per la tua felicità, ma per te non era abbastanza. Sei la persona più narcisista che abbia mai conosciuto.»

Sono senza parole.

Avanza verso di me, puntando il dito. «Ti sei preoccupata più di Tarek che di Greg o di Lola.»

«Non è vero.» Ma indietreggio, sia per la sua aggressività, sia perché di recente ho avuto anch'io questo pensiero. Ho scommesso su Tarek, e ho perso.

Sidney sente che l'energia è cambiata. «E so anche cosa hai fatto a tuo padre.»

«Perché mio padre l'ha detto a Greg e Greg l'ha detto a te?»

«Certo che me l'ha detto. Io e lui non abbiamo segreti.» Ha un'aria così compiaciuta.

«Mio padre ha mentito, Sidney.»

Sidney scuote la testa. Non vuole credermi. Vuole pensare che ogni cosa negativa su di me sia vera, così da non doversi sentire in colpa per quello che sta facendo.

Non le dirò la verità, che è molto più complicata di quella che Greg ha detto a Wilfred. Questa registrazione è la sua confessione, non la mia.

Greg ha detto che ho incastrato mio padre, e forse mio padre si è convinto che questo sia ciò che è realmente accaduto. Forse non ricorda di aver adocchiato le mie amiche, o forse non ne era consapevole.

Ma avevo sedici anni ed ero stufa. I miei genitori erano

separati da anni e il divorzio non era ancora stato risolto, né emotivamente né legalmente. Ero stufa marcia di spostarmi tra i loro appartamenti e sentirli sputare odio l'uno sull'altra, cercando di portarmi dalla loro parte.

Così, quando mia madre mi disse che mio padre si comportava in modo sconveniente con le mie amiche, chiesi alla mia migliore amica, e lei confermò che sì, ogni tanto lui sembrava un po' strano, e a volte la metteva a disagio. Ho capito cosa dovevo fare. Ero pronta a mettere fine a quella battaglia una volta per tutte.

La mamma mi fece pressione affinché andassi davanti al giudice con queste «nuove informazioni» e dicessi che volevo vivere con lei a tempo pieno. In apparenza, sì, sono stata manipolata. Ma non è per questo che ho fatto quello che mi ha chiesto. L'ho fatto per me. Avevo bisogno che quella faccenda finisse.

Non m'importava nemmeno con chi dei due avrei dovuto vivere. Come ha detto Wilfred, sapevo che i miei genitori si odiavano più di quanto amassero me. Certo, in apparenza stavano litigando per me (non avevano grandi beni da spartirsi), ma a malapena riuscivano a vedermi attraverso il fumo della battaglia. Di sicuro non potevano vedere ciò che la loro guerra aveva fatto a me, il modo in cui aveva divorato gran parte della mia infanzia e adolescenza, dagli undici ai sedici anni.

Ma all'improvviso ho visto un traguardo. Così sono andata davanti al giudice e ho detto quello che dovevo.

Sono sicura al cento per cento di quello che ha fatto mio padre?

No, questo no, è vero. So che mio padre è rimasto ferito da quel che ho detto e non ha mai superato il trauma. Ha continuato a pensare di essere la parte lesa, a credere che avessi mentito. E lo ha detto a mio marito. Per vendicarsi. Per farmi del male.

Non so perché Greg abbia tenuto nascoste queste informazioni per tutti questi anni, perché non abbia mai chiesto la mia versione. Non penso prevedesse che un giorno avremmo divorziato anche noi. Quindi deve averla tenuta per sé per proteggermi e poi, più tardi, ha capito di poterla sfruttare. E ha creduto di poter scorgere il traguardo, proprio come era capitato a me. Solo che ne ha parlato con la persona sbagliata. Non ha fatto che confermare la pessima impressione che Wilfred aveva di lui.

Solo in questo momento mi rendo conto che il comportamento di Greg (condividere informazioni con l'intenzione di porre fine al dolore) rispecchia quello che avevo fatto io a sedici anni. E solo in questo momento riesco a vedere quanto Greg e io siamo diventati simili ai miei genitori, con l'odio che sovrasta l'amore.

«Il gatto ti ha mangiato la lingua?» mi schernisce Sidney. Prende il mio silenzio come una vittoria. «Tu non meriti la tua famiglia, ma io sì.» Si volta di scatto e rientra in casa. Si dirige alla porta e se ne va.

Qualcosa si accende dentro di me. Un incendio, come quelli che hanno già bruciato questo quartiere. Non posso aver fatto tutto questo a me stessa; deve essere stata lei. Lei e Greg. Sono stati loro, e devono pagare.

Le corro dietro, a piedi nudi, e vedo che è ancora seduta in macchina, al telefono. Probabilmente sta mandando un messaggio a Greg. Era questo che stava succedendo prima? Loro due ridevano di me? Si stanno divertendo a farmi abbassare la cresta.

Sono indecisa se bussare al finestrino o aprire la portiera con uno strattone. Mi immagino di tirarla fuori, gettarla a terra e picchiarla mentre mi implora di fermarmi. Ma poi Sidney accende il motore e inizia a fare manovra.

Corro a prendere le chiavi, senza fermarmi a mettermi le scarpe. Poi salgo in macchina e la seguo. È facile starle dietro perché guida lentamente, come tutti quelli che non conoscono queste strade. Sidney, in particolare, ha un pessimo senso dell'orientamento e, per quante volte sia venuta qui, si perde sempre. Dato che il GPS non prende, le è capitato di dover tornare indietro tre o quattro volte. Ma fa sempre il viaggio perché le piace stare in casa mia.

Pensa che presto sarà casa sua?

A quel pensiero, schiaccio per sbaglio l'acceleratore e quasi sfioro il suo paraurti. È il primo momento in cui lei si accorge della mia presenza. I suoi occhi si spalancano nello specchietto retrovisore e accelera.

Con strade così tortuose, strette ma a doppio senso, con tutti i tornanti e le curve cieche e con il fatto che le persone devono cedere il passo l'una all'altra o affrontarne le conseguenze, è sorprendente che non ci siano più incidenti mortali. Ma accadono.

Sono stufa di fare marcia indietro e di arrendermi. Dopo tutto quello che Greg e Sidney mi hanno fatto, ho il diritto di precedenza.

Non è un caso che io e Greg non abbiamo cercato davvero di rimettere insieme il nostro matrimonio, non è un caso che ci siamo ritrovati l'uno contro l'altra durante la terapia di cogenitorialità, non è un caso che Lola mi odi. Forse Sidney non è dietro a tutto, ma quasi.

La sua dichiarazione giurata non è ancora stata depositata in tribunale. Sarà ancora ammissibile, se lei non sarà presente per il controinterrogatorio?

Non potrebbe andare meglio se avessi tracciato io stessa il percorso. Nel panico, Sidney si è arrampicata sempre più in alto, verso la cresta della collina e la curva cieca più pericolosa di tutte. Così accelero a fondo e…

Freno appena in tempo e vedo l'auto di Sidney precipitare di lato. Dovrei provare qualcosa, ma non sembra una scena reale, pare una sequenza da film. Non riesco a distinguere il suo volto mentre l'auto si capovolge, volando per almeno un centinaio di metri, atterrando a testa in giù nel burrone molto più in basso. Da qui, è così piccola che quasi non si vede.

Posso illudermi che non ci sia. E che non sia successo nulla.

66
Greg

Ho un brutto presentimento, mentre parcheggio la macchina. Sono passate ore e Sidney non ha risposto a nessuno dei miei messaggi. Non ha chiamato e non è venuta a casa mia. L'incomunicabilità è l'opposto del suo stile.

Sto scoprendo che Sidney è un po' appiccicosa. Sono sicuro che si rilasserà quando capirà che sono davvero convinto di volere un altro figlio. In realtà sono piuttosto eccitato dalla prospettiva di diventare padre di due bambini. So che amerò quello nuovo all'istante e che imparerò ad amare Sidney. Non è così che ho fatto con Madeline, ma forse a parti invertite funzionerà meglio. Se Sidney mi ama più di quanto io ami lei, non mi troverò più nella mia posizione attuale. Nessuno mi porterà via il mio prossimo figlio.

Non mi sono nemmeno preoccupato di provare a mandare un messaggio a Madeline, prima di venire qui. Se avesse saputo che stavo arrivando, probabilmente avrebbe chiamato la polizia. Ma finché c'è il mio nome sull'atto di proprietà, questa è ancora casa mia.

«Sei sicura di non voler entrare?» chiedo a Lola. Lei scuote vigorosamente la testa, senza sganciare la cintura. È la risposta che speravo, visto che non voglio che assista al mio confronto con Madeline. «Torno subito.»

Vorrei usare la mia chiave, ma Madeline ha cambiato la serratura. Suono il campanello e mi preparo a una lunga attesa.

Solo che Madeline viene ad aprire subito. Sembra che abbia visto un fantasma. Anzi, è così pallida che sembra a sua volta un fantasma. Uno spettro che si è imbattuto in uno spettro. Una persona terrorizzata da ciò che ha visto o che ha fatto.

Conosco esattamente questa sensazione.

Ma non l'avevo mai vista così, e ora ho paura. La seguo dentro e lei non protesta. Anche questo mi fa paura. «Che cosa è successo?» le chiedo.

«La polizia starà già arrivando.»

«Non sono entrato con la forza. Mi hai fatto entrare tu. Richiamali, Lola è in macchina.»

«Non li ho chiamati io.» Madeline si affloscia sul divano. Si vede che ha pianto molto. Mi siedo non troppo vicino a lei, ma nemmeno troppo lontano.

«Non capisco. Non hai chiamato la polizia ma pensi che stia arrivando?» Il mio petto si stringe, la paura si fa più acuta. «Sidney è stata qui, vero?»

Madeline annuisce e chiude gli occhi.

«Allora te l'ha detto? Di noi?» Madeline non risponde. «Mi dispiace.» Non mi aspettavo di doverle chiedere scusa, ma ora, vedendo come è distrutta, sento di doverlo fare.

«No, dispiace a me» sussurra. Ha ancora gli occhi chiusi. «Fin dall'inizio non ho mai voluto farti del male.»

Sul serio, un'altra scusa vuota? «Non mi hai fatto male» dico, con un moto di rabbia. «Mi hai sventrato. Mi hai massacrato. Mi hai tagliato in un milione di pezzi, lentamente.»

«Lo so.» Lo dice così piano che devo sforzarmi per sentirla. «Lo so.»

Per una volta, riesco a sentire il suo rimorso.

«Lo so anch'io» le dico, con una tristezza struggente. Lei mi guarda con gli occhi lucidi. Stiamo provando la stessa cosa. Siamo devastati per ciò che abbiamo perso e ciò che abbiamo fatto.

«Un divorzio sereno. Avrei voluto questo.»

Quasi sorrido. «Non sono sicuro che esista una cosa del genere.» Penso alla dichiarazione di Sidney e a come farà ancora più male a Madeline. È inevitabile, ma al momento non so trarne piacere.

«Non posso credere che ci siamo trasformati nei miei genitori. Credevo fosse impossibile, ma… qualcosa si è impossessato di noi.»

«Sì, hai giocato sporco con me, come hai fatto con tuo padre.» Il mio tono si fa di nuovo tagliente.

Anche il suo. «È questo che hai detto a Lola?»

«No. Non le ho detto nulla di tuo padre.»

«Bene. Questo è un bene.» Si addolcisce di nuovo. «Non ho mentito in tribunale. Ho solo detto al giudice quello che avevo sentito da mia madre e dalla mia migliore amica. Volevo solo che finisse tutto. Capisci cosa si prova?»

Incrocio il suo sguardo e annuisco. Non mi aspettavo questo momento di comunione; non è per questo che sono qui. «Sidney ti ha raccontato tutto?»

Al nome di Sidney, Madeline sbianca.

«È successo qualcosa tra te e Sidney?» chiedo. «Perché non l'ho sentita per tutto il giorno.»

«Pensavo che ti avesse mandato un messaggio.» Per un attimo vedo la Madeline a cui mi sono abituato, quella che calcola sempre, pronta a cogliere ogni vantaggio. Poi l'espressione le scivola via, quasi come una maschera. «È andata molto, molto male.»

«Cosa vuoi dire? Cosa è andato male?» Ritorna la paura di prima. Penso a Lola seduta in macchina, a quello che potrei doverle dire. No, sarebbe Madeline a doverglielo dire. Non può più scrivere le mie battute. Ma qualunque cosa sia, è importante e ho la sensazione che tutti noi dovremo affrontarne le conseguenze.

«Esther mi aveva appena detto della dichiarazione giurata di Sidney, e poi sono uscita di nuovo sul terrazzo e Sidney mi ha detto che non meritavo la mia famiglia e che per questo aveva fatto tutte quelle cose, per assicurarsi che io e te non tornassimo mai insieme. Ma questo lo sai già.»

«No, non lo so.» La fisso, con la fronte aggrottata. «Che cosa ha fatto Sidney?»

«Ha confessato che mi diceva sempre di impegnarmi di più per salvare il matrimonio, perché sapeva che così avrei fatto il contrario. Ci ha mandati di proposito dalla peggiore terapeuta per la cogenitorialità. Ha incoraggiato Lola a "fidarsi del suo istinto" e a odiarmi.» Madeline sembra momentaneamente rianimata dalla sua rabbia, ma poi si accascia. «Non che abbia importanza.»

«Come sarebbe a dire che non ha importanza?» Ora sono io quello arrabbiato. «Stai dicendo che Sidney ci ha incastrati, che voleva che il nostro matrimonio fallisse?»

Madeline annuisce, chiudendo di nuovo gli occhi. «Ma non ha più importanza.»

«Perché continui a ripeterlo?» Certo che è importante.

I suoi occhi si aprono di scatto. «L'ho uccisa, Greg. Ho ucciso una persona. Era qui, nella nostra casa, diceva cose orribili e poi se n'è andata. Sono salita in macchina per seguirla. All'inizio volevo, non so, continuare la lite, ma poi, mentre guidavo, ho pensato a quella dichiarazione giurata, a ciò che lei avrebbe potuto fare e a ciò che aveva già fatto. E vuoi la verità? La volevo davvero, davvero morta.»

Madeline mi ha scioccato molto in questi ultimi mesi, ma potrebbe esserci qualcosa di più scioccante di questo?

Rimaniamo in silenzio.

«Quindi Sidney è morta,» dico dopo un po', lentamente. «E tu l'hai uccisa.»

«L'ho fatta uscire di strada. Poi sono tornata qui e ho aspettato che arrivasse la polizia. Ma non è ancora venuto nessuno, quindi prima o poi dovrò chiamare per confessare.» Si scioglie in lacrime. «L'unica cosa che mi ferma è Lola. Saprebbe che sua madre è un'assassina e rimarrebbe con…»

«Con me, sì.»

«Un padre che può vederla solo durante visite sotto supervisione.» Posso dire che il terrore negli occhi di Madeline non è per sé stessa. Sta pensando solo a Lola. «Cosa le succederà? Verrà mandata in una casa famiglia?»

«La famiglia di Bliss l'accoglierebbe, se fosse necessario.» Ma non sarà necessario. Non può succedere.

«Voglio che resti con te. Voglio dire, almeno tu non hai ucciso nessuno.»

«Oh, quindi l'hai notato. Sono commosso.»

«Be', cosa vuoi che ti dica? Hai passato gli ultimi mesi a metterla contro di me. Ora passerò il resto della mia vita, il resto della sua vita, in prigione. Non mi perdonerà mai, e non posso biasimarla.» Ricomincia a piangere. «Per favore, prenditi cura di lei, va bene? Sei tutto ciò che ha, adesso.»

«Non ancora, no.»

Il ticchettio dell'orologio a pendolo mi fa impazzire. Ho il cervello in disordine e devo rimettermi in sesto prima di tornare da Lola. Anche Madeline sta pensando a Lola? Normalmente mi avrebbe rimproverato per averla lasciata in macchina così a lungo. Mi avrebbe detto che la gente chiama i servizi sociali per molto meno.

Poi Lola apre la porta ed entra. Il suo sguardo si sposta tra Madeline e me.

«Cosa gli hai fatto?» dice alla madre, in tono d'accusa.

È una lettura così bizzarra del nostro linguaggio corporeo che mi fa trasalire. L'idea che Lola, guardandoci, pensi che sia io quello che ha bisogno di protezione, rimette tutto a fuoco. Quello che ha detto Hugh, quello che ha detto Wilfred, quello che ha detto Madeline… in realtà, l'unica a non dirlo è stata Sidney e si è rivelata una specie di psicopatica da attrazione fatale.

Tutti gli altri si sono accorti che mi ero servito di mia figlia, nel nostro conflitto, mettendola in mezzo, e io mi sono rifiutato di vederlo. Ma ora Lola è tra me e Madeline, e non c'è modo di non accorgersene.

Devo fare una scelta. Posso cercare di rimediare a ciò che ho fatto, o seppellire Madeline una volta per tutte.

IL GIUDIZIO

Madeline

Come siamo arrivati a questo punto? Ci ho pensato migliaia di volte, e spesso me lo chiedo ancora. So che anche Greg se lo chiede. Ma siamo arrivati a una narrazione che funziona per entrambi, per lo più.

È stata sua l'idea di nascondere l'omicidio. Mi ha chiesto se qualcuno mi avesse visto per strada e ho risposto che non mi sembrava. Ci siamo accordati su una versione comune e, quando il giorno dopo è venuta la polizia, ho confermato che sì, Sidney era stata a casa mia. Lei e Greg erano venuti insieme per dirmi che si erano innamorati. Sidney se n'era andata, e Greg era rimasto perché io e lui potessimo continuare a parlare. A dire il vero, a litigare, urlando come matti l'uno contro l'altra. Greg ora è in lutto per la perdita della donna con cui aveva intenzione di passare il resto della sua vita, e io? Il mio dolore è diverso, visto quanto mi sento tradita. I poliziotti si sono mostrati comprensivi.

Ha funzionato, probabilmente perché nessuno avrebbe mai immaginato che Greg si sarebbe prestato a mentire per fornirmi un alibi, visto quanto era diventato conflittuale il nostro divorzio. Sidney era sola in macchina, si era persa (come le capitava spesso) e, tragicamente, aveva preso una curva a velocità eccessiva.

Ora, almeno, Jared non dovrà affrontare il dolore di un divorzio. E Greg e io siamo davvero complici.

Abbiamo passato alcune notti di riflessione, insieme e da soli, analizzando in modo approfondito il nostro matrimonio e il nostro divorzio. È indiscutibile che ci siamo comportati in modi orribili, rendendoci sempre più orribili l'uno agli occhi dell'altra. Siamo diventati come un grosso cane feroce che si morde la coda. Certo, Sidney ci ha manipolati, la dottoressa Vaughn è un disastro e i nostri avvocati non ci hanno fatto un favore, visto che hanno tratto vantaggio dal fatto che fossimo in disaccordo e pensassimo il peggio l'uno dell'altra. Ma alla fine Greg e io ci siamo spinti (e abbiamo spinto Sidney) oltre il limite.

Sembra che io l'abbia fatta franca, ma sento ogni giorno il peso delle mie azioni. Non posso sfuggire alla consapevolezza di essere stata capace di una brutalità così prolungata, e di essere stata capace di uccidere.

So che anche a Greg rimorde la coscienza. In vari momenti abbiamo cercato di giustificarci e confortarci a vicenda, e abbiamo persino pensato brevemente a una riconciliazione, ma quando ci guardiamo negli occhi, vediamo il nostro riflesso. La nostra complicità.

Vorrei che potessimo dare la colpa a Sidney e chiuderla lì. In fondo, niente di quello che possiamo fare la riporterà indietro. È stata diabolica, no? Ma alla fine ha solo catalizzato ciò che era già dentro di noi. Non l'ha creato lei. Forse c'è qualcosa di corrotto nel mio dna e sono davvero la degna figlia dei miei genitori.

Greg e io abbiamo fatto il patto di rimanere vigili. Dobbiamo tenere la tigre in gabbia in modo che non esca mai più. Dobbiamo lavorare insieme per rendere Lola una persona migliore di quanto lo siamo noi.

Possiamo averla fatta franca con l'omicidio, ma non riusciremo a liberarci l'uno dell'altra, o di noi stessi.

Poco dopo la morte di Sidney, Greg e io siamo andati insieme davanti al giudice, entrambi pro se, *cioè in rappresentanza di noi stessi. Ho detto che non ero d'accordo con la valutazione dell'affidamento, e Greg e io abbiamo proposto un nostro piano genitoriale e un accordo finanziario, che includeva la vendita della casa. Abbiamo riconosciuto che entrambi avevamo bisogno di un nuovo inizio.*

Il giudice era stupito e un po' scettico, ma ha firmato. «Prendetevi cura di voi» ha detto «e soprattutto prendetevi cura di vostra figlia.» Abbiamo promesso che l'avremmo fatto.

Nel corso del procedimento legale, abbiamo riscritto la storia del nostro matrimonio, e ciascuno di noi si è pian piano convinto di essere quello danneggiato, dato per scontato, incompreso, manipolato. Ma ora, guardando al passato, abbiamo capito quelli che erano i nostri ruoli. Ruoli che sono stati funzionali, per un po'. Greg pensava in grande e io gli fornivo l'impalcatura per poter realizzare la sua visione. Lui si occupava di buona parte delle grandi decisioni e io di quasi tutte le piccole. Ha funzionato, ma abbiamo nascosto troppe cose sotto il tappeto. Siamo stati egoisti, a volte? Certo. Abbiamo commesso degli errori? Sicuro. Ma non ci siamo maltrattati a vicenda, né ingannati nel corso del nostro matrimonio. È stata la causa di divorzio a convincerci che, invece, lo avevamo fatto.

Per quanto riguarda la separazione, eravamo partiti con delle buone intenzioni, soprattutto rispetto a Lola, anche se non eravamo stati del tutto sinceri tra noi. Le nostre bugie si sono moltiplicate e i malintesi non potevano più essere chiariti, una volta venute meno la fiducia e la buona volontà. Cominciavamo a dare per scontate le cattive intenzioni dell'altro, sempre. Ognuno di noi voleva vincere, a tutti i costi. A volte volevamo distruggerci a vicenda più di quanto volessimo il bene di Lola. Il fatto che io abbia potuto perdere così completamente di vista gli interessi di mia figlia, nonostante tutto quello che ho passato con i miei genitori, è ancora fonte di profonda vergogna e rimorso. Immagino che lo sarà sempre.

Ma ora che ho camminato sulle orme dei miei genitori, li capisco come mai prima. Forse, un giorno, ci sarà il perdono per tutti.

Non sono sicura che Greg e io abbiamo mai fatto squadra, dal punto di vista genitoriale, quando eravamo sposati, ma ora sì. Greg ha scritto a Lola quella lettera che gli aveva ordinato il tribunale, per dire che si era sbagliato su di me, ma lo ha fatto con il cuore. Era sincero e Lola se n'è accorta, anche se continua a preoccuparsi per lui. Non è molto affettuosa con me, ma almeno la porta che prima era chiusa, ora è socchiusa. Non comunichiamo più esclusivamente via sms, e di sicuro è un progresso. Sto imparando a essere meno pratica e più vulnerabile, ad aprirle il mio cuore. L'altra sera mi ha permesso di rimboccarle le coperte. Da molto tempo non sento da lei un «ti voglio bene», ma so essere paziente.

Greg ha finalmente ammesso, con sé stesso e con me, di aver danneggiato la mia relazione con Lola. Ora vive con questo senso di colpa. Io vivo con il mio, e in più non posso fare a meno di lottare con la sindrome dell'impostore. Sto cercando di essere un modello per mia figlia, mentre in realtà sento di essere più che altro un ammonimento. L'esempio da non seguire.

Nel frattempo, Greg e io siamo legati per sempre, impegnati a nascondere il crimine perché è la cosa migliore per Lola.

Ho capito tante cose di Greg, durante questo brutto periodo. Una è che è meglio non farlo arrabbiare. Spero di non dovermi confrontare con il suo egoismo, con la sua ira. Non di nuovo.

Dopo Greg e Tarek, ho sicuramente dei problemi di insicurezza. Quando si tratta di uomini, non sono certa di potermi fidare di nuovo del mio giudizio. Greg e io abbiamo questo, in comune. Nessuno dei due riesce a digerire l'idea di iniziare una nuova relazione con qualcuno. Cerco di non pensare a Tarek e alla vita che abbiamo quasi avuto. Non ha più senso fantasticare.

Credo che, alla fine, io e Greg abbiamo scoperto che ci meritiamo a vicenda.

Ringraziamenti

Nell'editoria, come nella vita, a volte è necessario un riavvio.

È necessario un cambiamento di prospettiva e di approccio e, se si è fortunati, si riescono comunque a mantenere i membri più affezionati del vecchio team, aggiungendo contemporaneamente nuovi membri che si rivelano fondamentali.

Con questo libro in particolare, sono stata estremamente fortunata.

Sono molto grata a tutti i collaboratori di Bookouture. Al timone c'è Harriet Wade, la mia editor, che è davvero tutto ciò che uno scrittore può chiedere: solidale, entusiasta, brillante, una collaboratrice di prim'ordine, una grande comunicatrice, una persona adorabile. Per non parlare del fatto che è la mia gemella di efficienza. Ho già lavorato nell'editoria tradizionale e con il modello Bookouture noto la differenza. Ho piena fiducia che grazie a loro riuscirò ad arrivare dove voglio e che mi divertirò a farlo. Anzi, lo sto già facendo.

Un milione di ringraziamenti va all'impareggiabile Sophie Hannah per avermi instradato in questa direzione.

E alla mia fedele squadra (che comprende Jenny, Tara, Avie, Lisa, i miei genitori e mio marito Darrend): non avete mai perso la convinzione o la fiducia nelle mie capacità, non avete mai messo in dubbio che io fossi destinata a fare questo lavoro e avete sempre condiviso il mio entusiasmo per ciascuo dei miei progetti.

Grazie a tutti voi, c'è sempre un prossimo progetto. Non potrei apprezzarvi di più.

Finito di stampare nel mese di maggio 2024
su carta HOLMEN
con fibra vergine proveniente da foreste sostenibili holmen.com/paper
presso Grafica Veneta S.p.A.
Via Malcanton, 2 – Trebaseleghe (PD)
Printed in Italy

PEFC
PEFC/18-31-226

Certificato PEFC
Questo prodotto è realizzato con materia prima da foreste gestite in maniera sostenibile e da fonti controllate
www.pefc.it

GRAFICA VENETA
GV CARBON NEUTRAL

Questo libro è fabbricato da Grafica Veneta S.p.A.
con un processo di stampa e rilegatura certificato 100% carbon neutral
in accordo con PAS 2060 BSI